The Cook,
The Crook,
and The Real Estate Tycoon

我叫
刘跃进

刘震云 著

SPM
南方传媒　花城出版社

中国·广州

图书在版编目（CIP）数据

我叫刘跃进 / 刘震云著. -- 广州：花城出版社，
2022.7（2025.7重印）

（刘震云作品选）

ISBN 978-7-5360-9660-8

I. ①我… II. ①刘… III. ①长篇小说 – 中国 – 当代
IV. ① I247.5

中国版本图书馆 CIP 数据核字（2022）第 097153 号

我叫刘跃进
WO JIAC LIU YUE JIN
刘震云 / 著

出 版 人　张　懿

特约策划　金丽红　黎　波

责任编辑　陈诗泳　欧阳佳子

特约编辑　张　维

技术编辑　凌春梅

封面设计　别境 Lab

内文制作　张景莹

责任印制　张志杰　王会利

媒体运营　刘　冲　刘　峥　洪振宇

数字平台统筹　高　梦

法律顾问　梁　飞

版权代理　何　红

出版发行　花城出版社

经　　销　全国新华书店

印　　刷　天津盛辉印刷有限公司

开　　本　787 毫米 ×1092 毫米　32 开

印　　张　12.25　6 插页

字　　数　210,000 字

版　　次　2022 年 7 月第 1 版　2025 年 7 月第 15 次印刷

定　　价　368.00 元（全 6 册）

刘震云

汉族，河南延津人，北京大学中文系毕业，中国人民大学文学院教授、博士生导师。

曾创作长篇小说《故乡天下黄花》、《故乡相处流传》、《故乡面和花朵》（四卷）、《一腔废话》、《我叫刘跃进》、《一句顶一万句》、《我不是潘金莲》、《吃瓜时代的儿女们》、《一日三秋》等；中短篇小说《塔铺》、《新兵连》、《单位》、《一地鸡毛》、《温故一九四二》等。

其作品被翻译成英语、法语、德语、意大利语、西班牙语、瑞典语、捷克语、荷兰语、俄语、匈牙利语、塞尔维亚语、土耳其语、罗马尼亚语、波兰语、马其顿语、希伯来语、波斯语、阿拉伯语、日语、韩语、越南语、泰语、蒙古语、哈萨克语、维吾尔语等多种文字。

2011 年，《一句顶一万句》获得茅盾文学奖。
2018 年，获得法国文学与艺术骑士勋章。

根据其作品改编的电影，也在国际上多次获奖。

2017 年 3 月 23 日，作者在奥地利维也纳书店与德语读者交流

刘震云

目 录

Contents

1

第一章

青面兽杨志

青面兽杨志碰到张端端，是在老甘的"忻州食府"。老甘嗓子坏了，说话用的是气声。说话费劲，还说。杨志就着羊汤，吃完五个烧饼，老甘过来结账，收过钱，坐对面说，旁边五环路，大红门桥，昨天傍晚，一人从桥上跳了下来。想寻死，却没死成，只轧断一条腿。但五环路上，五辆车"砰砰"追尾。一辆"奔驰"横了过来，旁边车道上，一辆山西的运煤车，又将"奔驰"撞飞了。"奔驰"落下来，又一头撞到大红门桥的桥墩上。车里坐着一男一女，男的盆骨摔碎了，女的当场死亡。这事还刚开头，死的这女的，却不是那男的老婆，而是一个第三者。这头儿事故还没处理完，那边医院乱成了一锅粥。老甘：

"你不能说这是大意，真没想到。"

杨志心里正有事，没理这事，抄起桌上的腰包：

"老甘，这回的烧饼，用的是啥面呀，一股哈喇气。"

老甘：

"让你吃出来了。但你说错了，这回不怪面，怪上头的芝麻。卖芝麻的老胡，把去年的陈芝麻，掺到今年的新芝麻里。透过一粒芝麻，我算看透一个人。"

这时问：

"上回让你找那人，你找着没有？"

杨志和老甘是山西老乡，老甘是忻州人，杨志是晋城人，虽然一个是晋北，一个是晋南，但毕竟是老乡。杨志常到"忻州食府"吃饭，却不是冲着老乡不老乡，而是冲着老甘熬的羊汤。老甘羊汤熬得好，羊的骨头架子，也是从集贸市场买来的；骨头架子是一样的骨头架子，但老甘熬出的羊汤，就是比别人家熬得鲜、浓、香。老甘仗着羊汤熬得好，便在烧饼、凉菜、热菜上做些手脚。杨志又不喜。杨志听人说，老甘的羊汤所以好喝，是因为他在羊汤里，放了大烟壳子，人一喝容易上瘾。上月二十五号夜里，老甘一家正在睡觉，一个贼溜了进来。事后能看出，贼是过路贼，没来踩过点儿，也不了解老甘。饭店前脸是些桌椅板凳，没啥可偷的；

后脸厨房放些锅碗瓢盆，也没啥可偷的；贼好不容易撬门进来，还是惦着偷点儿钱。贼以为钱放在卧室，一家人睡觉的地方；但老甘有心眼，钱没放在卧室，一天盘点完，把钱裹在一塑料袋里，放在厨房一芝麻坛子里。坛子上边是芝麻，里面却埋着钱。老甘不把钱放到卧室，是怕老婆孩子乱拿；本为防老婆孩子，谁知防着了贼。贼在卧室摸了一遍，柜子箱子，一家男女脱下的衣服，连老甘枕头边都摸了，只摸出三块五毛钱。贼百思不得其解，一个人蹲在床边犯愣。没想到老甘早醒了，就是没吱声，看贼蹲床边犯愁，终于忍不住了，"嘀嘀"笑了两声。他大喊"捉贼"贼不怕，这阵势贼见多了，有人突然发笑，老甘嗓子坏了，用的又是气声，那贼吓得头发都支棱了，自己大喊一声"有贼"，夺门而出。但贼不走空，蹿过前脸饭厅时，把老甘挂在墙上的皮夹克给顺走了。皮夹克里没有钱。皮夹克说起来也不是皮的，是仿皮的；就像老甘的饭店，巴掌大一点儿地方，却叫"忻州食府"；但皮夹克口袋里，却有一本小学生算术本。"忻州食府"旁边是一集贸市场，再过去是一建筑工地，许多卖菜的，建筑工地的民工，也常到老甘的"忻州食府"吃饭。来吃饭的，都是为了吃饱，不是为了吃好，就给老甘在饭菜上做手脚留下了空当。这些人，身上的钱是有数的，吃着吃着，钱不够了，就欠下老甘许多账。单个儿来吃饭的，一般不欠账，一顿饭吃多少钱，事先都盘算好了；三五个人来，一人请客，容易欠账。因有人请客，大家就放开了，吃着喝着，菜不够了，酒不够了，请客的又假仗义，再要酒菜，身上带的钱不够，只好欠账，下次来吃饭时再还。这一笔笔账，就记在这算术本上。算术本，就装在皮夹克衬里的口袋里。本来账本没在皮夹克口袋里，老甘就把它挂在墙上，与皮夹克并排。一天，在集贸市场卖羊骨头架子的内蒙古的老塔，到"忻州食府"来吃饭，等菜的间歇，闲来无事，从墙上摘下这本看，边看，边大声朗诵欠账人的名字，及他们欠下的钱数。老塔念得起劲，老甘看饭馆还坐着别的客人，怕这事传出去，欠账的人会不高兴，影响自个儿的生意，便从老塔手里，一把夺过账本，顺手掖到了皮夹克口袋里。本来是偶尔一掖，之后成了习惯，记过账，就掖到皮夹克里。没想到这账本，被贼给偷走了。账一笔一笔很碎，加起来，估摸有一千多块。其实谁欠"忻州食府"的账，老甘心里也清楚，他心里也有一本账，但账本被人偷了，做生意总显得晦气，也怕查无实据，欠债的人赖账，老甘便想把它找回来。老乡杨志，常来"忻州食府"，言谈话语之中，似与干这行的人熟；杨志到底是干啥的，老甘没问，杨志也没说过；无非行为举止，能看出个大概；老甘便托杨志，看能否找到这贼。老甘：

"皮夹克我不要了，他把账本还回来，再给他二十块钱。"

现在又问这事，杨志照地上啐了一口痰：

"一边让我找人，一边还收我饭钱，透过一顿饭，我也算看透一个人。"

老甘攥住钱，用气声说：

"瞧你说的，要不我把钱退给你吧。"

杨志没理老甘，拎腰包出门。临出门时，从饭桌上拿一张餐巾纸擦嘴，发现门边桌前，坐着一瘦女孩，桌上放着一碗羊杂面。但她没吃，看着窗外路过的人发呆。街上的路灯亮了，人走得有些急。杨志离开"忻州食府"，走了半站地，摸口袋掏烟，突然想起自个儿的烟落在了"忻州食府"。想回去取，又觉不值当；便到路边烟摊买了一盒，撕开口，抽出一支，点上，再往前走，刚才在饭馆吃面的那女孩跟了上来，撵上杨志问：

"大哥，玩吗？"

杨志这才知道，刚才吃面的女孩是只"鸡"。留意看，小骨头小脸，也就十七八岁。又盯，发现这女孩不像街边的"鸡"。街边的"鸡"看人，眼神都像猫看老鼠，早不拿这事儿当事儿了；这女孩看杨志，却像老鼠看猫，说过这话，脸羞得绯红。不是因为她是"鸡"，是这绯红，也不是绯红，是"鸡"在害羞，在世界上已少见，让杨志心动，本不想玩，也想玩了。杨志点了点头。那瘦女孩便领着杨志，往她住处走。杨志边走边问：

"你哪儿人？"

瘦女孩：

"甘肃。"

杨志：

"干多长时间了？"

瘦女孩看杨志一眼，又低下头：

"我说昨天，你也不信。我来北京找俺哥，谁知他换了地方。给他打电话，他的手机也停机了。干这个不为别的，为攒个车票钱。你就当我说瞎话吧。"

杨志倒"噗嗤"笑了：

"咱俩这辈子，说不定就见这一面，你干一年，我也没吃多大亏，你昨天才干，我也没占多大便宜。"

两人又往前走。杨志：

"你多大了？"

瘦女孩抬脸：

"二十三。"

倒出杨志的意料。做这行的都说自个儿小，这女孩看上去十七八，却说自个儿二十三，倒是个老实人。杨志：

"你贵姓？"

瘦女孩：

"免贵姓张，就叫我端端吧。"

杨志知道这"端端"，该是假名。可叫上，答应，就是真名。一个称呼，真与不真，重要吗？说话间，已走出两站路，好像还没到地方。杨志停住脚步：

"还有多远？"

端端指着前边：

"不远，就在前边。"

两人又走。但这"前边"，又走出一站多地，终于拐进一条胡同。胡同里有些脏，手挨手，有仁公共厕所，厕所里的汤水，溢到胡同里，路灯坏了，下脚要看地方。走到胡同底，拐过弯儿，又是一条胡同。杨志打量一下左右：

"安全吗？"

端端：

"大哥，领你走这么远，就图个安全。"

终于，走到胡同底。胡同底有间屋子，房门就开向胡同。墙上的石灰缝，横七竖八，抹得跟花瓜似的，能看出这墙过去没有门，屋门是临时圈出来的。屋门是大芯板，风一吹，有些晃荡；门框，是用几根木条钉巴在一起的。端端从裤子里掏出钥匙，弯腰开门，进屋，开灯；杨志看看左右，胡同里一个人也没有，心里踏实下来，也闪进了屋。端端扣上门，杨志打量屋子，也就七八平米，靠墙搁着一张床，地上摆着些锅碗瓢盆。端端：

"大哥，开灯还是关灯？"

杨志想了想：

"关灯吧，关灯保险。"

关上灯，两人开始脱衣服。到了床上，杨志知道端端有二十三。手嘴的用处，一切都懂。杨志一开始还主动，待入了港，端端竟开始调理杨志。看她身瘦，杨志本不敢大动，谁知几个回合下来，瘦小的端端，在下边，竟把杨志，玩于股掌之上。杨志这才知道人不可貌相，海水不可斗量。杨志本无兴致，心里还想着别的事，现在被端端逗弄得，也兴致大发。正得趣处，屋门"哐当"一声被撞开，屋顶的灯"啪"的一声被打开，呼啦呼啦，闯进来三条大汉。三人嘴里皆喘着粗气，粗气里喘出酒气。突兀间，杨志被吓出一身汗；一开始以为是警察，但看这三人的糙皮和粗脖子，又不像；反应过来，去抓自己的衣服；但他的衣服，连同那个腰包，早被一大汉抢到怀里。另一大汉二话没说，照杨志脸上，结结实实扇了一巴掌：

"× 你妈，敢强奸我老婆！"

杨志光着身子，顾不上捂脸，捂自己的下边：

"大哥，弄错了。"

看端端。这时端端变了一个人，开始捂着自己的脸哭：

"我正在屋里做饭，他窜进来，拿刀逼我。"

这时指了指窗台。窗台上原来放着一把刮刀。第三个大汉抢过那刀，指着杨志：

"公了还是私了？"

杨志这才明白，他遇上了打劫团伙，端端就是他们放到外面的鱼饵，杨志一不留神，咬着了这钩。杨志这才明白，人不可貌相，海水不可斗量。抢衣服的大汉，开始毫不在意地搜杨志的衣服，从口袋里掏出手机、钱包，从钱包里掏出钱和银行卡。又拎起腰包打量，腰包的带子断过，打了个结；打开腰包，从里边又掏出一大沓钱。掏完钱，拿出一身份证，看着念：

"刘跃进。"

仰起脸问：

"你叫刘跃进？"

杨志自认倒霉，不再理他。但这也臊不着谁，那人低头看身份证上的照片，对着一身光的杨志端详：

"不像呀。"

杨志这才明白，祸从老甘的"忻州食府"起，一切都怪这腰包。自己在"忻州食府"，从腰包里掏钱，被瘦小的张端端看到了。

第二章

任保良

在工地，大家都知道，刘跃进是个贼。贼一般在街上偷东西，或入别人家盗窃，刘跃进不上街，也不去别人家，偷东西就在工地。在工地也不偷盘条、电缆和架子管，就偷工地的食堂。刘跃进是个厨子。偷食堂也不在食堂，在菜市场。刘跃进每天早起，要到菜市场买菜。在菜市场也不偷，韭菜、萝卜、白菜、土豆、洋葱、肉等，明码标价；但一个工地几百号人，一回洋葱土豆买得多，就能讨价还价；一斤便宜五分钱，几十斤下来，就能省出几块钱；固定一个摊买，不朝三暮四，又有讲究；还有肉：瘦肉，五花，或只买脖子肉，价钱又不一样。大家说，整个工地的人脖子都粗，和整天吃刘跃进的脖子肉大有关系。但贼被捉住才叫贼，刘跃进这贼无法捉，就不能叫贼。这时大家生气的不是有贼，而是这贼无法捉。工地包工头任保良说：

"原以为，贼被捉住才叫贼，谁知没被捉住的，才叫贼呢。"

刘跃进和包工头任保良，是十几年的老朋友。任保良是河北沧州人，刘跃进是河南洛水人。十六年前，任保良，在洛水坐过两年多牢。刘跃进有一个舅舅，在洛水监狱当厨子。舅舅叫牛得草，大眼睛，四十岁之前，眼睛像探照灯一样亮；四十岁那年得了白内障，世间万物，在他眼前一片模糊。模糊之前，牛得草说话慢条斯理；模糊之后，开始高门大嗓，见人就说：

"别看眼睛瞧不见，我心里清楚着呢。"

牛得草眼好时，刘跃进随娘走姥娘家，牛得草不大理人，刘跃进有些怵他。牛得草虽是一监狱的厨子，但架子很大。大不大不在厨子，而在"监狱"。集市上饭馆的厨子，每天须把饭菜做好；监狱的厨子，每天须把饭菜做差；犯人吃饭，想做好，也没条件，一年三百六十五日，三顿皆是：咸菜、粥、窝头。到饭馆吃饭的人，饭菜差了就骂厨子；监狱里的犯人，吃好吃坏，都不作声；见了厨子，反倒低声下气。饭馆的厨子看不起牛得草，牛得草也看不起别的厨子：

"妈拉个×，普天下，都见做饭的伺候吃饭的，哪见吃饭的伺候做饭的？"

高门大嗓后，人欺他眼看不见，同事、熟人，见面爱抹他脖子。"吧唧"一声，从脑袋抹到脖项，转身走开，牛得草不知是谁。这年冬天，刘跃进随娘去监狱看舅舅，牛得草带他去集上，给监狱买咸菜疙瘩，一熟人又上来抹牛得草的脖子。牛得草担着担子习以为常，八岁的刘跃进上去踢了邦人一脚：

"×你娘！"

那人被骂急了，反手掴了刘跃进一巴掌。刘跃进哭了，聚上来许多人。牛得草也骂刘跃进：

"玩儿呢。"

待走出集市，抚着刘跃进的头：

"打虎还靠亲兄弟，上阵还靠父子兵。"

落下泪来。从此开始亲近。任保良在洛水坐牢时，刘跃进已娶了老婆。当时任保良开卡车跑长途，贩煤、贩粮食，也贩化肥和棉花；分季节，啥赚钱贩啥。这天从江苏高邮拉了一车活螃蟹，往陕西潼关运；走到洛水路卡，被警察扣下。车超宽，也超高。任保良悄悄塞到拦车的警察口袋里二百块钱，警察没说什么；任保良开起卡车要走，从岗亭又下来一警察，重新检查他的证件，说他手续不全，又要扣车。任保良不愿再花钱，看看车上的活物，螃蟹们吐着沫，瞪着眼睛在着急，任保良也着急；检查证件的警察又夹找碴儿没啥，收了他钱的警察也不帮他说话，转身走开，惹恼了任保良。任保良上去揪住他，让他还钱；这警察也急了，说没收他钱，两人撕巴起来。警察抽出警棍打任保良，任保良挨了三下，夺过警棍，打了警察一下。警察三棍打在任保良肩上、腰上和背上，任保良一棍打在警察头上，登时冒了血，人"咕咚"一声，倒了。砸别人头事小，砸警察的头，事就大了。本是轻伤，也就出了点血，经医院鉴定，成了重伤，脑震荡，加上妨碍公务罪，任保良被判了两年零八个月。这天刘跃进到县城买猪娃，他有一个中学女同学叫李爱莲，李爱莲有一个姑家的表哥叫冯爱国，冯爱国因偷了邻村的匕，一头母牛，带两个牛犊，被判了八个月，也住在监狱。李家爹娘死得早，李爱莲从小由姑姑带大。监狱一个月让探一回监，这天不是探监的日子，李爱莲知道刘跃进的舅舅在监狱当厨子，便托刘跃进给冯爱国往监狱捎了一只烧鸡。刘跃进在县城买过猪娃，去了监狱，把烧鸡交给舅舅牛得草。牛得草把冯爱国从号子里叫出来，把他带到监狱厨房，把烧鸡扔给他，让他蹲到墙角去啃。待烧鸡啃了一半，号子里有人喊：

"我叫冯爱国，我叫冯爱国。"

这才晓得蹲在厨房啃烧鸡的不是冯爱国，是河北的任保良。牛得草到号子里喊冯爱国时，冯爱国这两天拉稀，去了茅房，任保良顶着冯爱国，来啃烧鸡。牛得草上去抽了任保良一耳光：

"妈拉个×，河北没有烧鸡？"

又上去用脚踹：

"欺我看不见是不是？外头欺我就算了，你们也敢欺我？"

又抄起擀面杖，没头没脑往任保良身上砸。刘跃进看任保良抱头挨打，不敢动弹，也不敢出声，嘴里还嚼着烧鸡，有些不忍，上去拉牛得草：

"舅舅，算了，不就一只烧鸡？再打，也从他肚里掏不出来了。"

任保良这时哭了：

"不为吃口鸡，两年多了，没一个人来看我。"

两年零八个月到了，任保良出狱了。任保良出狱做的第一件事，是到刘家庄看刘跃进。去时，带了十只白条鸡。五年过去，任保良成了北京一建筑工地的包工头。这期间两人没有见过，但有书信来往。又五年过去，刘跃进离了婚，心中正在烦恼，便离开河南洛水，来北京投靠任保良，在工地当了厨子。不在任保良手下当厨子，两人还是朋友；现在有了上下之分，两人就不是朋友了。或者，任保良能说刘跃进是朋友，刘跃进不能把任保良当成朋友。或者，私下里是朋友，人多的场合，须有上下之分。刘跃进懂这个理儿，私下叫"保良"，一有人，马上改口"任经理"。任保良看他懂事，加上有十几年前一只烧鸡顶着，虽然知道刘跃进在食堂捣鬼，但也睁一只眼闭一只眼。但一次刘跃进喝多了；一起喝酒的几个民工，在议论任保良；民工议论包工头，难有好话；刘跃进酒前酒后是两个人，酒前说话过脑子，酒后就忘了自己是谁，也随人说起了任保良；说现在没啥，顺嘴秃噜，说起任保良十几年前在洛水坐监的事，如何因为一只烧鸡，在厨房挨打。这话传到了任保良耳朵里。任保良不忱自己坐过监，动不动还说：

"妈拉个×，老子监狱都蹲过，还怕你们这些龟孙？"

但自个儿说行，别人说就不行了。或者，别人说行，刘跃进说就不行了。这一下，两人彻底不是朋友了。任保良本想把刘跃进打发走，只是担心弯拐得太陡，显得自己心量小；便不动声色，还让刘跃进当厨子，但不让他买菜；等刘跃进自个儿觉着没了油水，提出走人。恰好任保良有一个外甥女，高中毕业，没考上大学，也从沧州来北京发展，投奔任保良，任保良便把她安排到工地食堂，专管买菜。刘跃进知道祸起一句话，祸是酒惹的，也想一走了之，再待下去双方都难堪；但中国别的不多，人多，另外的地方一时也不好找；工地挖沟爬架子的活儿好找，到食堂当厨子不好找，也就臊着自己先待下去，等有了机会再说。任保良的外甥女叫叶靓颖，任保良瘦，叶靓颖胖，十九岁，二百一十斤。身胖，胸却是平的。叶靓颖兴冲冲地上了任，每天早起，骑一辆三轮车，屁股一扭一扭，到集贸市场买菜。买一道菜，记一道账。一把葱，一头蒜，都记在算术本上。一个月下来，密密麻麻，积了两大本。但她哪里知道菜市场的门道？一个月下来，叶靓颖买菜花出的钱，比上个月多出两千多块；食堂吃的，却没有上个月好。月底结账的时候，叶靓颖把两本账递给任保良，任保良把算术本"刺啦""刺啦"撕了，扔到地上：

"不能不说，你是个老实人。"

又感叹：

"用老实人，还不如用个贼。"

又撤下叶靓颖，让她在厨房馏馒头、蒸大米，重新把买菜的事，还政刘跃进。刘跃进这时倒端上了架子，嚼着牙花子说：

"任经理，岁数大了，说起这买菜，我也转不过那些菜贩子。"

还替叶靓颖说话：

"真不能怪咱外甥女。"

直到任保良急了：

"刘跃进，你 × 过我的娘，我也 × 过你的娘，别再装孙子了。再拉硬弓，我真让你滚蛋！"

刘跃进这才骑上三轮车，笑眯眯地去了菜市场。

第三章

韩胜利

刘跃进欠韩胜利三千六百块钱。刘跃进欠这钱，也是吃喝醉的亏。四十岁之前，刘跃进从无自言自语过，过了四十岁，常常一个人说话。在厨房切着菜，在街上走着路，或一天忙完，要脱衣睡觉了，突然对自个儿说了一句什么。过后一想，想起的，全是过去的烂糟事；说的，全是对这烂糟事懊悔的话；好事从不自言自语。近几个月，刘跃进常对自个儿说的一句话是：

"再不能喝了。"

仨月前，在集贸市场卖猪脖子的老黄的女儿结婚。老黄除了卖猪脖子，还卖猪心、猪肺、猪大肠等下水。别的肉贩子卖的是肉，兼卖猪脖子和下水；老黄不卖肉，专卖猪脖子和下水；所以他卖的猪脖子和下水比别人便宜。刘跃进固定到老黄摊上买猪脖子，天长日久，两人成了朋友。刘跃进买过猪脖子，再自作主张，提溜几条猪大肠，放到自个儿三轮车上，老黄也不计较。有时买过猪脖子，提溜过猪大肠，刘跃进还不走，坐下跟老黄扯些别的，老黄也应承。老黄女儿结婚，刘跃进去随了份礼，坐在婚宴上吃酒。吃着喝着，吃没多吃，又喝大了。挨刘跃进坐着的，是在集贸市场卖鸡脖子的吴老三的媳妇。刘跃进平日买鸡脖子，固定的也是吴老三的摊子。吴老三和老黄一样，不卖鸡肉，专卖鸡脖子和鸡架子。到吴老三摊上买鸡脖子，刘跃进常与吴老三媳妇开玩笑。吴老三和他媳妇都是东北人，东北女人易满胸，刘跃进：

"看，又涨了，又该吃了。"

吴老三媳妇：

"叫娘啊，叫娘就让你吃。"

吴老三在一旁捋鸡脖子，笑笑，也不搭言。现在刘跃进和吴老三老婆坐在一起，吃着喝着，两人又开玩笑。一开始刘跃进只是动嘴，待喝醉了，忘了带脑子，话到处，刘跃进手也到了，摸了吴老三媳妇满胸一下。吴老三媳妇并无在意，还弯腰"嘀嘀"笑，吴老三在对面不干了。如果没喝多，吴老三也不会在意；现在吴老三也喝大了，就跟刘跃进急了，隔着桌子，抄起一盘子菜，扣到刘跃进脸上。刘跃进如果没喝多，自知理亏，不敢还手；喝多了，忘了自己是谁，拨拉掉脸上的菜，端起桌上一盆鸡脖子汤，泼了吴老三一头一身。吴老三大怒，抄起一把老黄的杀猪刀，跳过桌子，要杀刘跃进，倒把刘跃进的酒吓醒了。众人拉住吴老三。谁知越拉，吴老三越来劲：

"别拦我，谁拦有谁，我忍了不是一两天了！"

闹到半下午，最后在老黄的调停下，双方讨价还价，刘跃进赔吴老三三千六百块钱，算是"猪手费"；刘跃进身上钱不够，同乡韩胜利现去银行，从韩胜利卡上取来三千三，讲好三分利，借给刘跃进；凑够三千六，交给吴老三，一场风波才罢。摸了一把胸，而且喝醉了，啥感觉没有，出了三千六；半夜，刘跃进的酒彻底醒了，先是懊悔，接着又气吴老三：

"跟'鸡'睡一觉，才八十；这摸了一下非关键部位，三千六；把你妹妹搭上，也不该这么贵呀！"

接着又气卖猪脖子猪下水的老黄，因三千六是他说和的：

"看我喝醉了，也跟着趁火打劫，是人吗？"

从此买猪脖子和鸡脖子，都换了摊子。与吴老三和老黄的事了结过，刘跃进与韩胜利的麻烦开始了。当时跟韩胜利借钱时，讲好三分利，三天还；如今三个月过去了，刘跃进没还一分钱。欠债不还，要么因为没钱，要么有钱就是不还。

刘跃进说是前者，韩胜利认为是后者。打过几次嘴仗，红过几次脸，韩胜利摇头：

"好人不能做，一做好人，朋友就成了仇人。"

既然成了仇人，韩胜利就拉下脸子，一开始一个礼拜一催账，现在天天晚上来要。刘跃进也改了说法，不说不还，也不说没钱，只是说：

"钱有，在任保良那里；他拖工钱，你让我抢去呀？"

或者：

"你找任保良去，他给我钱，我就还你钱。"

韩胜利哭笑不得：

"你把事说乱了，你欠我钱，咋改我找任保良了呢？"

这天韩胜利又来了，不过不是晚上，是中午。韩胜利平日爱穿西服，西服是从工地旁边的夜市地摊上买的，或三十，或二十，皆是来路不明的二手货；这天他没穿西服，穿一件白汗衫，汗衫上有血，裤腿上也有血，头上还缠着绷带。刘跃进正在工地食堂卖饭，食堂里拥挤着几百号民工，在敲饭盒。韩胜利不似平日商量着要账，而是挤过这些打饭的人，到卖饭的窗口喊：

"刘跃进，今儿不还钱，我跟你拼了！"

刘跃进看他浑身是血，慌了：

"今儿唱的哪一出呀，还化了装。"

任保良的外甥女叶靓颖在旁边打米饭，刘跃进把菜勺交给叶靓颖，转出厨房，好说歹说，把韩胜利拉到食堂后身，把他捺坐在一堆盘条上，接着与他并排坐在一起。刘跃进：

"就这点儿钱，当众喧哗，你不嫌丢人，我还嫌丢人呢。"

韩胜利抖着身上的血汗衫：

"因为你，我被打了。"

刘跃进：

"谁呀？"

韩胜利：

"谁你甭管，我也欠着人钱呢。"

又瞪了刘跃进一眼：

"我得跟人学，我要钱就是钱，人家要钱是要命。"

刘跃进知道韩胜利常在街上偷东西，猜他犯了事，被人打了。韩胜利指着头上的绷带：

"到医院缝了八针，一百七，也算你的。"

刘跃进点着一支烟，这时话拐了弯：

"胜利，做人做事，咱不能绝情。你想想，八年前，在老家，你被你后娘赶出来那回，天上下着雪，风跟刀子似的，是谁把你领回家，吃了一碗热汤面？"

韩胜利：

"论起这事，我该给你叫声叔，但这事被你说过八百遍了，早过劲儿了。叔，咱闲言少叙，我也被人逼得紧，还钱。"

刘跃进：

"真没有，再容我几天。"

韩胜利这时看看左右，戳戳屁股下的盘条：

"工地上有的是盘条和电缆，夜里你弄出来一些，咱爷儿俩的事就算了了。"

刘跃进看不懂韩胜利一身血的含义，但霍地站了起来：

"胜利，你整天干些啥，我管不着，但我眼下还不想当贼。"

看韩胜利又要急，刘跃进也急了：

"把我惹急了，就不是偷的事了，也叫他白刀子进去，红刀子出来。"

韩胜利喊道：

"要钱没钱，偷又不偷，你到底想咋?"

这时一群吃过饭的民工从墙角转来，刘跃进抓住韩胜利的手，低下声来：

"三天，再给我三天。"

第四章

刘鹏举

刘跃进过了四十岁，除了开始自言自语，还悟出一条道理，世界上有两种人，一种是说得起话的人，一种是说不起话的人。说不起话的人，说了不该说的话，就把自个儿绕进去了。话是人说的，为了一句话，能把人绕死。像刘跃进，有些事说得起话，譬如今儿中午工地食堂吃啥，萝卜炖白菜，或是白菜炖萝卜，加不加猪脖子肉，加多少，可以做主；就像当年的洛水监狱，中午犯人吃啥，他舅舅牛得草可以做主一样。但出了工地食堂，就像牛得草出了洛水监狱，就说不起了。说了也没用。话没用没啥，说了过头话，事后又得承担这话的后果，事就大了；如果承担得起没啥，你又承担不起，因这承担不起又会节外生枝，事情就严重了。但过头话都是痛快话，人激动起来爱说。

刘跃进有个儿子叫刘鹏举，现在老家县城上高中。为了这个儿子，刘跃进说过一句过头话。当时说着很痛快，说过之后，这话就变成了一座山，让刘跃进整整背了六年，把腰都压弯了。不是为了这个儿子，刘跃进做人也不会这么赖，身上明明有钱，故意欠着韩胜利不还。四十岁之前，刘跃进是个爽快人。四十岁之后，刘跃进常常自言自语的另一句话是：

"我咋变成现在这样了呢？"

六年前，刘跃进与老婆离了婚。刘跃进的老婆叫黄晓庆。离婚前，刘跃进在县城一家叫"祥记"的餐馆当厨子，做红案，也做白案。当了一年厨子，看准机会，求了老板，又把老婆黄晓庆引来，在前厅端菜抹桌子。刘跃进当厨子，一个月挣七百块钱；黄晓庆端菜抹桌子，一个月挣三百块钱。洛水县城西关有一个酿酒厂，老板叫李更生。刘跃进跟李更生是小学同学。当时班上五十六个人，数李更生窝囊。两个同学打完架，吃亏那人，可以再找李更生踹上两脚出气。大家都踹，刘跃进也踹过。李更生个头又高，外号"傻大个"。没想到这个傻大个，三十年后，成了"太平洋酿造公司"的总经理。虽是一河南县城的小酒厂，每天除了生产"小鸡蹦"，还生产"茅台"。"小鸡蹦"两块五一瓶，"茅台"三百八一瓶。当年的窝囊废，三十年后，胆子长大了。这天李更生跟几个朋友来"祥记"吃饭，听说端菜的服务员是刘跃进的老婆，便把刘跃进从厨房揪出来，与他们一起喝酒。席间说些闲话，李更生的朋友问，大嫂在这里，一月挣多少钱?刘跃进说三百，李更生马上说，到我酒厂里装"茅台"，一个月给她六百。天上掉下个馅饼，刘跃进和端菜的黄晓庆自然满心欢喜。李更生指着刘跃进：

"不为别的，为你小时候踹过我。"

大家都笑。第二天，黄晓庆便离开"祥记"，到"太平洋酿造公司"装酒。第二年春天，黄晓庆又不装酒了，到了酒厂推销部，常跟李更生到全国各地卖酒。卖酒有提成，黄晓庆一个月，能挣到一千五百块钱，比刘跃进当厨子挣得还多。刘跃进以为是傻大个对同学的关照，见了李更生，还拉着他的手说：

"对哥好，哥知道，都在心里。"

但满县城都在传，李更生和黄晓庆好上了。满县城的人都知道了，就刘跃进一个人蒙在鼓里。"太平洋酿造公司"有一个门卫叫张小民，张小民是李更生表姐家的孩子，因为这层关系，才能看大门。这年冬至晚上，李更生在外喝酒。从晚上喝到深夜，喝醉了，开车回酒厂；张小民这天同学聚会，也喝了二两，在保安室睡着了。李更生叫门，里面无人应。这时天上飘起了雪花；李更生喝过酒，风一吹，身上一阵阵打战。李更生又叫，还无人应。李更生扒大门跳进去，一脚踹开保安室，抄起桌上的木棒；这根木棒，张小民值班时，挂在腰间，类似警棍；李更生趁着酒劲，对床上的张小民一顿棒打。早年的傻大个，现在已习惯打人。挥棒时，又将床头一面镜子打碎了，玻璃纷落，一块玻璃，将张小民脸上划了一道长口子。看张小民出了血，李更生还不依不饶，照他的血脸又啐了一口：

"妈拉个 ×，养你，还不如养一条狗！"

扔下棒子，走了。打张小民，骂张小民，张小民都能忍。半个月后，张小民脸上的伤也好了，但留下一道疤。这疤在左脸正中。因为这道疤，他女朋友跟他吹了，张小民就急了。这天中午，刘跃进正在"祥记"后厨炒菜，张小民跑进厨房，趴到刘跃进耳朵上，悄悄说了几句话。刘跃进放下炒勺，跟张小民风风火火跑到"太平洋酿造公司"，一脚踹开李更生的办公室，在办公室里间床上，将李更生和黄晓庆拿了个正着。两人都光着身子。刘跃进上去就打李更生。李更生挨了两下，没动；后来被打急了，也扑过来与刘跃进打。张小民见打了起来，跑了。黄晓庆没劝架，也穿上衣服走了。两人一场架打下来，穿着衣服的刘跃进，竟没打过光着身子的李更生。

现在的李更生，真不是当年的傻大个了。李更生把刘跃进打了一顿，还光着屁股蹲在椅子上抽烟：

"事儿就是这么个事儿，你告我去吧！"

老婆被人搞了，捉奸又被人打了，一场窝心事，转眼间成了笑话。当天，这笑话传遍了县城。像李更生当年在学校是窝囊废一样，刘跃进现在也成了窝囊废。上小学窝囊不被人笑，老婆被人搞了就是真窝囊。第二天一早，刘跃进带着一帮亲戚，重回"太平洋酿造公司"找李更生。但李更生带着黄晓庆，早到海南卖酒去了。刘跃进见不着人，带人闯到车间，将一车间的酒瓶子全打碎了，"茅台"酒流了一地。打过，刘跃进并没有解气，脑子倒成了空白。夜里躺在床上，他费解的不是老婆跟人好了，好了一年自个儿竟蒙在鼓里，而是两个人到底因为什么好上的。老婆跟李更生好，刘跃进还能想通，可以说她嫌贫爱富；李更生与黄晓庆好，到底又图啥呢？黄晓庆长得并不好看，细眯眼、瘦脸，鼻窝里还有一撮雀斑，人也三十多了，刘跃进都没觉出她好，李更生哪里找不着女人，非要跟她好呢？纯粹为了败坏刘跃进吗？就为上小学踹过他几脚吗？当时踹他的同学多了，现在都娶了老婆，个个搞去，搞得过来吗？出了这事，刘跃进只是窝心；这道理搞不明白，刘跃进会憋死。自个儿想不明白，刘跃进便去问他信得过的朋友。他信得过的朋友，莫过于在"祥记"旁边支了个摊子打火烧的老齐。问过，老齐翻着炉上的火烧，用油手搔着头说：

"我也正纳闷儿呢。"

又问其他他信得过的人，没有一人能说通这理儿，倒是觉得刘跃进有些异常，离精神失常已经不远了。但刘跃进心里明白，他比不出这事还正常。最后，他干脆谁也不问了，直接给李更生打电话。李更生带着黄晓庆，已从海南岛到了广州，又从广州到了上海，从上海到了西安，这电话是在西安接的。李更生一开始不接电话，后来接了；以为刘跃进要说别的，见是问这个，倒也一愣；但也不遮着掩着，说：

"不图黄晓庆别的，就图她个腰，一把能掐住。"

刘跃进的脑袋，"轰"的一声炸了。自个儿跟黄晓庆过了十三年，竟没觉出她的腰，这腰与别的腰的不同。这一腰撞得，比老婆让人搞了，还让刘跃进拧巴。这腰他没发现，李更生发现了；因为这腰，刘跃进成了错的，李更生和黄晓庆倒是对的。放下电话，刘跃进活了四十二年，所有的日子都变了颜色。但这话无法对打火烧的老齐说，也无法对别的朋友说。一说，这事又转成了另一个笑话。

刘跃进喝酒自此始。而且一喝就醉。醉前和醉后是两个人。醉了没啥，醉了挺高兴的，把一切都忘了；第二天上午醒来，突然伤心想哭。哭也哭不出来，坐那儿呆想。想着想着，突然想自杀。自杀不是因为出事，也不是因为这理儿，而是这理儿把刘跃进拧巴过去，拧巴不回来了。过去听说别人自杀，感到很可怕；现在自个儿想自杀，觉得是一种解脱。自杀的方式很多，或喝农药，或拿刀子割脉，或跳河，或触电，刘跃进独想上吊。一想到上吊，整个脖子都痒痒的；想着绳子接触脖子，脖子是甜的。有时夜里睡觉，刘跃进还在梦里喊：

"人呢，给我绳子呀。"

自杀虽好，刘跃进最后没有自杀。没有自杀不是因为刘跃进想着好做不到，而是因为刘跃进有一个儿子。黄晓庆出事之后，也牵涉到儿子。儿子当时都十二岁了；大家由黄晓庆的现在，开始怀疑她的过去；大家都说，这儿子是不是刘跃进的，也难说。刘跃进拉着儿子，进了县医院，俩人一块儿做了 DNA。结果是：俩人是父子。三个月后，刘跃进与黄晓庆离婚。离婚时，黄晓庆也想要儿子，刘跃进说，宁肯把儿子一棒子打死，也不会给她。黄晓庆自知理亏，也没坚持，只是说：

"你养也成，我每月给你抚养费。"

刘跃进正在气头上，冲口说了一句：

"人骚，钱也骚。俺爷俩儿拉棍要饭，也不要这骚钱。"

当时说得痛快，在乡里开离婚证的老胡都给刘跃进跷大拇指；但当时过了嘴瘾，六年下来，刘跃进才知道自个儿吃了大亏。为这话，他把自个儿绕进去了，把腰都累弯了。同时又觉得自个儿前后矛盾。既然知道对方钱骚，离婚之前，与李更生了结此事，刘跃进却提出让李更生赔偿六万块钱。钱就是钱，无所谓骚不骚。对钱，刘跃进说了过头话。

第五章

严　格

　　严格是"大东亚房地产开发总公司"的总经理。严格是湖南醴陵人，三十岁之前瘦，三十岁之后，身边的朋友都胖了，出门个个腆个肚子，严格仍瘦。三十二岁之前，严格穷，爹娘都是醴陵农村的农民，严格上大学来到北京；人一天该吃三顿饭，严格在大学都是两顿；也不是两顿，而是中午买一个菜吃一半，晚上买份米饭接着吃。大学毕业，十年还没混出个模样，十年跳槽十七个公司。三十二岁那年，遇到一个贵人；人背运的时候，黑夜好像没个尽头；待到运转，发迹也就是转眼间的事。严格回想自己的发迹，往往想起宋朝的高俅。当然，也不同于高俅。自遇到那个贵人到现在，也就十多年光景，严格从一文不名，到身价十几个亿。严格在大学学的不是房地产，不是建筑，不是经济，也不是金融，学的是伦理学；讲伦理严格没得到什么，什么都不讲，就在地球上盖房子，从小在村里都见过，倒让他成了二层社会的人。他的头像，悬在四环路边上的广告牌上；把眼睛拉出来，看着他的房产和地产。世界，哪有一个定论啊。没发迹的时候，严格见人不提往事；如今，无意间说起在大学吃剩菜的事，大家都笑。大家说，严格是个幽默的人。

严格富了之后，也有许多烦恼。这烦恼跟穷富没关系，跟身边的人有关系。四十岁之后，严格发现中国有两大变化：一、人越吃越胖，二、心眼儿越来越小。按说体胖应该心宽，不，胖了之后，心眼儿倒更小了。心眼儿小没啥，还认死理，人越来越轴了。他伺候的是一帮轴人。别人轴没啥，身边的朋友轴没啥，老婆也越吃越胖，心眼儿越来越小，人越来越轴，就让严格头疼。严格的老婆叫瞿莉，三十岁之前，瘦，文静；过了三十岁，成了个大胖子，事事计较，句句计较；一个 CEO 的老婆，家产十几个亿，为做头发，和周边的美容店吵了个遍。由老婆说开去，严格感叹：中国人，怎么那么不懂幽默呢?过去认为幽默是说话的事，后来才知道是人种的事。幽默和不幽默的人，是两种动物。拧巴还在于，人不幽默，做出的事幽默。出门往街上看，他们把世界全变了形，洗澡堂子叫"洗浴广场"，饭馆叫"美食城"，剃头铺子叫"美容中心"；连夜总会的"鸡"，一开始叫"小姐"，后来又改叫"公主"。严格走在街上，觉得自个儿是少数派。本不幽默，也学得幽默了。人介绍他：

"'大东亚房地产开发总公司'的严总。"

严格忙阻住：

"千万别，一盖房子的。"

人说他瘦，讲健身，他说：

"想吃胖啊，得有得吃呀。"

人说他生意大，北京半个城的房子都是他盖的，他摇头：

"搬砖和泥，粗活，不要见笑。"

人说他幽默。他渐渐也不幽默了。不幽默并不是幽默不好，而是因为幽默，严格吃过不少亏。周围皆是小心眼儿的大胖子，不管是生活，或是生意，皆是刺刀见红。水该一百度沸腾，他们五十度就沸腾了；水该零度结冰，他们五十度就结冰了；他们的沸点和冰点是一样的。本来是一句玩笑话，待朋友翻脸后，或没有翻脸，仅为一己之私，会把上次的玩笑，下回当正经话来说；时间一变，地点一变，人的态度一变，把同样的话放到不同的环境和气氛中，这话立即就变了味，一下就将严格置于死地，无法顺着原路回到原来。话的变味，比朋友翻脸还让人可怕。由此带来的拧巴，比人穷不走运还大。严格摇头：

"不让幽默，我不幽默还不成吗？"

四十岁之后，严格发现自己最大的变化是，四十岁之前，自己爱说笑话；过了四十岁，开始不苟言笑。久而久之，对玩笑有一种后天的反感。人跟他开玩笑，如是部下，他会皱眉：

"不能正经说话吗？"

如是朋友，他不接这个玩笑；对刚才说过的事，不苟言笑重说一遍。或者，四十岁之后，严格除了瘦，其他方面也变得跟众人差不多了。不喜欢跟这些人说话，但话每天又得说；话不是不能这么说，只是觉得话越说越干涩，就像日子越过越拧巴，就像老婆整天说自个儿身上疼、眼干舌燥一样，就像发动机缺机油在干转一样，这日子早晚得着火。机油，你哪里去了？

"大东亚建筑有限公司"下边，有十几个建筑工地。十几个建筑工地，就有十几个包工头。任保良是其中之一。严格除了跟那些大胖子打交道，也常去建筑工地。建筑工地的民工，没有一个是胖的。见到这些民工，民工有河北人，有山西人，有陕西人，有安徽人，也有河南人；与大胖子说话，话越说越干涩；倒是到了建筑工地，全国各地的民工一开口，又让严格乐了。他们每天吃的是萝卜炖白菜，白菜炖萝卜，但一张口，句句可笑，句句幽默。或者说，是这些民工的话，把严格脑子中残余的一点儿幽默的细胞又激活了。所有的包工头，见严总来了，以为是来检查工程；工程是要检查，但主要，是来听民工们说话，透上一口气。古风存于鄙地，智慧存于民间；有意思的事和话，都让那些胖子就着鲍鱼和鱼翅吃没了；仅剩的一些残汁，还苟活于萝卜和白菜之中；奴隶们创造历史，毛主席这句话没错。

在十几个包工头中，严格又独喜欢河北沧州的任保良。任保良说话不但可笑，还愣。民工们跟任保良说话，觉得他很精；严格听起任保良的话，句句有些傻。或者不能说是傻，是粗；不能说是粗，是愣。但话愣理儿不愣。句句是大实话。初听有些可笑，再听就是实话。原来实话最幽默。一天傍晚，严格去任保良的建筑工地。一幢CBD的楼壳子，已盖到五十多层。两人坐着升降机，来到了楼顶上。夕阳之下，整个北京城，尽收眼底。严格感叹：

"好风光啊。"

任保良指着脚下的街道，街道上像蚂蚁一样蠕动的人群：

"'鸡'又该出动了。"

又啐了一口痰，狠狠骂道：

"婊子就叫婊子，还'小姐'！"

又说：

"严总，咱别盖房子了，开窑子吧。挣个钱，不用这么费劲。"

这话没头没脑，初听很愣，细听可笑。严格来时，正烦恼一事，现在弯腰笑得，把一切烦恼全忘了。本来晚上还有饭局，他又多待了一个小时。这时天安门华灯齐放，从没这么美丽过。渐渐，平均一个礼拜，严格要到任保良的工地来一趟。一是来听民工和任保良说话，遇到饭点，也到民工的食堂吃饭。民工们吃刘跃进的萝卜炖白菜吃腻了，一端起碗就吐酸水；严格却觉得好吃，连菜带汁，能吃上两碗，吃出一头汗。任保良看他吃得痛快，感叹：

"该闹革命了，一闹革命，你天天能吃上这个。"

严格又笑。

这天中午，严格又到任保良的工地来了。工地正在吃中饭。任保良吃工地食堂吃腻了，没去食堂，从外边买了一份盒饭，正蹲在他自个儿小院的台阶上吃。任保良的小院，不能说是院，离工棚三尺开外，靠一棵枣树，临时用废板子围成一个圆圈；房前，巴掌大一块地方，但你又不能说它不是院。任保良吃的是栗子烧鸡块，见严格来了，以为又来吃中饭，嘴里嚼着鸡说：

"等着，我让人给你打好饭去。"

但今天严格到工地来，既不是为了吃饭，也不是为了听民工和任保良说话，是为了找一个人。找这个人不是为了这个人，而是为了让他装扮另一个人。一番车轱辘话说完，任保良有些蒙：

"严总，你要演戏呀？"

严格：

"不是演戏，是演生活。"

任保良一愣，接着笑了：

"生活还用演，街上不都是？"

严格：

"一下没过好，可不得重演？"

接着一五一十，给任保良讲了这段没过好的生活的来龙去脉。严格遇事背别人，背那些大胖子，背老婆，但不背任保良这种人。原来，严格一直与当今一位走红的女歌星好，她得了厌食症。这天严格去她家里看她，两人该办的事办了，严格走时，她戴一墨镜，把严格送到楼下。楼下有一条小胡同，胡同里有钉皮鞋的、烤羊肉串的、修自行车的、崩爆米花的、卖煮玉米的、卖烤白薯的，一派人间烟火。两人分手之前，女歌星到烤白薯的炉子前，买了一块烤白薯。正好一个小报记者在对面小铺吃杂碎汤，看到这歌星，大吃一惊，顺手拍了一张照片。这照片别人拍到没啥，被记者拍到，第二天就上了报纸，占了半个版。照片有两张，一张是街头全景，熙熙攘攘的人，各种做生意的摊子；全景图片右上角，叠一张特写，烤白薯的炉子前，女歌星握着一块白薯，在往嘴里塞。图片下的标题是："厌食症也是炒作？"这事登报没啥，说是炒作也没啥，这事本身就是炒作，正着炒反着炒一样；问题是，歌星肩右，露出一严格的人头。图片上的严格，条瘦，倒像得了厌食症。严格对上报并不介意，他把自己的照片，整天挂在四环路的广告牌上；但报上不是他一个人，旁边还有女歌星，问题就大了；虽然他把照片挂在四环路边，世上没几个人能认出严格；问题是，严格的老婆瞿莉认识严格，瞿莉早就怀疑严格外边有人，现在报上登了这个，怀疑不就照进现实了吗?瞿莉上个礼拜去上海走娘家，下午就回北京。一下飞机，就会看到这报纸。瞿莉的头发没做好，就能跟美发店吵翻，现在看严格跟一个女人在一起，又上了报纸，怕是要拿刀子杀人。瞿莉还有一个习惯，动刀之前，爱搞追查；这个追查的过程，比杀人本身还可怕。照此推论，瞿莉看到报纸，便会去现场调查。为了蒙骗老婆，严格想把现场重新布置一遍，把昨天的生活重演一遍；待瞿莉调查时，众人皆说严格和歌星不是一起来的，把必然说成偶然，把两个关系亲密的人，说成互不认识；说不定能将案子翻过来，躲过这一劫。街头现场有十几个摊位，烤白薯的、烤羊肉串的、钉皮鞋的、崩爆米花的……严格都交代好了；就一个卖煮玉米的，安徽人，一说话就哆嗦，怕他露馅，得找一个人替他；演他，还得像他；像他的人，工地最多，就找任保良来了。一番话说完，把严格累着了，任保良也听明白了。但任保良怀疑：

"她要是看不到这报纸呢？我们不白张罗了？"

严格：

"她看不到，别人也会告诉她；她身边，都是大胖子。"

大胖子没好人的理论，严格也对任保良说过，任保良能听懂。但他又感叹：

"多费劲呀，如是我，早跟她离了，一了百了。"

严格瞪了任保良一眼：

"事情没你想得那么简单。如能离，我早离了。"

又说：

"电视上，每天不都在演戏？一个人去视察，周围都得布置成假的，和对付我老婆一样。各人有各人的难处。"

任保良明白了，这戏是非演不可了；但他搔头：

"可要说装假，你算找错了地方。工地几百号人，从娘肚子里爬出来，真的还顾不住，来不及装假。"

严格的手机响了，但他看了看屏幕，没接；端详任保良：

"我看你就行。"

任保良跳了起来，似受了多大的委屈：

"我咋给你这印象?剥了皮,世上最老实的是我。"

这时话开始拐弯:

"严总,咱说点儿正事,工程款拖了大半年了,该打了;材料费还好说,工人的工资,也半年没发了,老闹事。"

用手比画着:

"一个月不出,我的车胎,被扎过五回。"

任保良有一辆二手"桑塔纳"。严格止住他:

"我说的也是正事。我要被老婆砍死了,你到哪儿要钱呢?"

任保良一怔,正要说什么,小院的门被"哐当"一声撞开,刘跃进进来了。进来也不看人,也不说话,径直走到那棵枣树下,从腰里掏出一根绳子,往枣树上搭。任保良和严格都吃了一惊。任保良喝道:

"刘跃进,你要干吗?"

刘跃进把脖子往绳圈里套:

"干了半年,拿不着工钱,妻离子散,没法活了。"

原来,刘跃进刚送走韩胜利。这次韩胜利没白来,刘跃进从食堂菜金里,给他挤出二百块钱;这二百块钱的窟窿,还待刘跃进到菜市场去补;虽说是菜金,其实这二百块钱,早被刘跃进从菜市场找补回来了,只是不想还债,才找出这么个说法。但韩胜利不同往常,临走时说,连本带利,剩下的三千四百块钱，只给两天时间；两天再不还，就动刀子。看他的神色，不像开玩笑。目前刘跃进身上，倒是还有三千多块钱；但这点儿钱，以备不时之用，一般不敢动；身上少了五千块钱，刘跃进心里就不踏实。韩胜利走后，刘跃进正兀自犯愁，儿子刘鹏举又从河南老家打来电话，说学校的学费，两千七百六十块五毛三，不能再拖了；也是两天，如果交不上去，他就被学校赶出来了。欠人钱，儿子又催钱，任保良欠他钱，三方挤对，刘跃进只好找任保良要账。儿子正好来了电话，也是个借口。他也知道，任保良手头也紧，想让任保良还钱，就不能用平常手段。上个月，安徽的老张，家里有事，辞工要走，任保良不给工钱；老张爬到塔吊上要往下跳，围拢了几百人往上看。消防队来了，警察也来了。任保良在下边喊：

"老张，下来吧，知道你了。"

老张下来，任保良就把工钱给了老张。刘跃进也想效仿老张，把工钱要回来。刘跃进本不想这么做，跟任保良，也是十几年的老朋友了；但因为工地食堂买菜的事，两人已撕破了脸；加上被事情挤着，也就顾不得许多。但刘跃进用这种方式刁难自己，还是出乎任保良意料。任保良马上急了：

"刘跃进，你胡吣个啥?你妻离子散，挨得着我吗?你老婆跟人跑，是六年前的事。"

又指严格：

"知道这谁吗?这就是严总。北京半个城的房子,都是他盖的。你给我打工,我给他打工。"

又抖着手对严格说:

"严总,你都看到了,不赶紧打钱行不行?见天,都是这么过的。"

严格倒一直没说话,看他俩斗嘴;这时轻轻拍着巴掌:

"演得太好了。"

又问任保良:

"是你安排的吧?你还说你不会演戏,都能当导演了。"

任保良气得把手里的盒饭摔了,栗子鸡撒了一地:

"严总,你要这么说,我也上吊!"

又指指远处已盖到六十多层的楼壳子,上去踹刘跃进:

"想死,该从那上边往下跳哇!"

严格这时拦住任保良,指指刘跃进,断然说:

"人不用找了,就是他!"

第六章

瞿　莉

　　这天下午，刘跃进穿着另一个人的衣服，装扮成另一个人，蹲在十字街头转角处卖煮玉米。另一个人刘跃进没有见过，严格告诉他，是个安徽人，高矮，胖瘦，脸上的黑，跟刘跃进差不多。其实模样有些差别也没啥，所有的装扮为了哄骗一个人，为了对应一张照片，无人能分清照片上一个卖玉米的和另一个卖玉米的细部；照片上，这个卖玉米的全身，只有豆粒大小，大体差不多就行了。何况，在这出戏里，这个卖玉米的并不是主角；主角是卖白薯的，和挨着卖白薯的那个卖羊肉串的。严格的老婆瞿莉如来现场调查，盘问他们的可能性最大。卖玉米的只是照猫画虎，以防万一。刘跃进平生第一次装扮别人，为了装扮这个人，严格付给刘跃进五百块钱。刘跃进接过钱，马上入了戏，他问严格：

"你说那人是安徽人，我是河南人，一张口，说话穿帮了咋办？"

严格一愣，觉得刘跃进说得有道理，这一点他没想到；再一想，觉得刘跃进说得没道理。人在照片上不会说话，这人是安徽人只有严格知道；待戏开场，瞿莉并不知道这人的来历；严格又松了一口气，对刘跃进说：

"你该说河南话，还说河南话，关键是不要紧张。"

又交代：

"不是主角，也不能掉以轻心；我老婆像黄鼠狼，有时候专咬病鸭子；不然我也不会把安徽人换下来。"

刘跃进点点头，撤下安徽人，又问另一个问题．指指报纸上的图片，又戳戳报纸背后：

"给人找这么大麻烦，照相的图啥呢?钱?"

严格叹口气：

"钱后头，藏着一个字：恨。恨别人比自个儿过得好。"

刘跃进点点头，明白了。图片的远景，有一新盖的综合商城；严格指着商城的楼顶：

"该在这儿埋个狙击手，嘣的一声，他脑袋就没了。"

刘跃进还有一个问题。这个问题，和任保良提出的问题一样，严格这么大的老板，出了这事，咋就不能敢做敢当呢？与一女的好了，还就好了；老婆知道了，也就知道了；和老婆离婚，跟那个唱歌的结婚不就完了？再也不用偷偷摸摸了；干吗还费这么大的劲，把生活重演一遍，去瞒哄老婆呢？在这一点上，严格还不如河南洛水"太平洋酿造公司"那个造假酒的李更生。李更生抢了刘跃进的老婆，倒是敢作敢为。但这话刘跃进没敢问，只是想着各人有各人的难处；这么大老板，原来也为老婆的事犯愁。由此，刘跃进对严格产生了一丝同情。或者，两人有些同病相怜。说是同病也不对，但在害怕揭开世界的真相上，两人倒是相同的。

严格交代刘跃进不要紧张，待穿上那安徽人的衣服，刘跃进倒没感到紧张，只是感到不舒服。不舒服不是不舒服装扮另一个人，而是这安徽人的衣服有味儿。一眼就能看出，这身衣服是从夜市的地摊上买的二手货；这身衣服，也不知经了几茬儿人；有些馊，又有些狐臭。不知是哪茬儿人，在这衣服上留下的痕迹。衣服虽有味，但这安徽人的玉米却煮得不错。一个大钢精锅，坐在一蜂窝煤炉子上；刘跃进一出摊，马上有人来买。而且能看出，都是回头客。可见卖一玉米，也能卖出名堂。刘跃进又佩服这安徽人。严格说这人胆小，一说话就哆嗦；刘跃进却觉得，这个哆嗦的人，做事倒认真。刘跃进想着，待哪天自个儿跟任保良闹翻了，也来卖玉米。刘跃进接手摊子时，严格交代得很清楚：

"安徽人怎么卖，你就怎么卖，一切不要改样。"

但刘跃进接手之后，马上改了样。别的样子他没改，只是改了玉米的价钱。煮好的甜玉米按穗卖，过去安徽人一穗玉米卖一块钱，刘跃进接手之后，马上改成了一块一。刘跃进把在菜市场买菜的经验，移植到了卖玉米上。一穗多出一毛钱，一百穗就多出十块钱；不能替安徽人白忙活。有顾客掏钱时问：

"不是一块吗?今儿咋改一块一了?"

刘跃进：

"昨儿怀柔下了一场冰雹，地里的玉米全砸坏了，可不就一块一了?"

人打量刘跃进：

"咋改人了?"

刘跃进：

"我弟昨儿晚喝大了，我是他表哥。"

但刘跃进埋头卖了仨钟头玉米，严格的老婆瞿莉还没露面，还没来调查。看看天色，今天是不会来了。来不来，刘跃进倒不在意；五百块钱的演出费已经挣到手了，锅里的玉米卖出一半，也有五六块钱的赚头；如果明天再演，明天再收演出费，明天再接着赚玉米的差价；就这么天天演下去，

046

刘跃进还发了呢。但刘跃进的梦想马上破灭了。刘跃进正浮想联翩，一辆"奔驰"缓缓开来，停在路边；从车里下来一胖女人。车的另一侧，下来严格。刘跃进知道，锣鼓点敲响了，大幕拉开了，戏开场了。严格的老婆胖虽胖，但能看出，年轻的时候并不胖；现在虽然身子走了形，脸也走了形，但仍有八分颜色。她左手牵着一条狗，右手握着一张报纸。这张报纸，就是刘跃进看过的登着女歌星和严格的报纸。刘跃进抖了抖精神，做好了上台的准备。

瞿莉下午四点从上海飞到北京。本来两点该到，但上海有雷阵雨，飞机晚起飞俩钟头。瞿莉到上海是走娘家。本来她与娘家关系不好。瞿莉小时，与父亲关系好，与母亲关系不好；母亲脾气暴躁，动不动就打她；瞿莉有一妹妹，母亲对妹妹却不一样，骂是骂过，从无动过手；可见脾气也分对谁。家里分成两党：父党与母党。但父党弱，家里是母党的天下。上海人恋家，但瞿莉考大学，毅然考到北京，就是为了摆脱上海的母党。瞿莉与严格结婚第二年，瞿莉的父亲死了；瞿莉从此不再回上海。回上海，也不回娘家。但近一年来，瞿莉开始走娘家，有时一月一走；连严格也不知道这变化从何而来，是瞿莉变了，还是她母亲变了。但不管是谁，严格并不反对这变化；因瞿莉一走，北京就成了严格的天下，严格就可以放心约会女歌星和其他女人了。但严格不知道的是，瞿莉回上海，并不是为了走娘家，而是为了看心理医生。瞿莉认为自己得了重度抑郁症，只是背着严格没说。瞿莉与严格结婚十二年了。头五年，日子穷，两人老闹别扭；那时瞿莉还文静，与文静的人闹别扭，皆是冷战。五年后，日子富了，瞿莉变胖了，两人再闹，开始大吵大闹。大吵大闹五年，又不闹了，又开始冷战。这时的冷战，就不同于过去的冷战。冷战中，瞿莉突然发现自己有病。有病不在身体，在心，似总在担心什么。既担心严格变心，每天睡觉前，都偷偷到厕所检查严格的内裤；又担心自己；似又不是担心他们两人，而是担心整个世界。周围一发生变化，哪怕门口钉皮鞋的换了，或国家领导人变了，本来与她毫不相干，她都觉得世界乱了，全体不对劲。明显是抑郁症了。别人得抑郁症，应该睡不着觉，应该憔悴和瘦，瞿莉倒天天睡不够，越吃越胖。一烦心，就吃汉堡包。直到吃撑吃累，倒头便睡着了。于是就看心理医生。这抑郁症虽得在现在，说不定和童年也有关系，和母亲也有关系，在上海就地就医，也接地气；于是一个月一趟，飞上海看医生。别人看心理医生解开了心结，瞿莉越看心理医生，心结结得越大。给瞿莉看心理的医生是个男的，浙江奉化人，和蒋介石是同乡；三十多岁，也说浙江官话；但他没胡子，发型、手指的舞动，像个同性恋。但他看别人心理，倒是入木三分；一桩桩一件件，由表及里，由浅入深，透过现象看本质，说得头头是道。但他一开始也没说中，也是针对现象说现象，直到半年之后，盘问出瞿莉与严格结婚十二年，流过三次产，一个孩子也没保住，一切才豁然开朗。这蒋介石的小老乡，跷着兰花指，微微点头，用浙江官话说，这就对了，一切根源都在流产；和她的童年和母亲倒没关系。她担心的不是严格，也不是自己，也不是整个世界，而是孩子。检查严格的裤头，是怕他跟别人生孩子；又开始与严格冷战，做一个头发，却与周边的美发店吵了个遍，是在往外推卸责任；越吃越胖，是破罐子破摔。更进一步，根子也不在孩子，而是怕自己没有孩子，将来的家产落到谁手里。换句话说，是钱。原因找到了，医生豁然开朗了，瞿莉本也该开朗，但她没开朗，反倒更抑郁了。因为这根源她无法解决。本来对世界还没有那么担心，现在反倒更加担心了。本来担心的是整个世界，经过医生的指点，倒渐渐落到了严格一个人身上。严格在外的一举一动，一言一行，她都比以前留意。她也知道这种担心和留意会使事情适得其反，也许她要的就是适得其反；想用适得其反，用爆发，用一个恶劣的最坏的结果，用杀人，用血流成河，来证明错不在自己，把责任都推到对方和世界身上。过去担心严格在外边有人，现在严格在外边没人，她倒不放心；也许，严格在外边搞得越多越好；越多，越能让她的愿望早日实现。她这次去上海，本不是为看病，就是一个习惯；昨天，她北京的一个闺中密友，打电话告诉她，严格与女歌星的照片上了报纸。这闺中密友也是个富人的老婆，大胖子，密友感慨之下，有些兴奋，又让瞿莉看清了这密友的真面目。也是时刻盼着身边朋友倒霉的人。也是心里有病。但闺中密友不知道的是，瞿莉听到这消息，并没有沮丧，而是像密友一样兴奋；就像战马闻到了战场和血的气息，浑身的血液，立即沸腾起来。但她在电话里，又故作沮丧的样子，也让闺中密友上了一当。可她准备引而不发，她要消受这苦胆和毒汁；火山积得越久，喷发出的火焰越壮观。她从首都机场下了飞机，严格来接她，手里拿着一张报纸，她知道严格是在欲盖弥彰，抢占这事的先机。待上了车，瞿莉抱上狗，严格打开报纸，让她看照片，接着解释：

"你爱信不信，当时我买白薯时，都没留意她是谁。"

意图这么明显，倒把瞿莉的火拱上来了。本不想上闺中密友的当，这时又上当了；本想引而不发，突然又发了。她说：

"你紧张什么?我到现场问一问，不就清楚了?'

严格：

"昨儿的事儿了，谁还记得?"

瞿莉不理，让司机径直去照片上的街头。但她这样做，正好也上了严格的当。严格不是欲盖弥彰，而是欲擒故纵；他盼的就是瞿莉去现场；瞿莉过去也去过别的现场，让他提心吊胆；但这次与过去不同，这次经过周密布置，他担心他的戏白导了；他不是借此否定这一件事，而想借此否定整个瞿莉。严格也入戏了，装作不情愿的样子：

"你爱看不看。"

随瞿莉一块儿来到了昨天的街头。

刘跃进本来不紧张，看到瞿莉和严格下车，演出要开始了，刘跃进突然又有些紧张。毕竟过去没演过戏，更没演过生活。演生活，原来比演戏还难。让刘跃进感到紧张的还有，他整天跟工地的民工在一起，大家都是下层人，说的是同样的话，干的是同样的事，没跟严格瞿莉这些有钱人打过交道，不知道他们整天干些啥，遇事会说啥话，自己这戏该怎么接。瞿莉牵着狗，并没有急着上去调查，而是由着狗的性儿，随意在街角各个摊子前溜达。严格倒有些不耐烦，催她：

"不信，你问卖烤白薯的。"

瞿莉没去问烤白薯的，倒在其他摊前继续溜达。但她恰好又上了严格的当。瞿莉溜达回刘跃进的钢精锅前，刘跃进像安徽人一样，浑身开始哆嗦。瞿莉看刘跃进哆嗦，便停在刘跃进摊前，摊开报纸问：

"师傅，昨儿看到这歌星了吗?"

刘跃进说不出话来，哆嗦着点点头。瞿莉好像很随意地：

"她几个人来的？"

刘跃进磕巴：

"俩。"

严格在瞿莉身后，吓得脸都绿了。瞿莉：

"那个人是谁？"

刘跃进：

"她妈。"

瞿莉一愣：

"你咋知道是她妈？"

刘跃进：

"我听她说：'妈，你先吃玉米，我去买块白薯。'"

瞿莉松了口气。严格在瞿莉身后，也松了口气，悄悄给刘跃进跷大拇哥。看似一个民工，还真能演戏。瞿莉问完刘跃进，不再问别人；就是问别人，有这良好的开端，严格也不怕；瞿莉牵着狗，转身回到奔驰车旁。严格也跟了过来，似受了多大委屈，率先上了车，"嘭"的一声，关上自己一侧的车门。这时瞿莉对司机说：

"等一下，我也买根玉米。"

牵着狗，又回到刘跃进摊前。问：

"玉米多少钱一根？"

刘跃进这时不紧张了，还为刚才的紧张有些懊恼；原来演出这么容易。这时开始放松，真成了一个卖玉米的：

"一块一。"

瞿莉拨拉着锅里的玉米，又似随意问：

"这歌星，是昨天上午来的，还是下午来的？"

这一问把刘跃进问蒙了。没有台词提示，刘跃进只好随机应变，顺口答道：

"上午，我刚出摊。"

瞿莉点点头，笑了。刘跃进以为自己又演对了，也笑了。瞿莉挑了一穗玉米，掏出两块钱，递给刘跃进：

"不用找了。"

牵着狗，又回到车旁。刘跃进以为演出圆满结束了，严格在车上也以为演出圆满成功了；奔驰车在街上疾驶，瞿莉一直在埋头啃玉米。严格还有些得理不饶人：

"人家报上说的是吃饭不吃饭的事，你都能往男女关系上想，心术能叫正吗？"

又说：

"下次再这么疑神疑鬼，我真跟你没完。"

没想到瞿莉猛地抬头，将手里的玉米，摔到严格脸上，把严格的眼镜也摔掉了；脚下的狗也吓了一跳，仰起脖子，"汪汪"叫起来。严格急了：

"干什么，无理取闹是不？"

瞿莉这时满含泪水，指着报纸：

"严格，下次你要骗人，还要仔细些。卖玉米的说是上午，看看你们身后的钟表！"

严格从脚底下摸到眼镜，戴上，看报，原来，全景图片上，远处那座综合性商城，商城楼顶的犄角上，竖着一电子钟；虽然有些模糊，但能看清数字，17：03：56。严格傻了。

第七章

马曼丽　杨玉环

马曼丽是"曼丽发廊"的老板娘。"曼丽发廊"与刘跃进的建筑工地隔一条胡同；在胡同转角处，亮着转灯。发廊有十五平米大小，分里外两间。马曼丽既是老板娘，又给人剪头；雇了一个小工叫杨玉环，山西运城人，洗头打杂，也兼去里间按摩。店小，设备简陋，来"曼丽发廊"剃头按摩的，皆是附近工地的民工和集贸市场卖菜的。店小，价钱也便宜。别处美容店，理发二十元，干洗十元；这里理发五元，干洗五元，到里间按摩，二十八元；按摩中，再提出别的服务，也过不了百。但别的服务，杨玉环干，马曼丽不干；挣下钱，马曼丽和杨玉环三七分成。一天下来，小工杨玉环，比老板马曼丽挣得还多。钱挣得多没啥，杨玉环觉得是她撑起了这个门面，言谈话语之中，并不把马曼丽放到眼里；好像杨玉环是老板，马曼丽是雇工。有时到了中午，杨玉环明明闲着，在嗑瓜子，也不动手洗菜做饭，反倒等马曼丽剪过头，做饭给她吃。两人常为此斗嘴。但斗来斗去，没个结果，就是发廊里多了一份热闹。

马曼丽今年三十二岁，辽宁葫芦岛人。东北女人易满胸，但马曼丽例外，前边有些亏。但这亏，世上只有几个人知道；平日马曼丽戴一大钢罩，仍是满的。知道者，一个是她的前夫；她前夫叫赵小军；两人离婚时，老赵还说：

"你是女的吗?你男扮女装。"

另一个知道者，是她女儿。马曼丽有个女儿六岁了，马曼丽来北京，把她留在了葫芦岛老家，由她妈带着。女儿小时吃她的奶，奶不足，老哭。还有一个知道者，就是刘跃进。那天夜里一点，发廊打烊了，杨玉环被她男朋友用摩托接走了；店里就剩马曼丽一个人。马曼丽这天身上不方便，去里间换纸，顺便换了睡衣；因是一个人，马上就要关门了，就没戴钢罩；从里间转出来，刘跃进突然闯进店里。看马曼丽变了样，刘跃进吃了一惊，马曼丽也吃了一惊，马曼丽恼怒地叫道：

"撞啥，看你娘啊?"

刘跃进空闲下来，固定的去处，就是"曼丽发廊"。从建筑工地到"曼丽发廊"，穿胡同走过来，也就七八分钟的路程。来"曼丽发廊"不为理发，也不为按摩，就坐在发廊凳子上，踢着腿解闷儿。也不是为了解闷儿，是为了看人；也不是为了看人，是为了听听女声。工地几百号人，全是男的。任保良的外甥女叶靓颖倒是女的，但一个二百斤出头的大丫头，不用听，看着就够。按说听声别的地方也能听到，街上，商场里，或地铁里。在认识马曼丽之前，刘跃进空闲下来，喜欢坐在地铁口，夏天凉快，冬天暖和；不是图凉快和暖和，是为了看人；不是为了看人，是为了听声。一天忙完，听会儿女声，心里也安稳和平静许多。但马曼丽的说话声，又与别的女人不同。马曼丽胸平，说话的声音也有些沙哑，乍一听真像男的；但这沙哑不是那沙哑，不是嘶哑的沙，而是西瓜瓤的沙，听上去更有磁性；比正常的女声，还撩人的心。除了听声，刘跃进到这里来，还有一个原因。六年前，刘跃进的老婆黄晓庆被老家那个卖假酒的李更生抢去，刘跃进一开始不明白，李更生为啥喜欢黄晓庆，最后问明白了，喜欢她的腰，一把能搐过来；现在马曼丽的腰也细，也一把能搐过来。胸平的人，一般腰壮；但马曼丽胸平，却是马蜂腰。弄了半天，为了一个腰。这时刘跃进又感叹，真是走了的马大，死了的妻贤；和黄晓庆在一起生活了十三年，没觉出她的好；被人抢去了，六年之后，倒想着她的腰。马曼丽还有一处与黄晓庆相似，眼细。但也有不同于黄晓庆处，黄晓庆脸黄，马曼丽脸白；黄晓庆平日不爱说话，马曼丽的嘴，得理不让人。渐渐，刘跃进三天不见马曼丽，像缺了点儿什么。一次他对马曼丽说：

"你说，这能不能就叫爱情？"

马曼丽瞪了他一眼，朝地上啐了一口唾沫：

"你也想过你娘，能叫爱情？"

刘跃进兀自感叹：

"光棍儿打了六年了，连个情人也没混上。"

马曼丽指着墙角：

"那不，那儿，自个儿解决。"

刘跃进一笑，不答。刘跃进自离了婚，真是六年没接触过女人。有时也想找"鸡"，但又心疼钱；真像马曼丽说的，那事儿，全靠自己解决。但愈是这样，愈要听些女声。赶上工地食堂买肉，刘跃进去"曼丽发廊"时，会用塑料袋包半斤猪脖子肉，掖到腰里，给马曼丽带去。有时也带半塑料袋鸡脖子。马曼丽忙着，刘跃进在旁边坐着踢腿，马曼丽也支使刘跃进：

"别干坐着，有点儿眼色。"

刘跃进便起身，拿起扫帚和簸箕，去扫地上的头发楂。

刘跃进隔三岔五来，马曼丽倒不烦他，但小工杨玉环讨厌刘跃进。因一个男的老在发廊坐着，耽误她按摩的生意。有男的往发廊探头，本来想按摩，见一男的在里边坐着，转身又走了。刘跃进也觉出自己有些碍眼，但又不能不来，人往发廊探头，刘跃进主动说：

"没事，街坊。"

刘跃进说没事，那人还是转头走了。一见刘跃进进门，杨玉环就摔摔打打，给他脸子。杨玉环在山西运城叫杨赶妮，到北京后，改过几次名，叫杨冰冰，叫杨静雯，叫杨宇春，最后总觉那些名小气，干脆叫杨玉环。杨玉环来北京时，是个瘦猴；一年下来，吃成了一个肉球。因骨架子小，看上去虽无工地任保良外甥女胖，但身上的肉纹，都开裂着。这时又想减肥。但一个人吃胖易，想再减下来，就难了。大家都说她胖；也正因为这胖，倒能招揽按摩的生意；刘跃进知她想减肥，每次见她都说：

"玉环，又瘦了。"

为了一个"瘦"字，杨玉环才容忍刘跃进到"曼丽发廊"来。

马曼丽三年前与丈夫赵小军离婚。老赵是干什么的，刘跃进不知道；问过马曼丽，马曼丽也不说。刘跃进在发廊见过老赵几面，每次见到他，老赵都满头大汗，穿一身西服，像是跑小买卖的。老赵每次来发廊，没有别的事，就是要账。听他们吵架，两人虽然离了婚，还有三万块钱的纠葛。这钱也不是马曼丽欠的，是她弟弟借老赵的；她弟弟不知跑到哪里去了，老赵找不着她弟，便来找马曼丽。马曼丽不认这账，两人便吵。一次，刘跃进来"曼丽发廊"，老赵又来了；这次两人没吵，打起来了。理发台前的镜子，都让打碎了。马曼丽被打出了鼻血，糊了一脸。刘跃进忙上前拉架，那老赵撇下马曼丽，竟冲刘跃进来了：

"盐里有你，醋里有你？钱你还呀？"

刘跃进劝：

"都出血了，有话好说，别动手哇。"

那老赵：

"今天不说个小鸡来叨米，我让他白刀子进去，红刀子出来！"

又要上去打马曼丽。刘跃进看马曼丽一脸血，一时冲动，竟拉开自个儿身上的腰包，从里面掏出一千块钱，先替马曼丽还了个零头。那老赵接过钱，骂骂咧咧走了。他走后，刘跃进还说：

"婚都离了，还找后账，算啥人呀。"

但到了第二天，刘跃进就开始后悔。后悔不是后悔劝架，而是自个儿往里边填钱。盐里没他，醋里没他，人家以前是夫妻，这架吵的，说起来也算家务事，自己裹到里边算什么？如果和马曼丽有一腿，这钱填得也值；直到如今，嘴都没亲一个，充啥假仗义？这不是充仗义，是充冤大头。第二天晚上，刘跃进又到"曼丽发廊"来，话里话外，有让马曼丽还账的意思。马曼丽却不认这账：

"你有钱，愿把钱给他；要账找他，找不着我。"

刘跃进替人还账，又没落下人情，就更觉得冤了。好在钱不多。但一想起来，还是让人心疼。倒是因为这钱，刘跃进再到发廊来，多了一份理直气壮。

扮过安徽人第二天，刘跃进又到"曼丽发廊"来了。这回没穿家常衣服，换了一身夜市地摊上买来的西服，西服铁青色，打着领带；腰里系一腰包。碰到喜事，刘跃进爱穿西服。本来刘跃进没打算来"曼丽发廊"，要去邮局给儿子寄钱；穿过胡同去邮局，正好路过"曼丽发廊"，看看时间尚早，就顺脚来坐坐。本来只是坐坐，想到给儿子寄钱，便想借儿子这个茬口，再给马曼丽要账。刘跃进进来时，杨玉环正倚着门框抹口红。边抹，边看街上来来往往的人；看刘跃进进来，就像没看见，连门槛上的脚都没挪一下，刘跃进又觉出这山西丫头缺家教；本想再说一声她"瘦了"，赌气没说。发廊里，马曼丽刚给一客人洗完头，拉着满头流水的客人，到镜前吹风。刘跃进见她正忙，看到桌上搁一大桃，觉得口渴，拿起这桃来吃。吃完，又觉鼻毛长了，抄起理发台上一把剪子，对着镜子剪鼻毛。等那客人吹完头，交钱走人，刘跃进说：

"来跟你道声别。"

马曼丽倒吃了一惊：

"你要离开北京了？"

刘跃进摇头：

"不是离开北京，是离开这个世界。"

马曼丽更吃惊了。刘跃进接着说：

"昨儿儿子下通牒了，今天再不寄学费，他就离开我去找他妈。六年前，把他要到身边费多大劲呀，现在说走就走了。这六年我是咋撑下来的？投奔他妈，不就等于投奔抢我老婆那人了？我倒没什么，大家会咋看？被这事逼的，我不想活了。"

这段苦难史，刘跃进跟马曼丽说过，马曼丽也知道。看刘跃进在那里愤怒，一开始有些不信。刘跃进不管她信不信，继续演着；对着镜中的自己，似对着他的儿子：

"王八蛋，你还有点儿是非没有？你妈是啥人？七年前就是个破鞋；你妈嫁的是啥人？是个卖假酒的，法院早该判了他！"

又自个儿哀怜自个儿：

"世上就不容老实人了？胆大的撑死，胆小的饿死。别把我逼到绝路上，逼到绝路上，我不自杀，我拿刀子找他们去，让这对狗男女，白刀子进去，红刀子出来！"

也是昨天刚演过一场大戏，演戏有了体味；今天演出，比昨天入戏还快，愤怒起来，真把自己气得脸红脖子粗。又说：

"给你说一声，接着我就去火车站。"

马曼丽上他当了，也跟着入了戏：

"就这点儿事儿呀，这也犯不着动刀子呀。"

刘跃进对她嚷：

"学费三千多呢，一下交不上，你说咋办？"

这一嚷，马曼丽知道他在演戏，是变着法跟她要账。马曼丽：

"你可真行，为这点儿钱，拉这么大架势。"

也是不愿与刘跃进啰唆，也是觉得不该欠他这么长时间，或是觉得刘跃进小气，从抽屉拿出一把零票，五元十元不等，扔给刘跃进：

"以后别到这儿来了。"

刘跃进捡地上的钱，查了查，二百一。这时认真地说：

"谁拉架势了？真事。"

第八章

青面兽杨志

刘跃进这两天撞了大运。昨天在街角演了一场戏，得了五百块钱；钱并不重要，重要的是通过这场演出，他还认识了严格；严格是任保良的老板；以后任保良对他说话，怕也要换一种口气；今天又在"曼丽发廊"演一场戏，让马曼丽还了二百一；二百一也不重要，重要的是马曼丽还账开了头；开了头，就等于认下这账。加上原来积攒的，刘跃进腰包里，共有四千一。刘跃进在去邮局的路上，步子走得理直气壮。街上满是汽车排出的尾气，刘跃进却走得神清气爽。儿子在电话里说，学费是两千七百六十块五毛三，刘跃进不准备给他寄这么多，只准备给他寄一千五；少寄钱并不是刘跃进还要留钱以备不时，而是担心儿子在电话里说的话有假；这个小王八蛋，也不是省油的灯；与他共事，也得走一步看一步。

邮局旁边有一报摊。报摊上，堆挂着几十种报刊。昨天那张有女歌星和严格照片的报纸，仍挂在显眼的位置。许多人不买今天的报纸，仍买昨天那张。刘跃进从报摊路过，看大家认真在看这报，心头不由得一笑。因为大家只知其一，不知其二；大家都觉得报上说的事是真的，刘跃进昨天却把它演成了假的；或者昨天的戏是假的，刘跃进把它演成了真的。看到大家在认真看报，刘跃进有世人皆醉我独醒的感觉。

刘跃进上了邮局台阶，突然又停了下来。因为他听到了乡音。在邮局转角邮筒前，一个五十多岁的老头，在拉着二胡卖唱。地上放一瓷碗，瓷碗里扔着几个钢镚儿。艺人卖唱没啥，但这卖唱的老头是河南人，正在用河南腔，唱流行歌曲《爱的奉献》；二胡走调，老头的腔也走调，"吱吱哽哽"，像杀猪，刘跃进就听不下去了。如果平日遇到这事，刘跃进也许没心思管；但昨天今天，连演两场大戏，皆旗开得胜，心气正旺，这闲事就非管不可了。管闲事也分说得起话说不起话；遇上比自己强的人，这闲事管不得；遇上比自己差的人，才敢挺身而出。刘跃进虽是一工地的厨子，但自觉比一个街头卖唱的，身份还高出半头。加上卖唱的是河南人，也是怯生不怯熟，刘跃进折回头，下了台阶，走到邮筒前。老头闭着眼还在唱，刘跃进当头断喝：

"停，停，说你呢！"

老头正唱得入神，被刘跃进吓了一跳。他以为碰到了城管的人，忙停下二胡，睁开眼睛。待睁开眼睛，看到刘跃进没穿城管的制服，不该管他，立马有些不高兴：

"咋了？"

刘跃进：

"你唱的这叫个啥？"

老头一愣：

"《爱的奉献》呀。"

刘跃进：

"河南人吧？"

老头梗着脖子：

"河南人惹谁了？"

刘跃进：

"惹了。你自个儿听听，你奉献的哪一句是不跑调的？丢你自个儿的人事小，丢了全河南的人，事儿就大了。"

老头还不服气：

"你谁呀，用你管？"

刘跃进指指远处的建筑工地：

"看见没有？那栋楼，就是我盖的。"

刘跃进这话说得有些大，但大而笼统；远处有好几幢CBD建筑，都盖到一半；其中一幢，虽不能说是刘跃进盖的，但是刘跃进那建筑队盖的；正因为笼统，你可以理解刘跃进是工地的老板，也可以理解刘跃进是一民工；但刘跃进两者都不是，就是工地一厨子；但一厨子，也可以模棱两可这么说。刘跃进话的语气，唬住了老头。老头看刘跃进一身西服，打着领带，以为他是工地的老板。也是见了比自己强的人，卖唱的老头有些气馁：

"我在家是唱河南坠子的。"

刘跃进：

"那就老老实实唱坠子。"

老头委屈地：

"唱过，没人听。"

刘跃进从腰包里掏出一个钢镚儿，扔到地上瓷碗里：

"我听。"

老头看看在瓷碗里转圈的钢镚儿，又看看刘跃进，调了调弦子，改弦更张，开始唱河南坠子。这回唱的是《王二姐思夫》。唱《爱的奉献》时走调，唱起《王二姐思夫》，倒唱得字正腔圆。他唱《爱的奉献》时没人听，现在唱《王二姐思夫》，倒围拢上来一些人。人围拢上来不是要听河南坠子，而是觉得两个河南人斗嘴有些好玩儿。老头见围拢的人多，以为是来听他唱曲儿，也起了劲，闭着眼睛，仰着脖子，吼起王二姐的心事，脖子上的青筋都暴出来了。刘跃进见自个儿纠正了世界上一个错误，有些自得，左右环顾，打量着众人。报摊前人堆里，一直站着一个人，在翻看报纸，见这边喧闹，也仰脸往这边看；刘跃进的目光，正好与他的目光碰上；那人也觉得这事有些好玩儿，对刘跃进一笑；刘跃进也会意地对他一笑。那人扔下报纸，也跟人围拢过来听曲儿，站在刘跃进身后。老头唱的是啥，王二姐说的全是河南土话，大家并没听懂；但这《王二姐思夫》，刘跃进过云在村里听过，自个儿倒入了戏，闭上眼睛，随着曲调摇头晃脑。突然，刘跃进觉得腰间一动，并无在意；想想不对，睁开眼睛，用手摸腰，原来系在腰里的腰包，已被身后那人，割断系带抢走了。急忙找这人，这人已钻出人圈，跑出一箭之地。由于事情太过仓促，刘跃进的第一反应是大喊：

"有贼！"

待醒过来，才想起自己有腿，慌忙去追那人。那人一看就是惯偷，并不顺着大街直跑，而是窜过邮局后身，钻进一卖服装的集贸市场。这集贸市场是一服装批发站，虽在一条小巷子里，卖的全是世界名牌，但没有一件是真的，图的是个便宜；所以生意特别红火。提大包小包的，还有许多俄罗斯人。待刘跃进追进集贸市场，卖服装的摊挨摊，买服装的人挤人，那人早钻到人堆里不见了。

由于事情太过仓促，刘跃进竟忘了那人的模样，只记得他左脸上有一块青痣，呈杏花状。

第九章

老蔺　贾主任

　　严格除了瘦，眼下基本吃素。这也是他瘦的一个原因。严格从湖南农村出来，小的时候，家里没钱买菜，炒一锅辣椒，就着米饭，一家人能吃三天，嘴里图个辣；或连辣椒都没得炒，就些酱或腌菜疙瘩，饭上图个咸。等大学毕业，到结婚，严格一直在不同的公司跳槽，没挣多少钱；加上老家还有父母兄弟需要接济，日子并不宽裕；这时吃菜，以萝卜白菜为主。后来富了，开始拼命吃肉，接着吃海鲜。有一段时间，严格迷上了鱼翅捞饭，中午吃，晚上也吃；请客时吃，一个人也跑到饭店吃。吃了三年，终于吃顶了；这时才知道，吃过的鱼翅，大部分是假的，海里没那么多鲨鱼；开始还原

070

成萝卜白菜。转了一圈，又转回来了。有一段吃胖了，又瘦了下来。有时到任保良工地去，爱吃刘跃进做的萝卜炖白菜，是因为刘跃进炖的萝卜白菜，既不同于严格穷时吃的萝卜白菜，也不同于现在严格家厨子炖的萝卜白菜。穷时的萝卜白菜天天非吃不可，没吃出个滋味；现在家里的萝卜白菜又做得太精致，用小铫儿吊着，下边点着火，像个摆设；唯有工地食堂的萝卜白菜，大锅熬出来的，萝卜白菜众多，炖得拥挤，炖得比别处滚热，炖得比别处稀烂，有一种混合众人的味道；就两个热腾腾的大锅馒头，或泡着米饭，不但吃舒服了胃，也吃畅快了心。但贾主任的办公室主任老蔺，仍是食肉动物，不吃萝卜白菜，吃肉，吃螃蟹，吃龙虾，吃海参，吃鲍鱼，吃鱼翅捞饭。严格每次请他吃饭，仍得去有肉或有海鲜的地方。看来这老蔺，还没过那个阶段呀。今天两人约饭，两人倒没吃海鲜，老蔺说中午刚吃过，于是去了火锅城。火锅主要也是涮肉。等火锅上来，老蔺涮肉，严格涮菜。

严格跟老蔺认识六年了。老蔺今年三十八岁，七年前给贾主任当秘书，后来成了贾主任的办公室主任。老蔺是胶东人，山东出大汉，但老蔺例外，小骨头架，矮；一看小时也是穷孩子，也跟严格一样，瘦过，现在吃肉吃得，浑身滚圆；但他胖身不胖脸，脸还是小脸，刀条；加上骨头架小，倒也看不出胖来。山东人说话声高，老蔺又是个例外，说话声低，不仔细听，会漏掉句子；好在他说话慢，每说一句话，都想半天，才给你留下听的余地。老蔺近视，戴一深度白眼镜。每看到老蔺，严格想起他小时候的一位领导，张春桥。张春桥也是胶东人，身处高位，不苟言笑；从他的文章看，也算一个有野心的人。由于严格跟贾主任是老相识，老蔺是后来者，老蔺对严格倒客气。但严格见识过老蔺的厉害。一次两人正吃鱼翅捞饭，或者说老蔺在吃，严格陪着吃菜；谈笑间，老蔺接到一个电话，是贾主任下边一位局长，不知怎么说拧了，老蔺突然变了语速和音调，语速像打机关枪，声音震得房间的玻璃响；不知电话那头的局长怎么样，反正把严格吓了一跳。让严格知道了老蔺的另一面，原来他不是张春桥。

严格十五年前遇到了贾主任。严格认识他时，他还不是主任，是国家机关一位处长。当时严格在一家公司当部门经理。本来严格跟贾处长不认识，同时参加另一个朋友的饭局，相遇到一起。那天晚上，吃饭的人多，有十几个人；人多，吃饭就无正事；酒过三巡，大家开始说黄色笑话。说一段，笑一段。众人笑语欢声，唯一位贾处长低头不语。人问他原因，贾处长叹道：羡慕你们这些老总呀；在国家机关工作，就一点儿死工资，太清贫了。大家觉得这感叹不叫真理，叫常识，无人在意，继续喝酒说笑。严格却觉得这贾处长另有心事。正好两人座位挨着，严格又打问，贾处长才说，他母亲得了肝癌，住院开刀，缺八万块钱，没张罗处，所以犯愁；今天本无心思来吃酒，也是想跟有钱的朋友借钱，才勉强来了；看大家都在说笑，一时不好开口，所以感叹。严格问过这话，便有些后悔，不知接下去该如何回答。人家没说跟严格借钱，但也把他的心思说了；就是想借，严格当时也在公司当差，拿的也是薪水，手里并无这么多钱；加上初次相见，并不熟络；于是不尴不尬，没了下文。酒席散了，严格就把这事忘了。待第二天在公司整理名片，整理到昨日的贾处长，严格吃了一惊。昨日只知他是国家机关一个处长，没留意他的单位，今天细看名片，虽然是个处长，却待在中国经济的心脏部门。严格心中不由得一动，似乎预感到什么。忙放下手中的名片，打车去了通县，过通县再往东，就到了河北三河。严格有个大学同学叫戴英俊，河北三河人，上大学的时候，两人同宿舍。大二的时候，戴英俊因为失恋，几次自杀未遂；他爹把他领回三河，大学也不上了。谁知因祸得福，他和他爹办了个纸业厂，但并不生产纸，生产卫生巾，几年就发了。待严格大学毕业，两人也见过几面，戴英俊吃得肥头大耳，眼睛挤得像绿豆；一张口，满嘴脏话；严格知道，这时的戴英俊，已不是大学时为爱殉情的戴英俊了。戴英俊见严格来了，一开始很高兴，接着听说要借钱，脸马上拉下来了：

"我靠，咋那么多人找我借钱呢？我的钱，也不是大风刮来的。一片片卫生巾卖出去，让人把血流上去，不容易。"

严格：

"一般的事，我不找你，我爹住院了。"

听说是同学的爹住院，戴英俊才没退处，骂骂咧咧，找来会计，给了严格八万块钱。严格拿着钱，折回北京，去了这个国家机关。到了机关门口，给贾处长打电话，说今天路过这里，顺便看看他。贾处长从办公楼出来，让严格进机关，严格说还有别的事，接着把报纸包着的八万块钱，递给了贾处长。贾处长愣在那里：

"昨天，我也就是随便说说，你倒当真了。"

严格：

"这钱搁我那儿也没用。"

又说：

"如是别的事，能拖；老母亲的事，大意不得。"

贾处长大为感动，眼里竟噙着泪花：

"这钱，我借。"

又使劲捏严格的肩膀：

"兄弟，来日方长。"

虽然贾处长的母亲动了手术，也没保住性命；半年之后，癌细胞又扩散了，死了；但贾处长从此记牢了严格。严格认识贾处长时，贾处长已经四十六岁，眼看仕途无望了；没想到他接着踏上了步伐点儿，一年之后，成了副局长；两年之后，成了局长；再又，成了副主任，已是部级干部；接着又成了主任。严格认识他时，他身处低位，算是患难之交；当他由低位升至高位时，严格和他的朋友关系，也跟着升到了高位。交朋友，还是要从低位交起；等人家到了高位，已经不缺朋友，或已经不讲朋友，想再交就晚喽。贾主任成为主任后，一次两人吃饭，贾主任还用筷子点严格："你这人，看事挺长的。"

也是喝多了，又说：

"别的人都扯淡，为了那八万块钱，我交你一辈子。"

严格连忙摆手：

"贾主任，那点儿小事，我早忘了，千万别再提。"

老贾这个单位，主管房地产商业和住宅用地的批复。老贾发迹后，自然而然，严格便由原来的电脑公司出来，自个儿成立了房地产开发公司。十二年后，严格的身价已十几个亿。贾主任，就是严格的贵人。但贵人不是笑眯眯自动走到你跟前的，世上不存在守株待兔，贵人是留给对人有提前准备的人的。

但严格发现，十几年中，两人的关系也有变化。变化不是由严格引起的，而是由贾主任引起的。贾主任是一切变化的主动轮，严格只是被动轮，只能跟着贾主任的变化而变化，你不想变化也不行。两人说是朋友，但因地位不同，严格地说就不能叫朋友；贾主任可以把严格当朋友，严格不能把贾主任当朋友；或者说，贾主任是贾处长时，两人是朋友，当贾主任成为贾主任时，两人就不是朋友了；或者说，私下里是朋友，到了公众场合，还须有上下之分。严格是个懂大道理的人，不但公众场合，对贾主任毕恭毕敬，就是私下里，每一句话也有分寸。当然，严格有钱了，等于贾主任也有钱了。没有贾主任，还没有这些钱。在贾主任面前，严格从来没有心疼过钱。严格给贾主任过钱，也有讲究；贾主任从来不让过账，也不让往卡上存，只要现款；两人面对面，不给别人留下任何把柄。至于声色犬马，就更不须谈了。十二年中，严格有个深刻的体会，在钱和权势面前，人都不算什么，别说一个"性"了。不是人在找"性"，是"性"脱了裤子找不着人。贾处长成为贾主任后，人比以前更温和了，与人握手，手是软的，手心是湿的；一笑，圆脸成了西瓜。过去有话还直说，现在每一句话都绕弯，爱打比方，爱说一二三点，哪怕是说笑话。譬如他谈他喜欢的女人类型，说这人像鹿：一，头小；二，脖子长；三，胸大；四，腿细；让人听了，倒一目了然。但他说完这些，又说：

"群雄逐鹿，群雄逐鹿啊。"

又暗藏着一股不屑和杀气，让人摸不着头脑。不知他说的是女人，还是指别的。这时严格就知道贾主任不是过去的贾处长了。一次周末，严格拉着贾主任一家去北戴河看海。晚上两人在海边散步，风吹着贾主任的头发，贾主任忽然自言自语：

"不当官，不知道自己的官小呀。"

严格不明白他说的是什么，不敢接话。贾主任又感叹：

"看似在豺狼之间，其实在蛆虫之中。"

这话严格听明白了，是说当官不容易。贾主任突然说：

"死几个人，就好了。"

严格听后不寒而栗，不知这话指的是谁，为何让这几个人死，这几个死了，为何又"好"了，同样不敢接话。严格像当初预感到贾处长对他重要一样，现在也预感到，总有一天，贾主任也会抛弃他；两人交不了一辈子；他和贾主任的关系，不是单靠钱和"性"能维持长久的。总有一天，贾主任说翻脸就翻脸。等他翻脸的时候，严格只能让他翻，毫无还手之力。

这一天终于来到了。从去年起，两人共同遇到一个坎。去年四月底，贾主任开了一个重要的会，当天晚上，约严格吃饭，问严格手里可调动的资金有多少。严格想了想，保守地说：

"十来个亿吧。"

贾主任说，中国的金融政策，过了"五一"，可能会做一些调整，建议严格把钱投入金融市场，譬如讲，某种期货，某种股票等。贾主任晃着杯中的红酒：

"整天盖房子，钱挣得多累呀。要想赚大钱，就不能绕弯子，还得让钱直接生钱。"

严格当然想赚大钱。但他也不想赚大钱；多少钱才叫大钱？现在盖一栋房子赚一回钱，他觉得安稳。何况他不懂金融，不知这弯子绕得过来绕不过来。严格将这顾虑说了。贾主任：

"不懂可以学嘛，过去你不也没盖过房子？"

严格觉得贾主任说得有道理；就是没道理，严格也得听；因两人位置不同，看到事物的深浅就不一样；他刚在中南海开完会。于是，严格把盖房子赚的钱，全部投入了期货和股票市场。一开始果然赚了；但半年之后，开始往里赔。赔钱不是严格不懂金融，绕不过这弯子，而是"十一"之后，国家的金融政策再一次调整了，严格让国家给闪了。绕弯子，谁能绕过国家呢？一开始还想挺着，一年之后，不但投进去的十四个亿打了水漂，还欠下银行四个多亿。不但金融做砸了，整个房地产也受到牵涉。本来盖房子还有钱，如今十几个工地，材料费和工人的工资，都拖了半年没付。短短一年多，严格就不是过去的严格，严格从一个富豪，变成了一个债台高筑的穷光蛋。重回房地产收拾残局不是不可以，问题是收拾残局也需要钱，严格已欠银行四个多亿，利息拖了半年没付，银行不起诉他就算好的，哪里还敢再贷给他钱？严格只好再求助贾主任，让他给银行打个招呼。但这时贾主任撤了，开始推三挡四，说银行不归他管。过去银行也不归他管，他也打过招呼；如今摊子烂了，怎么就不打招呼了？本来是两个人遇到的坎，现在成了严格一个人的。当初不是贾主任让插足金融，严格老老实实盖房子，也不会出这乱子。但自出这事后，严格已经两个月见不到贾主任了。过去一打电话就接，现在打电话要么不接，要么转到了秘书台。给他的办公室主任老蔺打电话，老蔺倒仍温和客气，说马上转告贾主任，但接着就没了下文。严格觉出，终于，贾主任要抛弃他了。如是平日抛弃，严格没有怨言，但在生死关头，严格觉得贾主任缺乏道德。不说这乱子由他而生，不说十五年前严格帮他救过他母亲，单说这十二年来盖房子，贾主任帮严格批过地，但贾主任从严格手里，也没少获利。粗略算下来，一个国家干部，收人这么多钱，够掉几茬儿脑袋的。但严格又不想把关系闹僵，闹僵对严格也没好处。但在严格与女歌星的照片上了报纸第二天，贾主任的办公室主任老蔺，主动给严格电话，说要见严格一面。两人便来了火锅城。

虽然老蔺平日对严格很温和；严格对他也很客气；但在内心，严格对老蔺看法并不好。这个胶东人，不苟言笑，心里做事。心里做事的人易犹豫，老蔺从想到做，却很坚决。譬如讲，对钱。严格给贾主任送钱并不经过老蔺，那只是严格和贾主任两个人的事；老蔺也佯装不知，但会开口向严格借钱。虽然严格和贾主任是老朋友，老蔺只是贾主任一个部下；但老蔺整日待在贾主任身边，萝卜不大，长在埂上；正所谓一言兴邦，一言丧邦；严格又不敢得罪他。借过三回，哪里还等他再开口，也开始主动给他送。虽然给贾主任送的是大头，给老蔺送的是小头；同样是送，一个是主动给，一个其实是要，严格的感觉就不一样；如贾主任是佛，等着人来烧香；老蔺就是狗，是狼，动不动就咬人一口。贾主任收了钱，还说声"谢谢"，还说"下不为例"；老蔺收了钱，连声"谢"都没有，觉得是理所应当；而且吃过这口，还想着下一口。贾主任六十的人了，快退了，就说是受贿，这受贿也可以理解；老蔺不到四十岁，日子还长着呢，就开始主动去捞，何时是个头呢？严格不知老蔺这代人成为贾主任之后，社会又会怎么样。还有对女人，也能看出老蔺的凶狠。严格给贾主任找女人，有时是俄罗斯女人，或韩国女人；在酒店，于贾主任之前，老蔺竟敢先过一道。过后，还痛快地嘘一口气。严格就知道老蔺平日对贾主任的恭顺，全是假的。但考虑到他是长在埂上的萝卜，老蔺背后干的事情，严格又不敢告诉贾主任。老蔺见了贾主任，还一样恭顺。但老蔺越是这样，严格越畏惧他；对他的畏惧，甚至超过了对贾主任。严格这两天腹背受敌，生意上如临深渊，还拾掇不及，和女歌星的照片又上了报，出了另一场乱子。严格将生活复排了一遍，以为能骗过老婆瞿莉；方方面面都考虑到了，忘记一个钟表和时间，乱子倒惹得更大了。瞿莉先在车上大闹，回家之后，又闹离婚。离婚该闹哇，又突然跑了。她这一手挺毒的。虽然她没说，但大家都知道她有病，现在离家出走，好像是严格逼的。一个病人跑了，你又不能不找。严格这两天先放下一团乱麻的公司，四处寻找瞿莉。但她手机关了，也不知她跑到哪里去了。是在北京，还是去了上海，还是去了别的地方。该问的朋友都问了，没有。这时老蔺给严格打电话，要见严格。这见也许牵涉到生意，严格又不能不来；于是先放下瞿莉，来见老蔺。饭桌上，老蔺一直没说什么，只是低头涮肉。严格弄不清他的来意，也不好打问。一直等老蔺两盘肉落了肚，头上脸上出了汗，放下筷子，抽烟休息；严格才试探着问：

"这两天忙吗？"

老蔺没理这茬儿，从包里掏出一张报纸，摊在桌上。这张报纸，就是昨天登有严格和女明星照片的那张报纸。老蔺打了个饱嗝，用筷子点那照片：

"你可真行，听说昨天，将好好的生活，又复排一遍。"

见是说这事，严格松了一口气；摇头叹息说：

"没骗过我老婆，又惹出新的麻烦。"

将老婆离家出走，四处找不着她的情况说了。老蔺笑着听完，突然敛了脸色：

"复制的，为了骗你老婆；原版的，你要干吗？你给这拍照的多少钱？贾主任看了，很不高兴。"

严格见老蔺说这话，知道事情瞒不过老蔺。事情的第一层没有瞒过，事情的第二层也没有瞒过。原来，严格复排生活是为了蒙骗瞿莉；也不纯粹是为了蒙骗瞿莉，是怕把瞿莉这个炸药包点着，引爆另一个炸药包；但原版的照片，却不是被记者偷拍的，而是严格有意安排的。安排人拍这照片不为别的，只为贾主任一个人。严格生意上到了生死关头，贾主任见死不救，严格对贾主任产生了怨恨；怨恨并不重要，还是希望贾主任回头。于是铤而走险，想警告他一下。那个女歌星，三年前就与严格傍着；她能出名，全是严格用钱砸出来的。去年春天，严格带她与贾主任一起吃饭。一顿饭吃下来，贾主任吃得红光满面。饭桌上说起事情，贾主任打着比方，桩桩件件，一二三点，说得都比往常透彻和深入，女歌星听得频频点头；严格便知道贾主任对这女歌星有意。在权势和金钱面前，"性"算不了什么；暗地里，严格便把这女歌星，有意向贾主任推了一把。后来女歌星和贾主任也有了一腿。但两人时间不长，贾主任先放了手。毕竟是宦海沉浮的人，知道事情须适可而止。但时间虽短，不等于没事。现在严格两个月见不着贾主任，便将女歌星骗出家门，雇了一个人，偷偷拍了一张照片。本想悄悄把照片寄给贾主任，给他提个醒；没想到拍照的叛变了，把它卖给了报纸。说起来，这人叛变也不是冲着严格；拍照之前，他并不知道被拍的人是谁，后来见是女歌星，一个厌食症在吃烤白薯，觉得卖给报纸，赚的钱更多，便卖给了报纸；让严格也措手不及；接着又引出瞿莉一场事。但祸兮福焉，没想到贾主任见了报纸，让老蔺约了严格。严格听老蔺说贾主任很生气，心里不但不怵，反倒有些庆幸，这照片就没白拍。响鼓不用重槌。老蔺摊牌了，严格也不好再遮着掩着，对老蔺解释说：

"见报，真不是有意的。"

接着将拍照的叛变的事解释一番。又说：

"其实事情很简单，让贾主任再给那谁打一招呼，让银行拆给我两个亿，我也就起死回生了。"

老蔺冷笑：

"你再扯？就你这烂摊子，是一个亿两个亿能救回来的吗？"

老蔺的眼镜被火锅熏上了雾气，摘下擦着，叹口气：

"主任不是不救你，这仨月，他日子也不好过，有人在背后搞他。"

严格吃了一惊，不知这话的真假。但凭对贾主任和老蔺的判断，十有八九是个托词。严格急了：

"船破了，凭啥把我一人扔下去呀?只要银行一起诉，我知道我该去哪儿。"

手往脖子上放了一下：

"说不定，连它也保不住。"

指指报纸：

"如果你们见死不救，我也就不客气了；能让一个厌食症去吃烤白薯，就能让她把跟主任的事说出去。"

老蔺倒不忧：

"这事吓不住谁。让她说去吧，顶大是一绯闻。"

严格见老蔺油盐不进，有些生气了；生气倒也是假的，生气是为了进一步摊牌。严格将那报纸夺过来，"刺啦""刺啦"撕了：

"这也只是一警告。不听，我也只好破釜沉舟了。"

接着从口袋掏出一U盘，放到桌子上：

"里边的内容，分门别类，也都给编好了。"

老蔺倒吃一惊：

"里面是什么?"

严格：

"有几段谈话，这么多年，谈的是什么，你也知道。还有几段视频，标着年月日，都是孝敬主任和你的场面。还有主任跟俄罗斯和韩国小姐，在酒店那些事。顺带说一句，从时间上看，你跟这些小姐在一起，都在主任前边。"

这是老蔺没想到的，脸上，脖子里又开始出汗，接着看严格：

"你可真行，来这一套。"

严格点一支烟：

"也不是我拍的，是我一副手偷干的。俩月前他出了车祸，从他电脑里发现的。他本想要挟我，没想到最终帮了我。"

轮到老蔺不知这话的真假。严格继续在那里感叹：

"真是深渊有底，人心难测。这人生前，我对他多好哇，什么话都跟他说，关键的事，都交给他办，没想到，你平日最信任的人，往往就是埋藏在身边的定时炸弹。"

又说：

"不过，现在物有所用，他也算死得其所。"

老蔺拿起那 U 盘，在手里把玩。严格：

"送你吧，也拿回去让主任看看，我那儿还有备份。"

也算刺刀见红。严格本不是这样的人，严格也看不起这样的人，刺刀见红的人，都是些大胖子；没想到事到如今，自己也变成了这样的人。令严格没想到的是，老蔺并没接这招，突然将 U 盘扔到了火锅里。U 盘裹着肉，在火锅里翻腾。

第十章

韩胜利

刘跃进丢了包，差点儿自杀。这回不是演戏，是真的。
腰包里有四千一百块钱。这钱是他的命。但他自杀却不是为
这钱，而是包里另有东西。身份证，电话本，一张纸上记着
这月工地食堂的大账；正面是菜米油盐的正常流水，背面是
在集贸市场讨价还价的差额；这些杂七杂八的东西就不说了，
问题是，包里还有一张离婚证。与前妻黄晓庆离婚六年了，
这张离婚证刘跃进一直留着。离婚证本是墨绿色，六年过去，
已变成黑色。腰包随着刘跃进走，刘跃进长年累月在厨房里，
腰包油腻了，这张离婚证也被油烟浸黑了；不但浸黑了，也
变重了。按说，婚都离了，留张离婚证没用，除了看到它糟

心；正是因为糟心，刘跃进才把它留下。有时半夜醒来，还拿出来看一看，接着自言自语：

"成，可真成。"

或者：

"这仇，啥时候能报哇。"

就像老地主夜里翻出变天账一样。但变天账丢了，刘跃进也不会自杀，他也知道，这仇，这辈子是无法报了。问题是，离婚证里，还夹着一张欠条。欠条上，有六万块钱。六年前，黄晓庆提出离婚，刘跃进向李更生提出六万块钱精神补偿费。李更生这回倒痛快，说：

"只要离婚，给钱。"

刘跃进知道这痛快不是冲着自己，而是冲着黄晓庆，冲着黄晓庆的腰。但李更生又说，六万给，但当时不给，六年后给；刘跃进六年不闹事，这钱才是刘跃进的；六年中闹事，钱就自动没了；闹，等于闹刘跃进自个儿。还说：

"成就成，不成就算。"

为了这六万块钱，刘跃进只好说成。李更生便给刘跃进打了一张欠条。欠条上，写着六年不闹事的条款。过后刘跃进才明白，自个儿在数目上，犯了大错。离婚时争儿子，刘跃进把儿子争到手，黄晓庆主动说，每月给儿子四百块钱抚养费，刘跃进意气用事，把这钱拒绝了；当时觉得李更生和儿子是两回事，才收下这么张欠条；几年后才明白，钱就是钱，出处并不重要。何况一个是欠条，一个是现钱。四百块乘以六年，也小三万块钱呢。越是这样，刘跃进越觉得这六万块钱重要。六万块钱身上，还背着三万块钱的包袱呢。现在离欠条到期，还差一个月。但在大街上听曲儿，没招谁没惹谁，"哐当"一下，包被人抢走了。包没了，离婚证就没了；离婚证没了，欠条就没了；欠条没了，再找李更生要钱，这卖假酒的能给吗?当年捉奸在床，刘跃进占理，李更生打了刘跃进一顿不说，还光着屁股，蹲在椅子上吸烟；现在欠条没了，李更生的反应，刘跃进现在就能想到，不还钱还是小事，接着会说：

"是丢了吗?本来就没有！"

或者：

"穷疯了?讹人呀?"

当时写这欠条，前妻黄晓庆也知道，现在欠条没了，黄晓庆可以作证；但黄晓庆已不是自己的老婆，成了别人的老婆，现在的刘跃进，对她又成了别人，她会一屁股坐到别人那头吗?六年之中，刘跃进仅见过黄晓庆一面。去年夏天，刘跃进从北京回河南，收地里的麦子；收罢麦子，又从河南来北京工地当厨子。到了洛阳火车站，买过车票，蹲在广场上候车。天热，渴了，没舍得买矿泉水，走到广场旅社前；广场旅社前，有一洗车铺；蹲下，就着人家的水龙头，喝了一肚子水。这时一辆奥迪停在旁边，车里下来两个人，一个是李更生，一个是黄晓庆，两人不知又到哪里去卖假酒，也来坐火车。李更生没发现刘跃进，黄晓庆下车之后，吩咐开车的司机回去每天喂狗，转过脸，看到了握着橡皮管的刘跃进。刘跃进不由自主站了起来，但黄晓庆看到刘跃进，却没跟刘跃进说话，随李更生进了车站。大家已经是陌路人了。刘跃进把欠条丢了，她会帮陌路人吗?如无人帮他，刘跃进等于把钱也丢了。这六万块钱对李更生不算什么，放到刘跃进手里，却要了他的命。他在六万块钱身上，还有好多想法呢。钱的来路虽然说不出口，但有这欠条在身上，却让刘跃进活得踏实。生活也有个盼头。六年到了，六万块钱就到手了。有时也是个武器。儿子在电话那头跟刘跃进急：

"咋还不寄钱呀，你是不是没钱呀?"

刘跃进可以理直气壮地说：

"没钱?别的不敢说，六万还有。"

儿子：

"那还等啥?寄吧。"

刘跃进：

"存着呢。定期。"

六万块钱，既给他壮着胆，也给他托着底。现在陡然一丢，丢的就不光是钱，还有心里那个底；如同楼板突然被抽掉了，"吧唧"一声，刘跃进从楼上摔了下来。包被贼偷走，撵了一阵贼，也没撵上；从服装市场出来，刘跃进蹲在大街上，脑子里一片空白。就像六年前，老婆被人搞了；感到再一次没了活路。从街上回到工地，刘跃进都不知是怎么回来的。到了工地，丢包的事，刘跃进没跟任何人讲。讲也没用。就是想讲，也无法讲。能讲包里的四千一百块钱，咋讲离婚证和欠条呢？老婆被人搞了，打下这么个欠条；现在欠条丢了，等于老婆被人白搞了；丢包是个窝囊事，这么一讲，又变成了笑话。只能憋在心里不说。这时不埋怨别人，就怨自己爱管闲事。本来是去邮局寄钱，听到卖唱的老头唱《爱的奉献》，过去纠正人家，让他唱《王二姐思夫》；如果当时专心寄钱，也不会出这岔子；老头唱的曲儿改了，自己的包丢了；别人是手贱，自个儿是耳朵贱，丢包活该。胡思乱想到晚上，突然想自杀。脖子上，再一次感到绳子的甜味。在工地上吊，倒不费劲，四处是钢梁架子，不愁没地方搭绳子；就是不去工地，在食堂，食堂棚顶的木梁，也经得起刘跃进的体重。但刘跃进没有自杀。没自杀不是想得到做不到，而是突然想起，那人抢过他的包，窜出一箭之地，又扭脸看了刘跃进一眼，对刘跃进一笑，接着又跑了。不为钱和欠条，仅为这一笑，刘跃进在自杀之前，先得找到这贼，把他吊死。

把他吊死，自个儿再上吊不迟。或者，能找到他，也就不用上吊了。

但大海捞针，单凭刘跃进，哪里能找到抢包的贼?刘跃进这才想起警察，慌忙跑到派出所报案。值班的警察是个胖子，天不热，一头的汗。刘跃进说着，他坐在桌后记着。包里的东西不多，但头绪多。说着说着，刘跃进说乱了，他也听乱了；这时停下笔，任刘跃进说，也不记了；对刘跃进说的，似乎不信。不信不是不信刘跃进丢了包，而是刘跃进说到离婚证和欠条那一段，他张嘴打了个哈欠。刘跃进还要急着解释，警察合上嘴，止住刘跃进：

"听懂了，回去等着吧。"

但警察等得，刘跃进哪里等得?刘跃进：

"不能等啊，那张欠条，他要扔了，我就没活路了。"

看刘跃进着急的样子，警察似乎又信了。但他说：

"我手头，还有三桩杀人的案子，你说，到底哪个重要?"

刘跃进张张嘴，没话说了。离开派出所，刘跃进知道警察对他没用了。这时想起了韩胜利。韩胜利平日也小偷小摸，和这行的人熟；说不定找到韩胜利，倒很快能找到这贼和腰包；比起找警察，倒是一条捷径。于是去找韩胜利。韩胜利见刘跃进主动找他，以为是来还钱，以为是他上次包着脑袋，威胁刘跃进起了作用，等刘跃进说他自个儿的腰包丢了，让他帮着找贼，马上失望了。待刘跃进说包里有四千一百块钱，韩胜利又急了：

"刘跃进，你人品有大问题呀。有钱，宁肯让人偷了，也不还我，让我天天躲人，跟做贼似的。"

待刘跃进又说出离婚证和欠条的事，刘跃进以为他会笑；韩胜利没笑，但也没同情他，而是往地上跺脚，愣着眼看刘跃进：

"刘跃进，你到底算啥人呀？"

又说：

"你这么有城府，咋还当一厨子呢？"

又感叹：

"我说我斗不过你，原来你心眼比我多多了。"

刘跃进见韩胜利把一件事说成了另一件事，忙纠正：

"胜利，你叔过去有对不住你的地方，咱回头慢慢说，赶紧帮叔找包要紧。"

事到如今，韩胜利倒不着急了，端上了架子：

"找包行啊，帮你找回来，有啥说法？"

刘跃进：

"包找到，马上还钱。"

韩胜利白他：

"事到如今，是还钱的事吗？"

刘跃进见韩胜利乘人之危，有些想急；但事到如今，有求于人，在人房檐下，不得不低头，又不敢急；想想说：

"找到，欠条上的钱，给你百分之五的提成。"

韩胜利伸出右手的拇指和食指，比了个"八"字。刘跃进见他得寸进尺，又想急；但急后又没别的办法，只好认头：

"给你六，你可得帮我好好找。"

韩胜利：

"空口无凭。"

刘跃进只好像当年李更生给他打欠条一样，又给韩胜利写了个欠条。如包找到，给韩胜利百分之六的提成云云。六万块钱的百分之六，也三千六百块钱呢。刘跃进又一阵心疼。韩胜利收了欠条，问：

"腰包在哪儿丢的?"

刘跃进：

"慈云寺，邮局跟前。"

韩胜利这时一顿：

"哎哟，你丢的不是地方。"

刘跃进：

"咋了?"

韩胜利：

"那一带不归我管。前两天就因为跨区作业，被人打了一顿，还倒贴两万罚款。这道儿上的规矩，比法律严。"

刘跃进见煮熟的鸭子又飞了，慌了：

"那咋办？"

韩胜利瞪了刘跃进一眼：

"还能咋办？我只能帮你找一人。"

第十一章

曹无伤　光头崔哥

　　曹哥本名曹无伤，河北唐山人，长脸，今年四十二岁。曹无伤来北京五年了，一直在北京东郊集贸市场杀鸭子。曹无伤的鸭棚不算小，四十多平米，过去是个洗车棚，改成鸭棚，水管倒是现成的。唐山产鸭子，河北白洋淀也产鸭子，北京怀柔、密云，也有养鸭子的。曹无伤一开始杀白洋淀的鸭子，后来杀唐山的鸭子，后来怀柔、密云的鸭子也杀。但门口的标牌永远是："白洋淀土鸭"。曹无伤患沙眼，青光眼，又患白内障，十步之外，一片模糊；与刘跃进在老家监狱的舅舅牛得草，大体一个毛病。刘跃进初见曹无伤，马上感到亲切。如曹无伤只是一个杀鸭子卖白条鸭的，永远是曹无伤；但他在五年之中，成了北京东郊贼的领袖，这时就不是曹无伤了，成了曹哥。在圈里，大家都知道曹哥，不知道曹无伤。曹无伤打小到现在，没偷过东西；就是如今想偷，也晚了，眼前一片模糊，弄不清人在哪儿，东西在哪儿。但一个眼前模糊的人，管着一帮眼快、手快和脚快的人。曹哥的鸭棚，成了小偷的训练营和大本营。但曹哥每天仍心平气和地杀鸭子；管理小偷，似乎是顺路捎带。五年前来北京时，曹哥和小偷还不沾边；但几个唐山同乡工作之余，常到曹哥的鸭棚来玩。小偷间，常因为生意和地盘火并，曹哥杀着鸭子，与他们排解过几次；几次即将发生的流血事件，都因为曹哥的调解，化干戈为玉帛。各路小贼，都佩服曹哥。下次遇到流血事件，还来找他。不知不觉中，曹哥成了贼的头目。地盘渐渐扩大，别的省市的小偷，开始与河北唐山的小偷火并；但是别的地方的小偷都是单兵作战，乱枪打鸟，背后没有曹哥；曹哥运筹帷幄之中，决胜千里之外，几次火并之后，唐山小偷的地盘越来越大，其他地方的散兵游勇或作鸟兽散，或改换门庭，直接投靠了曹哥。曹哥的队伍，越来越壮大。这时曹哥才露出他的真面目，原来他在唐山不是杀鸭子的，大专毕业，是个读书人。本在唐山郊区一中学教书，因患了沙眼、青光眼和白内障，看不清黑板，也看不清学生，便离开学校，到唐山一集贸市场卖鱼。除了卖胖头，也卖草鱼、白鲢和鲫瓜子。曹哥养的一只八哥，整天跟曹哥学话。曹哥唐山口音，八哥也唐山口音。曹哥在家教了八哥许多好话，如"来了""吃了吗""恭喜发财"等；后来曹哥把它带到集贸市场，集贸市场人多嘴杂，八哥又学会许多坏话，如"×你妈""找抽哇""去死吧"等。八哥恋曹哥，曹哥不怕它飞了，便不把它关在笼子里，就让它在鱼摊周围乱飞。这天曹哥去城外进鱼，曹哥老婆和八哥在集贸市场卖鱼。集贸市场有一卖炒货的老张，老张老婆来买鱼。因为秤头高低，老张老婆与老曹老婆吵了起来。八哥见有人与自家人吵架，张嘴骂道：

"×你妈！"

"找抽哇？"

"去死吧！"

老张老婆见八哥骂她，跳起身去打八哥；八哥飞了，老张老婆脚下一滑，一屁股跌坐在鱼池前的泥水里。老张老婆火了，爬起来，抄起一鱼砧，将老曹家的鱼池砸了。老曹家的胖头、草鱼、白鲢和鲫瓜子，在地上乱蹦。老曹老婆也火了，扑上去，将老张的老婆捺在泥水里，骑到她身子上，结结实实抽了她几耳光。这时老张来了，一把揪住老曹老婆的头发，还了几耳光不说，还用鱼抄子将八哥捕到，一下把八哥的头拧掉了。这时曹哥进鱼回来，别人砸他的鱼池他不急，别人打他老婆他也不急，一下把他八哥的头拧下来，曹哥急了。曹哥抄起一酒瓶，砸向老张。原也只是出口气，没想伤人；正因为眼前一片模糊，这酒瓶不偏不倚，砸在老张头上；老张应声倒地，头上"汩汩"冒血。曹哥以为砸死了人，趁着人乱，带着老婆孩子，逃离集贸市场，又连夜逃到北京，在东郊集贸市场，开了个鸭棚。一个月后，听说唐山卖炒货的老张没死，就是淌了一碗血。老婆孩子闹着回唐山，曹哥在北京待了一个月，倒待服了，觉得北京比唐山好，于是把老婆孩子打发回去，一个人继续在北京杀鸭子。原想只杀些鸭子，没想到无意之中，成了一个团伙的领袖。不当这领袖曹哥只想着杀鸭子，当着当着，似乎找到了另一种感觉。曹哥眼睛没坏之前，读书用功着呢；读着读着，也胸有大志。读《史记》，觉得自己像张良；读《三国志》，觉得自己像孔明；读《水浒》，觉得自己像吴用；吴用也是个乡村教员。书读罢，又掩卷叹息，怪自己生不逢时，大专毕业，只在学校教些顽皮孩子；讲课他们似乎听懂了，又似乎没听懂；后来又到集贸市场卖鱼，也是无人说话，才养八哥。还多亏与人打架，来到北京，杀着鸭子，入了盗窃团伙，使英雄终于有了用武之地。不生在乱世，成就不了一番大业，只好和些小毛贼，比画着去取另一番天地。贼们偷的是钱，曹哥领导他们却不仅为钱。同是眼前一片模糊，曹哥与刘跃进的舅舅牛得草的区别是，牛得草当年走到街上，熟人敢上去抹他的脖子；曹哥走在街上，不说前呼后拥，起码有几个小弟兄替他看路。

每天卖完鸭子，曹哥也与一帮小弟兄推推麻将。曹哥眼神不济，摸一张牌，要凑到眼睛上看半天。如换别处别人，同桌三个人早急了；这里的人不急，还抢着说：

"曹哥，不急。"

或者：

"曹哥，我这儿缺三条，千万别打三条。"

曹哥能有今天，说起来也因为一只八哥。尘埃落定，曹哥又养了一只八哥。为了不让八哥学坏，这回曹哥教了八哥几句话后，就用蜡将八哥的耳朵封上了，关进笼子。所以这只八哥只会说，不会听。八哥见人打招呼，永远只是三句话：一、"有话好说"，二、"和为贵"，三、"都不容易"。

曹哥早年毛笔字写得好，又写了一副对联，贴在鸭棚左右墙上：

　　一灯能除千年暗
　　一智能破万年愚

众小偷看了，不明白是啥意思；没人说好，但也没人说不好，就在那里挂着。

韩胜利领着刘跃进，穿过集贸市场来到鸭棚，曹哥正倚在一张太师椅上，用放大镜看报纸。看几行字，用一团卫生纸擦一下沙眼淌出的眼泪。墙角一个小胖子，正拿刀杀一鸭子。一看就是新手，刚来鸭棚；杀鸭子背着脸，一刀下去，鸭脖子"呼"地喷出一腔血，鸭子一弹蹬，血没喷到地上塑料盆里，横着一转弯，喷到墙上；小胖子慌了，忙摁鸭头，血又一转弯，喷了曹哥一报纸，也溅了曹哥一手。棚里有一光头，正看电视，电视里正走着一群光腿模特儿；光头放下模特儿，上去踹了小胖子一脚：

"妈拉个 ×，这下明白了吧?连个鸭子都不敢杀，还想上街?"

曹哥倒没急，扔下报纸，用擦沙眼的卫生纸，擦着手上的血，止住光头：

"想早点上街，也是好事。"

又和蔼地问小胖子：

"洪亮，街上都是啥?"

叫洪亮的小胖子愣在那里，想了想说：

"人。"

曹哥叹口气：

"那是你妈教你的，我告你，街上都是狼。"

光头啐了洪亮一口：

"出门吃了你!"

洪亮不敢再说什么，又去笼里抓鸭子。笼里的鸭子吓得

"嘎嘎"叫。韩胜利没敢进门，扒着门框喊：

"曹哥，忙着呢。"

曹哥看不清鸭棚门口；看来跟韩胜利也不熟，也没听出他的声，只是把头转向门口：

"谁呀？"

韩胜利：

"胜利，河南的胜利。"

曹哥似乎想起来了：

"胜利来了。"

韩胜利：

"曹哥，给您说一事，我一亲戚，在慈云寺落一包；我想着，那儿都是您的人。"

看来这话曹哥不爱听，皱了皱眉：

"也不能说是我的人，都是老乡，认识。"

接着拾起另一张报纸，拿放大镜看起来，不再理人。韩胜利和刘跃进有些尴尬。几只杀过的鸭子，还在地上扑棱。光头将这几只鸭子，扔到褪毛滚筒机里；滚筒机里的热水，冒着蒸气；接着推上电闸，滚筒机转动起来。这时光头拍拍手，来到门口：

"包里多少钱呀？"

韩胜利：

"崔哥，四千一。"

刘跃进在韩胜利身后跟着叫：

"崔哥，不为找钱，包里，有一信物。"

忙又说：

"偷我那人，脸上长一块青痣。"

光头崔哥没理这些啰唆：

"交一千定金吧。"

韩胜利看刘跃进，刘跃进愣在那里。他没想到，自己丢了包，找回来还得交钱。但想着这必是行里的规矩，不敢再问，慌忙从口袋里往外掏钱；但哪里还有整钱，也就是些十块五块的零票。凑起来，不过一百多。光头崔哥皱眉：

"是真想找，还是假想找？"

刘跃进：

"崔哥，身上就这么多，我马上回去给你借。"

这时曹哥从报纸上仰起脸，看着门口，想说什么；他头顶笼子里的八哥，刚才一直在睡觉，这时醒了，张口说了一句：

"都不容易。"

曹哥看看八哥，点头：

"是这意思。"

光头崔哥收起这钱，又去看电视。刘跃进忙向鸭棚里，似是对八哥，也是对曹哥：

"谢谢，谢谢啦。"

第十二章

瞿　莉

　　瞿莉被严格找到了。瞿莉离家出走，并没有去上海或别的地方，仍待在北京。这些情况，严格其实都知道。如想找到瞿莉，严格一开始就能找到，只不过假装找不到；找不到，仍假装在找。能找到瞿莉并不是严格掌握瞿莉许多线索，而是给瞿莉开车的司机，被给严格开车的司机收买了。也不能说是收买，是控制。瞿莉的司机，是严格的卧底。

　　给瞿莉开车的叫老温。说起来，老温还是严格司机小白的师傅；老温在北京机控车床厂开大货车时，小白给他打下手。小白能来给严格开车，还是老温介绍的。严格在北京南郊有一个马场，小白刚来时，并不是给严格开车，而是去马

103

场喂马。这时北京机控车床厂倒闭了；给严格喂马，比在车床厂拿的工资还高，小白也很喜欢。三年前端午节那天，严格吃过粽子，和一帮朋友来马场骑马。严格养一匹荷兰赛马叫"斯蒂芬"，母马，性格温顺，善解人意，严格总喜骑它。骑在它身上，"嘚嘚"走着，说快就快，说慢就慢，嘴动腿动，"两人"之间的默契，使严格想起与有些女人在床上的时候。但这马、这人并不多见。这天严格喝了点儿酒，骑着"斯蒂芬"在马场遛圈。其他朋友骑着其他马也在遛圈。边遛，边说些闲话。北京南郊有一军用机场，天上常飞战斗机，这天也起飞几架，在天上兜圈训练，大家也没在意。但突然，一架战斗机练习俯冲，紧贴着马场飞了过去，尾巴上还拉着红烟；草地上的草，次序伏倒在地。大家吃了一惊，其他马没事，独独"斯蒂芬"惊了。惊不是惊战斗机，而是惊战斗机尾巴里拉出的红烟。也是严格大意了，别的马都戴着护眼，严格觉得"斯蒂芬"温驯，这次没戴，恰恰就出了事。"斯蒂芬"一开始是惊，接着是疯，在马场横冲直撞，专门冲人和物去。一起来的朋友或惊呆了，或赶忙跳下马，躲到了马厩。几个驯马师也没经过这场面，由于猝不及防，也愣在那里。唯有新来的小白，正在马厩里铡草，从马厩冲出来，拉住"斯蒂芬"的缰绳。"斯蒂芬"拖着他跑，将他拖倒在地，他仍不松手，身子拖着地，被"斯蒂芬"拉着跑。直到"咣当"

一声，小白撞到一棵大树上，肋骨被撞断四根，"斯蒂芬"才停了下来。小白在医院住了三个月。出院，不再喂马，成了严格的司机。

老温今年四十八岁，祖籍湖北，早年当过兵，转业后留到北京。老温为人仗义，不贪钱财；但他有一毛病，那么大岁数了，好色。这毛病不是现在才有，年轻时就有。在北京机控车床厂时，就因为和单位一个女会计纠缠不清，被那会计的丈夫打豁了嘴。如今在严格家开车，和严格家一个安徽小保姆，又偷偷摸摸摸索上了。去年春天，这小保姆偷了瞿莉一些首饰，戒指、项链、耳环等。东西倒不是一天偷的，前后分一个月。但这些首饰不是一般的首饰。戒指上镶着蓝宝石，项链上镶着祖母绿，耳坠上，也滴溜着钻石。折合起来，值十几万块钱。但小保姆就住在严格家，偷过，无放处，便交给老温。老温并不赞成她偷，怕出事；但安徽小保姆不听他的，说瞿莉的首饰不计其数，偷了她也不知道；老温也奈何她不得。老温将这些首饰带回家，悄悄放到暖气算子里。一个月过去，瞿莉突然发现自己的首饰丢了，怀疑是小保姆干的；但家里有三个小保姆，弄不清哪个是贼。搜了三个小保姆的房间，没有；久而久之，事情也就淡了。这年国庆前一天，老温老婆在家里打扫卫生，突然在暖气算子里摸出几件首饰。发现宝石应该高兴，但老温老婆并不认识宝石的真假，以为是从地摊上买的假货。东西真假并不重要，一看是女人的东西，老温老婆便认定老温在外边又和别的女人勾搭；这些假首饰，是老温买给那野女人的。说勾搭野女人并不冤枉老温，只是这勾搭不是那勾搭。老温晚上回到家，老温老婆便与他大闹。老温一时也无法解释。老温老婆火气上来，除了把首饰摔了，还把家里的电视机砸了。每年国庆节前一天，小白都要看一下师傅；这习惯还是在机控车床厂养下的。这天小白扛了一箱饮料，提了一篮水果，又来看老温，正好遇上这场面。看到摔到地上的首饰，小白马上明白了怎么回事。但小白佯装不知，劝解一番，也就回去了。但第二天，小白开车跟严格出去的时候，在车上，悄悄将这事告诉了严格。背后毁人并不是小白的本意，何况毁的是自己的师傅；但老板和师傅，谁对自己有用，小白心里有数；何况他怕老温老婆将事闹大，瞿莉和严格知道了，再连累上自己；自己毕竟是老温介绍来的；将事情说到前边，也争取个主动。说后，他以为严格会急，接着将老温赶出家门；谁知严格听后，倒嘱咐小白不要声张，就当这事没有发生。严格这么做，小白以为是严格忠厚，老温在严格家干了这么多年，不忍翻脸，给老温一个改正的机会；谁知严格不是这意思，是为了让小白借此摆平老温，用"知道"收买老温，接着控制老温，老温在给瞿莉开车，从此让老温在瞿莉身边，当一个"卧底"。

106

从此瞿莉的一举一动，从老温到小白，又到严格，便可知道得一清二楚。严格这么做的初衷，本是明细瞿莉的一举一动，好给自己与其他女人的来往，留出一个安全的空间；但没想到它的用处不止这些，遇到其他事，严格也有了回旋余地。这时严格感叹：

"古人说得好，与人方便，自己方便。"

又感叹：

"这就是孟尝君结交鸡鸣狗盗之徒的用处。"

这些话，小白听得懂，但又听不懂。懂不懂，对他用处不大；只要老板高兴，小白就能坐稳自个儿的位置。这次瞿莉离家出走，瞿莉以为自己三天来的行踪只有自己和司机知道；还专门交代老温，不许告诉任何人；但她不知道，她的一举一动，老温马上打电话告诉了小白，小白马上告诉了严格，严格只是佯装不知，在继续寻找。严格这么做有两个目的：一是让瞿莉继续出走，弄清她到底要干些啥；同时也给自己留出时间；这次留出时间不是为了女人，而是用来处理他和贾主任和老蔺之间的事。据老温报告小白，小白报告严格，三天来，瞿莉先后去了八个地方，时间有白天，也有晚上；地点有酒店，有别人家，也有郊区和洗浴中心。严格问：

"都见了些什么人？"

小白：

"她进去的时候，都让老温在外边候着，是些什么人，老温也没见着。"

这时严格倒觉得有些蹊跷。蹊跷不是蹊跷瞿莉出走，四处见人，而是她见人的目的，好像跟严格和女歌星的事毫无关系。出走是为了这件事，出走后并不纠缠这事，好像另有企图，倒让严格心中不安。另外的企图到底是什么，严格一时也想不明白。

这边跟踪瞿莉没有结果，那边和贾主任和老蔺的事也在悬着。严格自和老蔺在火锅城见面，拿出 U 盘向老蔺摊牌后，贾主任那边一点儿回音也没有。严格知道，老蔺与严格见面后，会马上把见面的结果向贾主任汇报。虽然当时老蔺把 U 盘扔到了火锅里，好像毫不在意，但严格知道，那不过是虚张声势；见到报上严格和女歌星的照片，贾主任就慌了手脚；现在知道有个 U 盘在别人手里，贾主任肯定会大吃一惊。但把 U 盘抖搂出来，贾主任反倒沉默了。严格知道，不是在沉默中爆发，就是在沉默中灭亡。但严格又知道，事情没这么简单；抖出 U 盘，和抖出女歌星的事，性质完全不同。抖出女歌星的事，只能伤及贾主任的皮肉，正像老蔺说的，大不了是桩绯闻，伤不到他的筋骨；而 U 盘里的事抖出来，却能要了贾主任的命。贾主任不会坐以待毙，让事情就这么向深渊滑下去。这些事没发生之前，严格常请贾主任打高尔夫。一次打着打着，贾主任要撒尿。严格要开电瓶车送贾主任去厕所，贾主任说：

"不劳大驾。"

走出两步，转过身，解开裤扣，掏出家伙，就对着草地直接滋。严格也只好掏出家伙，陪他撒尿。这是严格第一次陪贾主任撒尿。不撒不知道，一撒吓一跳。也是憋得久了，贾主任尿线之粗，之浑浊，对草地冲击之重，尿味之臊，一闻就是老男人的尿；但又不同一般老男人的尿；它弥漫之有力，之毫无顾忌，让严格感到，贾主任温和之下，不但藏有杀气，似乎还有第三种力量。通过一泡尿，严格明白自己还嫩，不是贾主任的对手。但严格将球打给了贾主任，只能等着贾主任回球。在贾主任挥杆之前，严格也束手无策。他也不想走到大家共同毁灭的地步。扯出女歌星和 U 盘，只是为了挽回大家过去的关系。严格与贾主任事情的悬着，比严格与瞿莉关系的悬着，更让严格揪心。严格揪心的时候，爱拼命吃菠菜，就像瞿莉烦心的时候爱吃汉堡包一样；直到吃得肚圆，紧张才能缓解，才能舒心地嘘一口气；只不过汉堡包胖人，菠菜不胖人。这天严格正在吃菠菜，吃到一半，还没舒心，司机小白给他打电话，说瞿莉的司机老温给他打电话，说瞿莉现在正在银行。一听瞿莉去了银行，严格从沙发上"噌"地跳了起来。银行和钱连着。她去银行，就和去别

处找人不一样。严格终于明白了瞿莉的意图。严格不能再假
装寻找了，忙让小白开上车，去了那家银行。在银行门口，
堵住了瞿莉。三天没见，瞿莉似乎变了。瞿莉过去是个遇事
搂不住火的人，为做一个头发，跟小区周边的美发店吵遍
了；现在遇到这么大的事，她倒沉住了气；她没有因为这事
更粗暴，人倒变得更温和或者有些文雅了。瞿莉过去胖，三
天不见，似乎也变瘦了。她的变化，比她的态度，更让严格
摸不着头脑。瞿莉见到严格，既没有感到意外，也没有发火。
严格：

"咱们谈谈吧。"

瞿莉也没说不谈，只是用手指，轻轻指了指旁边的咖啡
馆。两人在咖啡馆坐下，严格想把话往回说。话往回说，就
不能像平常那么说，就不能再说些漫无边际的假话，总得有
些干货或硬通货；于是严格搓着手，把自己跟女歌星的关系
如实交代了。说完又说：

"跟这些人，有事，没感情。"

又说：

"都是逢场作戏，都是完事就走，没在一起，睡过一夜。"

他以为瞿莉听后会发火。如瞿莉发火，严格的目的就达
到了。两人就可以沿着女歌星这条路，趁着愤怒的翅膀，顺
原路折回到原来。但瞿莉没上严格的当，既没发火，对这事

似乎也不关心；好像在听一件别人的风流韵事。看来她已经
走得很远了。如仅是这样，说不定事情还可挽救，没想到瞿
莉干脆把两人间的把戏拆穿了。瞿莉用银勺搅着杯里的咖啡，
低头说：

"严格，别再拿男女间的事说事了。咱俩的事，比男女间
事大。"

说这话的时候，瞿莉眼里憋出了泪。正因为憋出了泪，
说完这些，瞿莉长出了一口气，似乎轻松了。一件物什，就
这么拆了；一盆水，就这么泼到地上了。事情或人，露出了
真相和底牌，事情也就无可挽回了。见瞿莉摊牌，严格也只
好换个话题摊牌，就像对老蔺和贾主任一样；严格指指窗外
的银行：

"您开始准备后路了，对吧？"

瞿莉也看着窗外：

"夫妻本是同林鸟，大难临头各自飞。"

严格愣在那里。他甚至怀疑，瞿莉多年的抑郁症，也是
假的。

第十三章

刘跃进

刘跃进的头被打破了。像前几天来工地要账的韩胜利一样，头上缠着绷带，外边戴一冒牌棒球帽。如是平日挨打，刘跃进不会拉倒；如是别人打的，刘跃进也不会拉倒；打破他头的人，是曹哥鸭棚的人；但这两项都不重要，重要的是，刘跃进得赶紧找包，也就顾不上头，没工夫与打他的人纠缠。

那天韩胜利带他去了鸭棚，托曹哥找包。离开鸭棚，韩胜利与他约好，第二天晚上，两人再来鸭棚听信儿。到了第二天下午，刘跃进动了个心眼，想甩开韩胜利，一人去听信儿。他已经见识了曹哥的威风，他知道曹哥出面，这包肯定能找着。在刘跃进和曹哥之间，韩胜利只是一个牵线的人；现在线头接上了，韩胜利也就没用了。何况曹哥也有白内障，十步之外，一片模糊，刘跃进见到他，像见到了舅舅。那天韩胜利把话说错了，曹哥已经生气了；付定金的时候，刘跃进口袋里的钱不够，光头崔哥不干，曹哥还替他说了好话。如曹哥把包找着了，有韩胜利在，按事先说的，当场就得还韩胜利钱，还有六万块钱的提成。但包里的钱，刘跃进还另有用处。儿子刘鹏举又来电话，说三天到了，因交不上学费，他已经被学校赶出来了。不管这话的真假，听他的口气，火燎屁股，这钱是不能再拖了。还有找包的定金，光头崔哥说要一千，当时被曹哥挡住了；现在钱找着了，他不知光头崔哥那里会不会再出岔子。包丢了，觉得为找包付韩胜利钱是对的；包找到了，又觉得付他钱有些冤。不是欠钱不还，是这钱可以再拖一拖。于是没等到第二天晚上，第二天下午，一个人来到鸭棚。

这回棚里没有杀鸭子，棚里有一帮人，在陪着曹哥搓麻将。那个杀鸭子的小胖子洪亮，在提着茶壶侍候牌局。曹哥干别的事认真，打麻将也认真，于是桌上的人都认真。曹哥摸张牌要凑到眼上看，出牌慢，带得众人都慢。慢也叫认真。牌桌上并无废话。桌上乱七八糟扔着些钱。刘跃进看人正忙着，又皆认真，没敢进去打搅，就在门口候着。待一局下来，桌上响起"呼啦""呼啦"的洗牌声，刘跃进才扒着门框喊：

"曹哥。"

曹哥从牌桌上仰起脸，往门口看；看不清是谁，对刘跃进的声音更不熟，问：

"谁呀？"

刘跃进：

"昨天跟胜利来的，丢包那人。"

蹭进门来。曹哥突然想了起来：

"噢，那事呀，对不住你兄弟，那人没找着。"

刘跃进满怀信心而来，没想到是这么个结果；幸亏手把着门框，才没跌到地上。一个包没找着，对曹哥他们算不得什么；但对刘跃进，却是晴天霹雳，把脑袋都炸晕了。晕间，还在那里思摸。思摸间，忘了说话的场合，只是照着自己的思路在说：

"那人是你的人，咋会找不着呢？"

刘跃进说出这话，曹哥就有些不高兴，就像昨天韩胜利说街上的贼都是曹哥的人，曹哥有些不高兴一样；但曹哥没说什么，只是皱了皱眉。光头崔哥见曹哥不高兴，朝刘跃进喝道：

"你脑子有病啊，他腿上长着脚，咋一准会找着呢？"

刘跃进脑子里一片空白，仍照着自己的思路说：

"那我昨儿的定金，不是白交了？"

突然想起什么，对棚里说：

"别是找着了，你们昧起来了吧？"

又说：

"昧钱事小，包里的东西，还我呀。"

曹哥见刘跃进这么不懂事，叹了口气；对刘跃进仍没说啥，对牌桌上的人说：

"我又犯了个错。"

牌桌上的人见曹哥这么说，有些不解，也有些紧张。曹哥接着说：

"孔子说过，唯小人与女子难养也。"

这话桌上的人没听懂，有些愣怔。曹哥又说：

"从今往后，我不帮人了，帮人就是得罪人。"

这话大家听懂了。懂与不懂并不重要，重要的是，曹哥开始检讨自己，就证明曹哥彻底生气了。曹哥一生气，从来不怪别人，只检讨自己。这是曹哥跟别人的区别。光头崔哥见气着了曹哥，从桌前蹿起，冲到门口，照刘跃进踹了一脚：

"妈拉个×，会不会说话？"

这一脚踹到刘跃进心窝上，刘跃进猝不及防，后仰身，直挺挺倒在地上；鸭棚门口，摞着一筐筐鸭毛；刘跃进倒时，把鸭毛筐也带翻了，鸭毛在鸭棚里，飞了个满天。平日这么踹刘跃进，刘跃进不敢对光头崔哥这样的人计较，踹了也就踹了；现在包、包里的钱和欠条，统统无望了，刘跃进就失

115

去了理智；本来他胆子没这么大，现在也顾不得了；从鸭毛堆里爬起来，没理光头崔哥，抄起案上一把杀鸭刀，往前又蹿了一步，晃着对众人：

"我倾家荡产了，知道不知道？"

牌桌上的人，都愣在那里。愣在那里不是怕刘跃进手里的刀，他们整天杀鸭子，或跟人火并，都是白刀子进去，红刀子出来；而是惊奇刘跃进的反应和态度。曹哥皱了皱眉，推开麻将，出鸭棚走了。光头崔哥见刘跃进搅了牌局和曹哥的心情，又要上去踹刘跃进；但没等光头崔哥上手，牌桌上另一大胖子，捷足先登，先一脚将刘跃进手里的刀踢掉，又一脚踢在刘跃进小腹上；看他胖，身子竟灵活，踢的是连环脚；连吃两脚，刘跃进的身子先被踢到空中，又落在杀鸭子的案前；身子前冲，头一下磕在案角上，登时就出了血。脑袋一出血，倒让刘跃进清醒了，蜷在地上，不敢再说什么；想想又委屈，捂着脸，"呜呜"哭起来。

刘跃进从曹哥鸭棚回到工地食堂，用绷带把脑袋缠上了。好在磕的口子不大，缠上绷带，血倒是止住了。躺在床上，一夜没睡。包丢了就够倒霉的，没想到又挨了一顿打。挨打该去报仇，可丢了的包，又比挨打事大；时间拖得越长，这包越不好找；又暂时顾不得报仇，还得先找包。可这包接着怎么找，他又犯了愁。警察指不上，曹哥指不上，韩胜利这

116

样的人也是白找，条条道都堵死了，可谓山穷水尽；到了窗户上发亮，刘跃进做出一个新的决定：既然别人都指不上，只好指自己了；别人不帮自己找贼，只好自个儿上街找贼。

第二天一早，刘跃进向包工头任保良请了三天假。但他没说自己丢包的事。一是怕任保良笑话，二是这事从头至尾说起来，两句三句也说不清楚。只说自己在街上被人打了，要去医院看伤。任保良一开始不信，但看刘跃进的头，绷带上浸着血；张张嘴，倒没说什么。刘跃进戴上一棒球帽，骑一自行车上了街。第一个要去的地方，就是自己丢包的邮局门口。邮局转角邮筒前，那个五十多岁的河南老头，仍在拉着弦子唱曲儿。不过不再唱河南坠子，又改回流行歌曲；不再唱《王二姐思夫》，又改回《爱的奉献》。刘跃进倒没心思跟他计较这个，从丢包那天起，他就盼着偷包那贼，又回到邮局门口；于是每天给河南老头两块钱，让他替他盯着。也是昨天刚挨了打，看老头又闭着眼睛，在拼命唱《爱的奉献》，跟没事人似的，刘跃进气不打一处来，上去又喝老头：

"停，停。"

老头睁开眼睛，见是刘跃进，停下唱说：

"你说的那人，一直没来过。"

刘跃进急了：

"你老这么闭着眼睛唱，他来了，你也不知道。我每天给

117

你钱呢。"

老头见他这么说，也急了：

"不就两块钱吗？就把我看死了？我退你还不成吗？"

又嘟囔：

"到底谁有毛病啊，你想他傻呀？偷罢东西，还能再回来？"

刘跃进一愣，觉得老头说得也有道理。但他顾不得与老头理论，再理论也没用，转身骑车走了，另去别的地方寻贼。

刘跃进在街上寻了一天。原想着寻贼就是个寻，待到上了街，到哪里去寻，却是个问题。刘跃进知道贼都有地盘，就算他不回邮局门口，每天出没，大概离邮局也不会远。邮局附近的集贸市场，服装市场，公交站，地铁出口，凡是人多的地方，刘跃进都去了个遍。人多的地方，就是贼容易出没的地方。但一天下来，见到无数的人，却没找到偷他包的那贼。也找到几个人，背影像，一阵惊喜；待转到前边，又不是，一阵失望；或前面也像，但左脸上又没有青痣。待街上的路灯开了，才想起一天下来，只顾找人，忘了吃饭；一天没吃饭，肚子也不觉得饿。本想回去，明天再接着找；但想着晚上也是贼出没的时候，就在路边买了一个煎饼，吃过，又骑车在街上找。转到八王坟一十字街口，地铁里拥出许多人。刘跃进扎上自行车，蹲在路边，细细看这些人，贼没在

118

其中。站起身，又骑车往前走。骑在车上，只顾看左右的行人，没注意前边有一辆轿车，缓缓停在了路边。开车的人打开前门，刘跃进只顾看左右，没留意前边，"哐当"一声，撞到刚打开的轿车前门上。猝不及防，刘跃进一下被摔到马路牙子上。自行车的前轮，马上扭成了麻花，但还努力在空中转。这车是辆"凌志"，开车的是个中年胖子，被吓了一跳。待明白事情的前因后果，下车没管刘跃进，先查看自己的车。车的前门被撞凹进去一窝，后门也被自行车的车镫子，剐下一长道漆。中年胖子马上火了，冲向刘跃进：

"找死呀？"

刘跃进摔到马路牙子上，胳膊腿虽没摔断，后腰被马路牙子硌着了，而且硌在腰眼上，疼得差点儿昏过去。他想爬起来，但没爬起来。待挣扎着坐起来，腿又觉得钻心的疼；拉开裤管，腿上也被撞出一大块青瘀。中年胖子没管这个，只顾吼：

"知我这车值多少钱吗？"

刘跃进疼之外，觉得自己这些天咋这么倒霉，包丢了还没找着，又撞了人的车；一波未平，一波又起；尽是想不到的事，接二连三都找来了。他的第一反应是：

"我没钱。"

中年胖子听刘跃进口音，看他的穿戴，知他是一民工，挥着拳头嚷：

"就是把你家的房子卖了，也得赔我。"

刘跃进揉着腿：

"我的房子在河南，没人买。"

那人还要说什么，一交警骑着摩托，闪着警灯，从这里路过。看这里出了事故，便把摩托停在了路边。路边还停着几辆开往唐山和承德的长途汽车，这些车皆是无照的私车，趁着夜色，在招揽顾客，有人拿着喇叭在喊；看到交警，几辆车慌忙开走了。交警没理这些长途车，关上摩托上的警灯，打量事故现场。他肩上的步话器，不时传出别处的断续的呼叫声。中年胖子跟着交警，愤怒地叫着：

"叫他赔，不然他下次还不长记性。"

交警摘下头盔，露出一国字脸，二十多岁，一看是个新警察。他昨天在四环路处理了一起交通事故；由于没有经验，分别被双方的事主骗了，事故处理得有些乱；把甲方的部分责任，算到了乙方头上；把乙方的部分责任，算到了甲方头上；弄得双方都不满意，今天告到了交通队。队长刚才把他叫到办公室，训了一顿。现在正没好气。如中年胖子平心静气跟他说话，他会再打量一下事故现场；见中年胖子用命令的口吻跟他说话，他马上皱了皱眉。加上中年胖子说这话时，脸贴他很近，口气喷到了他脸上；口气中有些晚饭还没消化的酸臭；这些有钱人，嘴里都酸臭；他们在车里开着空调，风吹不着，雨打不着；自己一天到晚骑个摩托，风吹日晒，在街上吸些尘土和汽车尾气；本来就没好气，这时就更不耐烦了。他先用头盔将中年胖子往远处推了推，事故现场也不打量了，不紧不慢地说：

"谁不长记性了?我怎么觉得怪你呀。"

中年胖子一愣，马上跟交警急了：

"你看清楚，我的车没动，是他撞的我。"

年轻交警看中年胖子：

"这是人行道，是你停车的地方吗?"

中年胖子这才想起，自己停车停错了地方。刚才还气势汹汹，一下偃旗息鼓。他先是支吾：

"我就买包烟。"

忽然又说：

"我认识你们队长。"

不提队长还好，一提队长，年轻交警干脆不理他了，上去看刘跃进。刘跃进这时又倒在马路牙子上，口吐白沫，似乎昏了过去。加上头上本来就缠着绷带，交警以为他伤势严重，扭头对中年胖子说：

"快拉人去医院吧。"

中年胖子慌了，以为真把人撞坏了；或这人在"碰瓷"，

121

要讹自己；顾不上追究别人，转身想开车溜。警察倒喝住他：

"哪儿去？"

中年胖子不敢再动。这时刘跃进见自己占理，从地上又"骨碌"爬起来，原来他口吐白沫是假的。他对交警说：

"我不去医院，叫他赔我自行车。"

年轻交警看中年胖子。中年胖子看看刘跃进，看看交警，又看看腕上的表，从口袋掏出二百块钱，扔到地上：

"这叫什么事呀。"

又瞪了交警一眼，开上自己受伤的车，走了。刘跃进这时对交警解释：

"不是不去医院，还有别的事，顾不上。"

这时年轻交警跟刘跃进也急了：

"别以为你就没事，骑车不看路，想啥呢？"

因年轻交警帮了他，刘跃进便把这交警当成了自己人；也是好几天无人说话，又刚被撞过，有些委屈，便把交警当成了亲人，从自个儿丢包开始，包里都有些啥，如何报案，如何找人，如何自个儿上街找贼；没跟任保良说的话，跟一个陌生人说了。但说着说着乱了，年轻交警也没听出个头绪。只是听他说丢了六万块钱，有些不信，趴刘跃进脸上看了看：

"就会说假话。"

骑上摩托，闪着灯走了。刘跃进愣在那里。

第十四章

青面兽杨志

　　青面兽杨志这些天有些郁闷。四天前，他在慈云寺邮局前偷了一包。本来那天他不想偷东西，那天他工休。一个礼拜，青面兽杨志偷五天，歇两天；这是他和其他小偷的区别；和大家到公司或单位上班是一样的。但他一般休在周三和周四，周六、礼拜天不休；这是他和上班族的不同。在慈云寺邮局前偷这包，等于加班。同时，慈云寺一带，并不是他的地盘；在这里偷东西，等于跨区作业；而跨区作业，违反行内的职业道德，青面兽杨志一般不冒这种风险。就像人做生意一样，挣钱是没尽头的，须讲个适可而止。青面兽杨志本该这天休息，最后没有休息，加班抢了个包，是被抢那人，

123

那天太可气了。那人身穿西服，挎个腰包，在呵斥一卖唱的老头；青面兽杨志虽然是个贼，最看不得恃强凌弱；又见那人指天画地，指着远处一片 CBD 建筑，说是他盖的；不是大楼的开发商，起码是个小工头。看他的腰包，鼓鼓囊囊，估计里边钱不少。当众欺负人，当众露富，都让青面兽杨志瞧不过去。这才临时加了个班。待腰包抢到手，逃脱那人的追赶，躲到一公厕里，打开腰包，却让青面兽杨志失望。原以为包里起码有几万块钱，谁知只有几千块钱；几千块钱并不是不值得偷，而是跟原来的设想有些落差；剩下的，皆是些乱七八糟的杂物，青面兽杨志也懒得翻。这时才知上了那人外表的当。一个好端端的工休日，被他搅了。从公厕出来，青面兽杨志也就把这事忘了。

但令青面兽杨志没想到的是，这腰包在他身上还没焐热，仅待了三个多小时，就又被别人给抢走了。那天青面兽杨志还另有心事，顾不上别的，这也是他那天不准备偷东西的另一个原因。从公厕出来，先到澡堂洗了个澡，又到"忻州食府"老乡老甘处吃饭。吃饭中，碰到一甘肃女子张端端。如张端端像"鸡"，也就没了后面的事；正因为"鸡"不像"鸡"，才打动了青面兽杨志，与她去做了一回露水夫妻。没想到这是个圈套，两人夫妻正做着，"哐当"一声，门被撞开了，闯进来三条大汉，把青面兽杨志身上的钱，连同那个腰

124

包给抢走了。这个张端端，原来也是个贼。如果只是把钱和腰包抢走，青面兽杨志只好自认倒霉；也算大水冲了龙王庙，自家人不识自家人；问题是，钱被抢走没啥，包被抢走也没啥，当时他正跟张端端做那事，门"哐当"一声被撞开，他被吓住了。人被吓住没啥，胆子被吓住也没啥；胆子吓小了，还可以慢慢长大；问题是：他下边被吓住了，突然就不行了。当时只顾慌张，只顾抢衣服往自己身上搭，还没抢到，没过多留意；待被抢了个干净，又被他们踹了几脚，灰溜溜回到自个儿住处，才突然觉得下边不行了。青面兽杨志出了一身汗。这就不是小事了。本来是件小事，现在变成了大事。被抢是件大事，现在变成了小事。青面兽杨志还不甘心，自个儿躺到床上摆弄，谁知越摆弄越不行。青面兽杨志开始恐慌，拿上些钱，又上街找"鸡"。找到，到了床上，还是不行。又换了一"鸡"，胖的，胸大的，到了床上，仍是不行；胖的，还不如刚才那瘦的。还不甘心，又找了一不胖不瘦的；路上还有些躁动，到了床上，下边早变成一根软面条。青面兽杨志满头是汗在那里鼓捣；身下的"鸡"一开始让他鼓捣，半个小时过去，急了，想翻身起来：

"你有完没完呀？"

又说：

"自个儿不行，折腾我干吗？"

青面兽杨志"啪"地扇了那"鸡"一耳光，倒把那"鸡"给吓住了，又躺下，不敢再动，任青面兽杨志动。但这时青面兽杨志不动了。他知道事情彻底完了。自己抢别人，只是抢包；这三男一女，抢的不仅是包，还有人的命。这时他不恨那仨抢包的大汉，单恨那甘肃女子张端端。床上是床上的事，咋能拿这事吓人呢？从第二天开始，青面兽杨志开始反过来找那三男一女。老甘的"忻州食府"去了；被抢的那间小屋去了；凡是有"鸡"的街头和地段都去了；但再没找到张端端和那三个男人。越是找不到，青面兽杨志越着急。三天来，青面兽杨志没偷东西，就顾找人了。不找到一女三男，青面兽杨志不会再干别的。找到他们，不为别的，不为那仨男的，只为张端端；解铃还须系铃人；找到，一刀宰了她，解了心头之恨，才能剜出心中那个怕，说不定身子下边，才能恢复正常。说起来，引起这一切，全因为一个腰包。但青面兽杨志正在气头上，只记得他的腰包被人抢了；由这腰包，又引出别的枝杈；现在要杀人报仇；已完全忘记这腰包的来路，他也是抢别人的；世上还有一个叫刘跃进的人，不是工地的老板，只是工地一厨子，也正在满世界找他。这包要了青面兽杨志的命，也要了厨子刘跃进的命。

　　通惠河边有一小吃街。通惠河在民国水是清的，还行船；现在成了一臭水沟。但臭水沟左岸，矗起一大片 CBD 建

126

筑；右岸，沿着河，晚上是一望无际的小吃摊。白天这里倒安静，但一片脏乱；到了晚上，灯火通明，地上的脏乱，倒被夜色掩盖了。本是一河浑浊的臭水，现在星星点点，映着左岸的高楼大厦，竟显出都市繁华。水往东流着，沿着右岸，卖烤串的，卖杂碎汤的，卖卤煮火烧的，卖麻辣烫的，卖麻辣小龙虾的，卖朝鲜冷面的，卖土耳其烤肉的，一片烟气弥漫；熙熙攘攘的吃客，拥挤不动。吃客中，还有许多外国人。靠河边栏杆，站着许多晚上出来工作的小姐。青面兽杨志找人找了三天，没有结果，这时想起，张端端是甘肃人；那三条大汉，说话也西北口音；在行里打听，甘肃有帮窃贼，常来通惠河边小吃街作业；这地界在行里属三不管，边远地区一些毛贼，便来这里小打小闹；于是改寻找为蹲守，第三天晚上，到小吃街来等那几个西北人。也不是干等，挨摊打问；在一家卖麻辣烫的摊上，打问出常有三个甘肃男人，带一甘肃小女孩，到这里吃夜宵；便认定是张端端他们，便在这麻辣烫摊前坐下，等几个甘肃人自投罗网。从晚上六点，等到深夜两点，他们没来。卖麻辣烫的摊主是个陕西人，以为青面兽杨志在等熟人，也感到奇怪：

"天天来呀，今儿咋不来了呢？"

青面兽杨志不答，也不急，第二天晚上又来等。这天等着等着，甘肃三男一女还没露面，刘跃进来了。刘跃进能找

127

到青面兽杨志，知他在小吃街待着，还得感谢在曹哥鸭棚里杀鸭子的小胖子洪亮。这天刘跃进寻了一天贼，仍没寻着；本想夜里接着寻，但上午淋了一场雨，身上有些发烧，便提前收工，回到工地食堂。工地食堂山墙上，临时用碎砖垒出一小屋，是刘跃进的住处。既住，夜里又看食堂。趁着工地晃过来的光亮，刘跃进正撅着屁股开门，突然有人从后边拍他肩膀，把他吓了一跳。扭头，竟是在曹哥鸭棚里杀鸭子的小胖子。一见曹哥鸭棚的人，刘跃进就气不打一处来，恶声问：

"找打呀？"

小胖子知刘跃进误会了，一边解释：

"那天在鸭棚打你，我可没动手。"

一边单刀直入：

"想跟你做个小买卖。"

刘跃进仍没好气：

"我没空跟你扯淡。"

小胖子洪亮：

"给我一千块钱，告你抢你包的人在哪儿。"

刘跃进愣在那里。一开始有些激动，接着有些不信；这贼曹哥都没找着，一个连鸭子都不敢杀的小胖子，哪里能找着他的踪影？以为小胖子来骗他的钱，嚷道：

128

"上回你们收的定金，还没还我呢！"

又上去踢他：

"再惹我，真不饶你！"

小胖子挨了一脚，并没后退，倒伸出手，向刘跃进坚持。刘跃进看他神色非常认真，又有些疑惑。也是找贼心切，欲先信他一回；如是假的，再跟他计较不迟；于是从身上掏出一百块钱；还是昨天在八王坟撞车，那车主给的；那人给了二百，刘跃进掏出一百：

"就这么多，拿命换来的。"

小胖子接过这钱，又伸手坚持；这回刘跃进有些信他了，但扬起胳膊：

"不信你搜，身上发烧，连瓶水都没舍得喝。"

小胖子收手，这时弹着那钱：

"不为这点钱，为偷你包那人，打过我。"

又说：

"我本该告诉曹哥，可崔哥他们也打过我，也没对他们孙子说。"

又说：

"我今儿晚上偷着上街，去了通惠河小吃街；没偷着东西，却看到你找那人，正吃麻辣烫呢。"

刘跃进撂下小胖子，骑上自行车，飞驰到通惠河边。自

129

行车那天被撞坏了，换了一个二手圈，花了三十。夜里八九点钟，小吃街正是人多的时候。刘跃进锁上自行车，开始在人群里踅摸。小胖子说那贼在吃麻辣烫，刘跃进就专门寻麻辣烫的摊子。但麻辣烫摊位不止一家，刘跃进寻了一家，又寻一家。终于，挨着通惠河大铁桥，一家麻辣烫摊前，看到了青面兽杨志。仇人相见，分外眼红。找了几天没找到，原来却在这里；这里前天晚上刘跃进也来过，没有特别留意；正是踏破铁鞋无觅处，得来全不费工夫；花了那么大工夫没寻见，寻见，竟因为一个杀鸭子的小胖子。本来身上正在发烧，现在意外找着了贼，浑身来了精神，竟不烧了。找着贼，就找着了自己的包；找着包，就找着了自己的钱；这些都不重要，重要的是，找着包，就找到了那张欠条；心中的惊喜和畅快，似乎找的不是自个儿的包，而是丢了的整个世界。东西失而复得，往往比丢失的原物，还让人珍惜呢。刘跃进喘喘气，定定神，想猛地扑过去；但察看左右，小吃街的吃客熙熙攘攘，拥挤不动；担心两人打起来，又被这长着青痣的贼走脱。观察这贼，看他左顾右盼，不像在吃东西，也似在寻人；便不敢大意，将棒球帽的帽檐往下拉了拉，坐到麻辣烫旁边的一馄饨摊上，要了一碗馄饨，边吃，边盯着青痣；待小吃街人少后，再下手不迟。既然找到他，就不能让他走脱。接着又想，只要在外面，就不能说十拿九稳，扑打起来，贼都有可能走脱；更好的办法，不是扑打，是跟踪；他在，盯着；他走，跟着；一直跟到他的住处，待他睡下，再去工地叫几个人，将他堵在屋里，瓮中捉鳖，才万无一失。这样想下来，终于想明白了，心里也不焦急了；不存在扑打，只存在跟踪，心里也不发怵了。这时才感到肚子饿了，又是一天没吃东西，便安心吃自个儿的馄饨。又担心头上缠着绷带引人注意，低头摘下棒球帽，将绷带一圈圈解下，又戴上棒球帽。好在离在鸭棚挨打，已过了两天，头上的伤已结了痂，并无大碍。帽子重新戴到头上，显得有些空。馄饨吃完，那青痣还在麻辣烫摊前坐着，没有走的意思。一直等到夜里十一点，青痣不着急，刘跃进不着急，卖麻辣烫的陕西人见青痣在他摊前坐了一晚上，老占一个座位，耽误他生意，有些急了，寒着脸对青痣说：

"都啥时候了，别等了。这时候不来，不会来了。"

青痣看看左右，站起来，朝通惠河铁桥走去。刘跃进也慌忙结了馄饨账，找到自己的自行车，推上，跟了上去。过了铁桥，穿过一条巷子，到了宽阔的大街上。青痣上了一公交车，刘跃进忙骑上车，跟着公交车。公交车一站一停，从车上下人，又从车下上人；幸亏是晚上，乘客不多，如是白天，下车上车的人熙熙攘攘，非跟丢不可。那青痣坐了五站，下车，又换了一辆去郊区的公交车，刘跃进又跟这车。

131

这车走了六站，青痣下车，朝一条胡同走去。刘跃进松了口气，青痣住的地方，终于到了。刘跃进将自行车锁到胡同口一槐树上，悄悄跟进胡同。胡同里有些脏，手挨手，仨公共厕所；厕所里的污水，溢到胡同里；路灯坏了，下脚要看地方。走到胡同底，拐弯儿，又是一条胡同。那青痣又向这条胡同走去。终于，走到胡同底，有间房子，房门就开向胡同。墙上的石灰缝，横七竖八，抹得跟花瓜似的，能看出这里过去没门，屋门是临时从墙上圈出来的。屋门是块大芯板；门框，是用几根木条钉巴起来的。门上挂着一把锁。刘跃进知道，地方到了；这里，也像一个贼待的地方。但令刘跃进没想到的是，青痣来到这门前，并没有弯腰开锁，而是扒着窗户，往屋里张望，似乎又不是他的住处；看过，又用手拎那锁，那锁锁在门上，纹丝不动。突然，那青痣发狂了，抬起脚，踹门一脚；头一脚把门踹晃了，又一脚把门踹烂了，第三脚，"哐当"一声，门被踹倒了；那青痣才啐口唾沫，作罢。刘跃进躲在墙角，不明就里，愣在那里。踹完门，那青痣有些垂头丧气，沿原路返回胡同口。这里既然不是他的住处，刘跃进只好再跟着他。看他垂头丧气，放松了警惕，又想扑上去把他摁翻；快刀斩乱麻，也早点有个了结；跟来跟去，何时是个尽头?这贼要转悠一晚上，不回住处呢?到了明天早上，街上人一多，贼逃脱起来就更方便了。从这条胡同转到另一胡同，刘跃进悄悄接近青痣，正要一跃而起，突然从胡同口闪出两个人，正面拦住青痣，又把刘跃进吓了一跳，忙又躲进胡同口的厕所，扒着墙角往外看。

正面拦住青面兽杨志的两人，一个是曹哥鸭棚的光头崔哥，另一个穿着饭馆服装，留着分头，学生模样。曹哥这边，寻找青面兽杨志也四五天了。寻找青面兽杨志不是为了给刘跃进找包，而是与青面兽杨志另有过节。同在找一个人，找的目的不同。本来目的可以有部分重合，那天让刘跃进在鸭棚一闹，彻底闹没了。单说曹哥等人与青面兽杨志的过节，青面兽杨志是山西人，曹哥等人是唐山人，同城为贼，各有各的地盘。全北京的贼都知道，唐山人不好惹；惹了唐山人，要么没了，要么投奔了唐山人。其实事情很简单，不到唐山人的地盘跨区作业，井水不犯河水，大家也相安无事。青面兽杨志半年前乍来北京，一是不熟悉地面，二是不知人的深浅；加上他在贼的十八般武艺中，最善溜门撬锁；别人撬这门被抓住了，青面兽杨志第二天再去，仍能满载而归；也是艺高人胆大，没把唐山人放到眼里；一个月之中，先后四次，到唐山人地盘跨区作业。头三回安然无事，第四回，没被偷的人家抓住，被曹哥的人抓住了；偷的东西被没收了不说，还把他吊在鸭棚，用皮带抽。曹哥叹息：

"兄弟，让你三回了。"

又说：

"这么聪明的人，咋就不知道事不过三呢。"

青面兽杨志这才知道了曹哥的厉害。本想像其他地方的贼一样，要么退避三舍，再不到唐山人的地盘；要么投奔唐山人，有生意大家一块儿做。唐山人占的地盘，全是富人区和商业繁华区。富人住的和去的地方，才能偷些东西；穷人待的地方，去偷些穷气呀？但入乡就得随俗，入了唐山帮，又怕太受唐山人的限制，一时还没拿定主意。但不打不成交，青面兽杨志一个礼拜作业五天，剩下两天，便时常到鸭棚来玩。大家一起搓麻将。青面兽杨志溜门撬锁行，搓麻将差些；几个礼拜下来，已欠下曹哥、崔哥小四万块钱。越输越不服，越不服越输，到上个月底，已欠下二十多万。这时突然明白，也许输钱事小，这赌钱本身，说不定是个圈套。明白这一点已经晚了，这一点又不好挑明；从此偷东西就不是为了自己，而是为了曹哥。偷了钱，就得赶紧还债。为唐山人偷钱，唐山人的地盘又不能去，只能去穷人待的地方小打小闹，如此这般，这债何时能还完？这时便恨曹哥等人阴险。啥是贼呢？贼偷人不叫贼，贼偷贼才叫贼呢。人被偷了，还可以报案；青面兽杨志被曹哥等人偷了，只能打碎牙往肚里咽。不马上抢银行，一时三刻，这二十多万就难以还上。为了躲债，青面兽杨志不敢再到曹哥的鸭棚去。曹哥鸭棚里的人，便开始找他。这是青面兽杨志老闷闷不乐、藏在心里的另一桩烦心事。青面兽杨志以为曹哥他们找他是为了让他还钱，其实曹哥找他，另有别的事。正是因为有别的事，事来了，就找得紧；没事，或事过去了，就放松了。或松或紧。但这松紧，曹哥这里知道，青面兽杨志不知道。这月上半月没事，还松；这几天又有事了，于是便紧了。本来找了几天，没有找到青面兽杨志；再过两天，等事过去，就又松了；也是因为杀鸭子的小胖子，今天晚上偷偷上街；偷偷上街，也违反纪律，回来被光头崔哥抓住，扇了几耳光；崔哥扇他仅为上街，但小胖子做贼心虚，以为他干的事，崔哥都知道了；崔哥扇着问：

"街上都见谁了？"

只是随口一问，小胖子顺嘴秃噜，便把青面兽杨志的行踪，也交代出来；但他没交代把这事告诉了刘跃进；因刘跃进给了他一百块钱，怕交代出去，这钱也被收走。所以青面兽杨志离开小吃街，不知刘跃进在后面跟踪；刘跃进跟着青面兽杨志，不知同时跟踪的还有光头崔哥两人。只是刘跃进骑着自行车，光头崔哥两人开着一辆二手"桑塔纳"，一方走的是人行道，一方走的是快车道，相互没注意罢了。崔哥在胡同口拦住了青面兽杨志，不但青面兽杨志吃了一惊，刘跃进也吃了一惊。青面兽杨志见被曹哥的人堵住，知道事情发了，向光头崔哥解释：

"崔哥，咱的事，回头再说；我在找人，比那事急。"

接着从后腰里，抽出一把刮刀，在路灯下闪着寒光。光头崔哥见刀倒没在意，将这刀抽过来，用手拭着刀锋；但把躲在厕所墙角的刘跃进吓了一跳，幸亏有光头崔哥两人横插一杠子，否则刚才自己上去扑青面兽杨志，他身上带着刀，不知会是个啥结果。光头崔哥拭着刀锋问青面兽杨志：

"找谁呀？"

青面兽杨志本想将自己偷包又被劫，劫包事小，下边又被吓住的遭遇，向光头崔哥说一遍；一是这话不好出口；二是说也白说，不解决任何问题；三是说出下边被吓住，一件烦心事，怕转成笑话；便忍住没说，说：

"你别管，找谁谁倒霉。"

光头崔哥用手止住他：

"先把你的事放放，说说咱的事；你欠大伙的钱，可过期好多天了。"

听到这话，青面兽杨志倒有些发怵，解释说：

"崔哥，杀人偿命，欠债还钱，这道理我懂，我没躲的意思。"

光头崔哥又止住他：

"曹哥说了，钱是小事，做人是大事。"

青面兽杨志：

136

"这是大道理，我也懂。"

光头崔哥还要说什么，穿饭馆服装的学生模样的人拦住他：

"崔哥，既然老杨懂大道理，咱就别啰唆了，还是商量正事要紧。"

这时从口袋掏出一张纸：

"老杨，今晚辛苦你一趟。"

将纸摊开，纸上画着一张草图，用手指这图：

"就这地儿，贝多芬别墅；就这家，天天夜里打麻将，叫外卖。"

光头崔哥也戳那张纸：

"曹哥的意思，让你立功赎罪；室内作业，也是你的强项。"

又掏出一支烟点着：

"没拿你当外人，这里，也是曹哥的地盘。"

又说：

"也是为你好。有钱人家，轻松走一趟，你欠大家伙的钱，也就全结了。"

青面兽杨志愣在那里。刘跃进躲在远处，听不清他们说些啥，只见三人围着一张纸，指指戳戳，刘跃进在厕所里干着急。

第十五章

青面兽杨志

　　待青面兽杨志换上饭馆的服装，骑着一辆外卖车在街上走，刘跃进又骑着自行车在后边跟踪。现在的跟踪，跟刚才的跟踪，又有不同。刚才跟踪只为找自个的包，盼青痣有个安定的时候，好一举擒住他；现在横出另一条岔子，这贼更不安定了，又去干另外一件事；刘跃进找包之前，先得跟踪另一件和自己毫不相干的事。但他一不敢上去阻止青痣，光头崔哥又把那把刀，还给了青痣，青痣又把它掖到了腰里；同时他也不敢不跟踪，好不容易找到这贼，怕他又跑了。只能眼睁睁看着这贼又去干别的事；只能等他干完这件事，安定下来，或返回老窝，另想办法擒他。青痣换上了饭馆的服装，马上变成了另外一个人。刘跃进一是纳闷儿，不知他要去哪里，去那里干啥；同时又觉得改头换面，要去干的，肯定不是小事；小打小闹，还用乔装打扮吗？青痣在前边骑车倒不紧不慢，刘跃进骑车跟在后面，倒比刚才跟踪公交车轻松。待到了红领巾东桥，青痣看看腕上的表，在桥下下车，扎上外卖保温车，坐在马路牙子上，开始抽烟。刘跃进也只好在桥的另一侧，下车等他。青痣抽着烟，望着马路上来往的行人和车辆，面无表情。夜深了，行人和车辆不像白天那么多。青痣望着空旷的马路，突然叹了一口气，又自言自语一句什么；接着又低头抽烟。这神态，这叹气，接着又自言自语，刘跃进倒有些熟悉。刘跃进遇到烦心事儿时，也这么望着远处叹息，接着自言自语。一个贼，原来跟自己在许多方面有些相像。刘跃进也不禁叹了一口气。但贼就是贼，想办法擒住他，让他还包要紧。青痣吸完烟，又骑车上路。刘跃进又骑上车跟踪。顺着大街，过了七个红绿灯，开始向左转；又过了三个红绿灯，转进一条胡同。从一条胡同又转到另一条胡同。从这胡同出来，眼前豁然开朗，原来到了一别墅区。夜深了，别墅区门前的水池子里，两只石狮子嘴里还在喷水。别墅区大门上，闪着彩灯。灯下的石壁上，写着几个大字：贝多芬别墅。两个保安，头戴贝雷帽，身穿"伪军"服，在门口站着。青痣在路上还无精打采，一看到灯火处，精神突然抖擞起来。刘跃进也跟着抖擞起来。青痣不慌不忙,骑着外卖车到了别墅区门口。刘跃进在胡同里下车,躲在墙角,看他动静。青痣从口袋里掏出一张纸,指着那纸,对保安说着什么。保安拿起手里的对讲机,与人通话;放下对讲机,挥手让青痣进去。青痣推车进了大门,一骗腿儿,上了外卖车,向别墅深处骑去。一开始还能看到他的身影,渐渐就看不见了。这时刘跃进有些着急,不知贼接着去哪里;辛辛苦苦跟了半夜,别再把人跟丢了;也想进别墅区跟踪,但想不起进别墅的理由;也怕把理由说不周全,再让保安把他当成贼。又想着这贼进去,不管干啥,总会有完事的时候;完了事,总会出来;出来,总会经过大门。于是扎上自行车,蹲在地上抽烟,耐心等青痣。烟抽着抽着,也不禁像刚才的青痣一样,叹了口气,自言自语道:

"妈的,这叫啥事呀?"

青面兽杨志不知后边有人跟踪。来贝多芬别墅的时候,心头还是乱的。乱不是乱将要去偷东西,是乱这几天的遭遇。抢他包的那三男一女,找了四天还没找到。有股气在体内憋着,下边越来越不行了。前天一个人时还行,见了女的不行;从昨天起,一个人时也不行了。正一点点往深渊里坠。他担心不及时找到张端端,拖得时间长了,那时找到,把人杀了,怕也救不了自个儿了。这时又横出一岔子,被曹哥鸭棚的人拿住了，派他来贝多芬别墅偷东西。本来死的心都有了，哪里还有心思偷东西?但情势所迫，又不能不来。不过青面兽杨志毕竟是职业盗贼，就像职业球员一样，在场下千头万绪，一上球场，把场外的一切都忘了，精力马上集中起来;青面兽杨志看到一园林别墅区矗立在自己面前，也像球员上了灯光闪耀的球场一样，精力马上集中了，人也抖擞了。这是职业和非职业的区别。正是因为精力集中，对之前的烦恼，倒有些放慢;事情一放慢，心里一下似轻松了。于是又感谢这场偷盗，使自己暂时忘了一连串的烦恼。为什么要当贼?是因为能忘记烦恼。精神抖擞后，欲比以往的偷盗，更大干一场。青面兽杨志边骑车，边留意一幢幢别墅的楼号。拐了七八个弯，到了别墅区俱乐部;夜深了，俱乐部已黑灯瞎火;过了俱乐部，下车看一幢别墅的楼号;又掏出那张纸核对;接着上前摁这别墅的门铃。门铃响过两遍，别墅的门开了。门开处，里边传出"呼啦""呼啦"的洗麻将声，及男男女女的喧闹声。一男人，留着长发，穿一睡衣，走了出来;出门，先仰天打了个哈欠，足足打了一分多钟，打得鼻涕眼泪的，总算打透了;接着又活动颈椎，颈椎传来"嘎嘣""嘎嘣"的骨头错位声;看来牌局时间不短了;做完这一切，那人才看了青面兽杨志一眼。青面兽杨志率先入了戏，成了饭馆送外卖的;憨厚地看着那人:

141

"老板，和昨天一样，八份炒饭，五份炒面。"

接着打开车后座上的保温箱，往外提十三份盒饭。那人接过盒饭，青面兽杨志又将饭单搁在一托板上，从口袋掏出一碳素笔，用嘴咬下笔帽，递上，让他在上边签字。那人接过笔，又打量青面兽杨志，这时一愣：

"换人了？"

青面兽杨志不慌不忙：

"那兄弟病了，老板让我替他一天。"

那人也没在意，签过字，又仰天打了个哈欠，拎着盒饭回屋，"哐当"一声，关上了房门。

这时青面兽杨志将饭单翻过来，原来后边还贴着一张纸，纸上又有一张草图，画着别墅区的全景；一个箭头，从这栋别墅，指向了另一栋别墅。青面兽杨志骑上车，没回别墅区大门口，按着箭头的标示，又往别墅区深处骑去。别墅区的小路崎岖蜿蜒，草地里有虫子在鸣。又往里走，深处有一人工湖。湖边有鹤栖息，不时传来几声鹤鸣。青面兽杨志绕着湖走，到一转角别墅前，青面兽杨志下车，借路灯看了看门牌，又看看左右无人，只闻鹤鸣，便将外卖单车藏在路边草丛里，从保温箱里掏出一鱼皮口袋，绕到这别墅后身，从腰带上拔出一钢丝，拨开窗户，跳了进去。

这别墅面积甚大，上下打量，有五百多平米；一楼中空挑高；虽然屋里黑着灯，但路灯从窗外映进来，能模模糊糊看清屋里的摆设。大厅正中，放一台球案子。青面兽杨志抄起一台球，在案子上滚动。球"骨碌骨碌"从这头滚到那头，屋里既没有狗叫，也没有人的动静；青面兽杨志知道，别墅里确实没人，曹哥鸭棚的人没有骗他。于是踏实下来。偷也分两种，一种踏实，一种不踏实；无人就踏实，有人就不踏实；偷富人踏实，偷穷人反倒不踏实。但青面兽杨志也不敢耽搁太长时间；时间太长，出别墅区对保安不好交代。于是观察好地形，便开始下手。从客厅到书房，从起居室到卧室，从厕所到储物间；从一楼到二楼，从二楼到三楼，青面兽杨志有条不紊地工作着。常替别人整理房间，一切倒是轻车熟路。表面的抽屉可以放过，书柜里层，厨房的抽屉，沙发底衬，往往有意外的收获。二楼储物间有一保险柜，掩在一堆拖把后，但死死嵌在墙上，青面兽杨志没跟它较劲。二十分钟后，除去保险柜，家里值钱的东西，钱、首饰、珠宝、手表、照相机、摄像机、两部没用过的手机等，都入了青面兽杨志带来的鱼皮口袋。粗估下来，以首饰珠宝为主，也够还鸭棚那些人的账了。这一趟没有白来。富人是贼的好朋友。一番洗劫过，家里还纹丝不乱，不显山不露水。这是青面兽杨志和其他贼的区别。也是专业和非专业的区别。翻东西的过程中，青面兽杨志也翻出些蹊跷的东西。如在一楼书房，

143

翻到书柜里层，除了翻出一沓美元，还翻出两盒壮阳药；青面兽杨志便想，这房子的男主人，说不定和他一个毛病；将这壮阳药，揣到怀里。在三楼卧室床垫夹层里，除了翻出两张银行卡，还翻出一花花绿绿的盒子；打开，竟是男人的假家伙；青面兽杨志又有些不解。想想又解，和一楼的壮阳药就对上了。但男人的东西对青面兽杨志没用，又规规矩矩放了回去。从储物间暖气罩里，除了翻出一盒首饰，还翻出一盒名片；首饰放到隐蔽处可以理解，名片是给人看的，也故意藏起来，不知是何用意。抽出一张看，屋里光线模糊，只见一片字，看不清上边写的是啥。这名片形状也有些出奇，别的名片是四方形，它是三角形。青面兽杨志觉得好玩，也揣到怀里一张，自言自语道：

"明人不做暗事，留个纪念吧。"

整个别墅整理完，青面兽杨志扎上鱼皮口袋，背在身上，准备下楼收工；这时突然听到窗外有汽车轮子轧马路的"沙沙"声，接着这车停了，有人用钥匙扭这别墅的门锁；门开处，有人说话；说起话来，有男有女。青面兽杨志吓了一跳，曹哥鸭棚的人说这别墅没人，谁知还是有人。青面兽杨志自言自语：

"妈的，又上了他们的当。"

拨开窗户，欲跳下去，窗外就是湖边；但这别墅楼层高，

144

三层的高度，相当于平板房的五层；怕跳下去摔断了腿；就是腿摔不断，也会弄出声响；于是赶忙又回到三楼卧室，先躲起来再说；欲待这房子里的人消停了，自己再悄悄溜走不迟。谁知楼下说过一阵话，有人开始上楼；上了二楼，又上三楼；接着向卧室走来。青面兽杨志这时有些慌了，先将鱼皮口袋藏在电视柜里，看看自个儿无处躲，只好躲在窗帘背后。卧室的门被打开，屋里的灯被打开，青面兽杨志在窗帘后发现，进来的，是一个三十来岁的女人，胖，但面目长得，倒有八分颜色。那女的进来，先踢掉自己的高跟鞋，把她的手包、手机扔到床上，就开始脱衣服；从上衣，到裙子，又到乳罩，又到裤头，说话间，人是光的。这女人虽有些胖，但皮肤白嫩，屁股是翘的。这女人光着身，走向浴室，关上玻璃门，开始淋浴。隔着浴室门的毛玻璃，能看着这女人在花洒下冲澡的裸影。青面兽杨志看得呆了。不知不觉，下边竟挑了起来。只是挑了起来，青面兽杨志还没知觉。待知觉，不禁心头一喜。被甘肃女子张端端吓住的下边，原以为被彻底吓垮了，不杀张端端，它咽不下这口气；没想到因为一场偷窃，在被偷的人家，看到一个素不相识的女人，它突然又恢复过来。这一趟没有白来。没白来不只偷了些东西，可以还债；比这重要的是，青面兽杨志，又成了青面兽杨志。世间事情的闪躲腾挪，真是难以预料。你想转弯儿的地方，找不到弯儿；你无望了，亮儿自个儿走到了你面前。青面兽杨志正在感叹，突然床上的手机响了，青面兽杨志又被吓了一跳，慌忙去捂自己的下边。接着浴室的门开了，那女人裹着浴巾，来接电话。窗户与浴室的门一对流，窗帘拂动，那女人突然看到窗帘下有一双脚。那女人先是愣住，接着一声尖叫。这尖叫，又把青面兽杨志下边给吓回去了。但他这时顾不得下边，因为一楼的人听到楼上尖叫，同时有两个男声喊：

"怎么了？"

接着是脚步杂乱上楼的声音。青面兽杨志不能束手就擒，拉开窗户，往下张望；楼还是那么高，这时就顾不得了，跨窗户就往下跳；只是可惜整理出的那一鱼皮口袋东西，刚才藏到电视柜里，现在顾不上取回；但贼不走空，临往下跳，又探身抄起床上的手包，跳了下去。

这房子的楼层果然比别处的楼层高，青面兽杨志从楼上跳下，虽无摔伤身子，但崴了脚。但他顾不得脚，沿湖边拼命跑。沿圈跑过这湖，便是别墅区的高墙。青面兽杨志攀上这墙，跳到墙外。但他在湖边奔跑，已被湖边的监视探头发现了；跳墙时，又使别墅区门口警卫室的警报响了。门口两个保安，一人向别墅区内跑，一人向别墅区外追；两人边跑，边拿对讲机喊话喊人。

青面兽杨志跳出别墅区，并没有马上逃，而是趴在一树棵子后不动；待那保安跑过去，才一跃进了对面的小胡同，拼命撒丫子跑起来。但他躲过了保安，正好撞上了刘跃进。刘跃进在这胡同里等了一个多小时了，一直盯着别墅区门口不放。看看青痣不出来，又看看还不出来，以为他不会出来了，或从别墅区其他门出去了；自己跟了一晚上，又跟丢了，有些懊丧。早知这样，还不如在小吃街扑上去呢。虽然青痣身上有刀，但那里人多，打斗起来，也许别人会上来帮他；一直跟着倒是保险，但跟着跟着跟丢了，等于没跟。一个人老躲在胡同里，也让人生疑。刚才一老头从胡同里穿过，看刘跃进在墙角候着，以为他是个贼，欲上前盘问；刘跃进忙站起来，主动找老头借火，说自己在这里等个人，那人进别墅送外卖去了；虽然说的是实话，老头也借了他火，但又狐疑地看了他一阵，才转身走了。正在无望，突然听到别墅区警铃大作，看到保安四处乱跑，刘跃进大吃一惊；又见青痣窜了过来，又一阵惊喜；虽然不知青痣在别墅区干了什么，惊动了警铃和保安，但趁机擒住他，才是正理。于是大喊一声：

"有贼！"

但担心他身上有刀，没敢扑上去。青面兽杨志看到刘跃进，也一愣怔，一方面不知他为何会出现，感到有些拧巴；另一方面才突然想起，自己被劫之前，还偷过别人的包。但

147

他顾不得那么多，看刘跃进堵住他，果断从后腰里拔出了刀；但也无心恋战，晃着刀，越过刘跃进继续往前边跑。刘跃进看他跑，又在后边追。青面兽杨志崴了脚，跑不过刘跃进，看看刘跃进逼近，又转身甩出手里的手包，砸到刘跃进脸上。刘跃进猝不及防，没被包砸倒，脚下一绊，自己将自己绊倒在地。待爬起来，又往前追，青面兽杨志已转向另一条胡同，跑得看不见了。煮熟的鸭子，眼看又飞了，刘跃进有些丧气。这时听到别墅区门口众声喧闹，突然想起什么，又转身回到刚才那条胡同，拾起青痣砸他的手包，也急忙从第三条胡同溜了。

第十六章

严　格

　　老蔺与严格又见了一面。这次两人没吃海鲜，也没吃涮肉，在"老家粥棚"，每人喝了一碗粥。严格喝了一碗凉粥，银耳莲子粥；老蔺喝了一碗热粥，鱼翅粥，老蔺喝的，还是跟肉有牵连。一碗热粥喝下来，老蔺喝得风平浪静；那么烫嘴的粥，老蔺没喝出汗；严格喝的是凉粥，一碗粥喝下来，却出了一头汗。他不知道这次见面是福是祸。自上次见面，严格与老蔺摊牌，由他和女歌星的照片，到拿出一U盘；向老蔺摊牌，就是向贾主任摊牌；五天过去，没有动静。严格如热锅上的蚂蚁，坐立不安。摊牌不是为了决裂，而是为了修补已断的裂缝；这是严格摊牌，和其他人摊牌的不同。别

149

人摊牌是为了断裂，严格摊牌是为了修补。但五天过去了，贾主任和老蔺那里没有动静。严格再一次体会到，在他和贾主任的关系上，不但发展朋友关系，严格是被动的；就是在朋友关系的断裂上，断裂到何种程度，能不能回头修补，严格也做不了主。严格想修补，贾主任也想修补，这裂缝就能修补；严格想修补，贾主任想断裂，这修补就成了断裂。接着又体会到，有钱人，在有权人面前，也就是只"鸡"；就像"性"在钱面前一样，不是人在找"性"，而是"性"脱了裤子找不到人。当然，彻底断裂，对谁都没有好处；严格的船翻了，贾主任的船也不会平稳，说不定会同归于尽；如果断裂为了同归于尽，这断裂就成了赌气；赌气导致的结果，没有任何技术含量；又是严格不愿意看到的。如果严格认识不到这一点，仅是傻有钱，贾主任也不会和他交这么长时间的朋友。问题是，有钱人如今成了穷光蛋；由身价十几个亿，变成了负债累累；严格已经不是过去的严格，这才出此下策，用了威胁的手段。威胁本身也是赌气，也没有技术含量。更大的问题是，他除了用这没有技术含量的低劣的手段，也没有别的出路。自己本不是这样的人，我本有义，皆是情势使然，使自己与贾主任的交往，质量降低了，品种降低了，由繁花似锦，变成了一地鸡毛。两人都不是过去的两人了。严格喜欢的，还是十五年前，自个儿去朋友处借钱，又给贾处长送去，贾处长拉着他的手，眼里噙着泪花的场面。那情形，才叫朋友。两人也是从感人的场面开头，经过诸多演变，成了今天这种局面。如果仅是两人的关系，断裂还是修补，严格也不会在意；问题是，严格如今的命运，就攥在贾主任手里；是恢复成过去的有钱人，或是彻底变成穷光蛋；是仍待在上流社会，或是进监狱；直到是死是活，都在贾主任的转念之间。但是，事情的性质不是这样的。严格由一个有钱人，变得如此倒霉，如果是严格一个人造成的话，严格不会怪别人；问题是，其中有一大半原因，要怪贾主任。酿成后果，又见死不救；如果说这事情中有小人的话，贾主任首先是个小人，然后把严格逼成了小人。严格船翻时，把贾主任也拉下船，不仅为了他见死不救，而且因为他也是个小人。这就不是事情本身的事了。五天来，严格思前想后，也没理出个头绪。他也知道，想也没用；一切还看贾主任怎么想。第五天下午，他突然接到老蔺一条短信：晚六点半，"老家粥棚"见。没打电话，就发了一条短信；用的不是商量的口气，而是命令的口气；又让严格撮火。但严格身在险境，有求于人，又不敢不来。严格来时，做好了两种思想准备：一、贾主任回心转意，帮他；二、与严格反摊牌，趁着这件事，落井下石，彻底将严格置于死地。大家已经撕破了脸，中间的道路是没有的。将事情这么拖下去，任其发展，也不是贾主任这个老男人的性格。严格闻过他的尿。老蔺在这点上与贾主任相似，但又不相似。贾主任遇事态度分明；起码会对老蔺分明；但这态度转到老蔺手来，又变得没态度；一条短信，面无表情，让严格摸不清老蔺的意思；摸不清老蔺的意思，就等于摸不清贾主任的意思。越是摸不清意思，严格对他们的态度越没底，接到这短信，顾不上追究这态度，只好乖乖前来喝粥。这时严格又有些伤感，早年虽然贫困，但不用经历这么多风险；经历风险倒没啥，不用跟这么多凶险的人打交道；时时处处，要看凶险的脸色。无非凶险的脸色，有时以笑脸出现。劳动人民虽然愚不可及，但也没这么多花花肠子，没这么多凶险的心眼；让他们有，他们也没有；想有，也不知哪块地里能长出来。本来自己是头羊啊，怎么一不留神，就误闯到狼群里了呢?如果当初自己考不上大学，还在湖南农村种稻子；虽然日出而作，日落而息；劳其筋骨，但也不苦其心志；娶个贤良的妇女，生一到两个孩子；日子虽苦些，倒也其乐融融。为何其乐融融?因为你不知道那么多。都是上一个大学，害了自己。这么思前想后，胡思乱想，除了感叹人生和命运未可料定，对挽救他目前的处境，毫无帮助。由于忐忑不安，心中燥热，喝一碗凉粥，也喝出一头汗。严格为自己的失态有些懊恼。老蔺看他出汗，"噗嗤"笑了；喝完热粥，心平气和地给严格递上一张餐巾纸，示意他擦汗。这就等于嘲笑严格了。严格想恼，从大局计，又压在心里。在人房檐下，不得不低头。老蔺打了一个饱嗝，这时说话了：

"贾主任说了，想跟你做个小生意。"

严格吃了一惊，他没想到这次谈话会这么开头。他一愣：

"什么生意？"

当然这话问得也没有技术含量。老蔺这回倒没嘲笑他，点上一支烟说：

"贾主任说，你，交出U盘；他，帮你贷八千万。"

这结果出乎严格意料。心中不由得一阵惊喜。刚才的懊恼，似被一阵风刮走了。看来威胁还是起作用。看来U盘的威力，还是比照片大。严格欠银行四个亿，虽然八千万不能解决根本问题，但起码可以救急。既能还银行一部分利息，又可以使几个工地运转起来。人犯了心脏病要死了，八千万，等于一粒速效救心丸。严格不知怎么转变自己的态度，只是感激地说：

"这怎么叫生意呢？这是贾主任和你对我的帮助。"

又说：

"我忘不了贾主任，更忘不了你。"

又说：

"我以前做得不对的地方，请贾主任和你原谅我。"

说的是照片和U盘的事了。但老蔺没接受他这些感激，面无表情地说：

"不，过去帮忙归帮忙，这回，生意就是生意。"

严格愣在那里。这下彻底明白了老蔺也就是贾主任的意思。严格用照片和 U 盘跟贾主任和老蔺摊牌，贾主任和老蔺也用八千万跟严格摊牌了。帮忙和生意，是两个不同的概念。帮忙是含混的，生意是清楚的；帮忙是无尽头的，生意一桩是一桩，潜台词是：一切到此为止。为什么只帮着贷八千万，不多，也不少，是因为贾主任算得清楚，贷给严格八千万，严格就能救急；既不会饿死，但又撑不着。过了八千万这道坎，从此大家一刀两断。以后的事，就是严格自己的事了。帮着贷八千万，与照片和 U 盘，是桩生意。严格这时意识到老男人的厉害。但八千万对于严格，恰是救命稻草。就是碗毒药，也只好喝下去。严格明白了贾主任和老蔺的意思后，这次没有失态，没有把这层窗户纸捅破，仍感激地说：

"谢谢贾主任，更谢谢你。"

虽然这桩生意的代价有些大，生意做过，就等于失去了贾主任；失去了贾主任，就等于失去了十多年来发财的源头；失去的不光是一个人，而是一棵大树；失去的不光是人和树，而是十多年来积累和沟通的成本；物与钱获得是容易的，与人沟通是最难的；等于丢了一个西瓜，得到一粒芝麻。但这粒芝麻是速效救心丸，严格也只好吞下。问题还在于，在两

154

人关系和关系的变化上，贾主任是主动轮，严格是被动轮；贾主任说要生意，严格就无法不生意；不生意，连这桩生意都没有了。贾主任毒就毒在这个地方。但吞下这粒速效救心丸，人还是缓过来了。如同要沉的船卸了半船货物，这船又浮上来了；人还是感到轻松。严格又想，事到如今，也只好缓过这口气再说。至于以后，再说以后；失去贾主任，再去找甄主任；无非再花些沟通和积累的代价罢了；车到山前必有路，船到桥头自然直。左右一想，心情也好了起来。又想：或者，流氓就是这么锻炼出来的。

严格能接受这桩生意，还有一个原因，在这桩生意之前，严格刚跟妻子瞿莉也做了一桩生意。他通过自己的司机小白，控制瞿莉的司机老温，弄清楚瞿莉出走之后，这些天的行踪。原以为跟人有关系，最后是跟钱有关系。仅跟钱有关系，倒是比跟人缠在一起好办；像他跟贾主任和老蔺现在的关系一样。但也不是这么简单。那天严格把瞿莉堵在银行门口，两人在咖啡馆摊牌谈了一次，也只是知道她在转账，不知道这账的来路和去路，及钱的多少。但通过瞿莉这个举动，严格意识到什么；回头在自己公司调查，从一个财务主管嘴里，终于弄明白，从八年前开始，公司的每一笔生意，瞿莉都从背后插了一手。严格在瞿莉身边安的有卧底，瞿莉在严格身边安的也有卧底，就是两个月前出了车祸的公司那个副总。

公司的每笔生意中，瞿莉联合这个副总，都暗中切了一刀。每次切口都不大，切下的蛋糕都不多，所以不易发现；正因为这样，次次不落，也积少成多；这是瞿莉聪明和恶毒的地方。原来瞿莉跟他，早就不是一条心。但为什么是八年前，因为一件什么具体的事，让瞿莉在心里跟他分道扬镳，他一时也想不起来。因为一个女人?因为一笔钱的用途?因为一个日常举动?因为一句话?还不知瞿莉跟那个死了的副总，到底是什么关系。世界如此纷繁，倒让严格心惊。联系到瞿莉一趟趟去上海，还不知在搞什么名堂。这时不但怀疑瞿莉的抑郁症是假的，甚至怀疑她由瘦变胖，由文雅变暴躁，也是假的。当然不可能全是假的，但有没有演戏的成分呀?现查出，八年来，瞿莉在背后一刀刀切下的小蛋糕，一笔笔钱攒起来，共有五千多万。放到过去，这钱对严格不算多；放到现在，船要沉了，这钱就不算少。严格又跟瞿莉摊牌。瞿莉听说他查出她八年来的举动，并不惊慌，好像早就知道会有这一天，又让严格吃惊；瞿莉好像还有些不耐烦：

"事到如今，赶紧说怎么办吧。"

事到如今，严格只好跟她做生意。这生意做得，不像与贾主任和老蔺那么爽快。两人争执半天，严格一让再让，最后达成协议：一、从瞿莉的五千多万中，分出一半给严格救急，待严格缓过劲儿来，再把这钱还给瞿莉；二、瞿莉借给

156

严格钱，瞿莉过去的所作所为，都一笔勾销；三、严格借瞿莉的钱，要打欠条；四、瞿莉提出，瞿莉借给严格钱之日，就是两人离婚之时，也算一刀两断。在这宗交易中，严格虽然感到屈辱，那钱本来就是严格的，现在成了借的；本想全借，现在只能借一半；加上，瞿莉背后这么干，本来就违法和不道德，现在倒反客为主。但严格又想，夫妻离婚，不也得分人一半财产吗?只是现在不该分钱，应该分欠人的账；如今成了，账是严格的，钱是瞿莉的。但两千五百万，放到过去不算什么；放到现在，也算一根救命稻草；争执半天，严格也就同意了。两天来，严格跟生活中最亲密的两方人，一头是家里的，老婆；一头是社会上的，贾主任和老蔺；先后做了两桩生意。但两千五百万，加上八千万，也一亿出头，严格就能救下自己。又想，交易交易也好，大家全清楚了。只是昨天夜里，严格睡醒一觉，突然想起一件事，又出了一身冷汗：过去十多年中，瞿莉连连流产，不知是不是故意的。如果是故意的，她早就做好了跟严格分手的准备不说，另一个心思就更毒了：不与严格共有后代；或者：让严格断子绝孙。还有一种可能，她流产流下的，是不是严格的孩子呀?会不会是死去的那个公司副总的呀?越想越怕，最后感叹：世上最近的人，往往可能是最恶毒的人；就像出了车祸的那个副总，你最信任的人，往往就是定时炸弹一样。

也是物极必反，两桩生意做过，严格心里倒安稳了。世上就剩下自己一个人，这人倒清爽了。与老蔺达成协议，严格带着老蔺，便去严格家里取 U 盘。U 盘并不放在严格现在的住处；严格现在住在郊区马场；严格高兴时爱跟马在一起，烦恼时，也爱跟马在一起；马总比人有道德；U 盘放在城里的住处，好久不住的贝多芬别墅。贝多芬别墅的钥匙，不在严格手里，在瞿莉手里。本来严格手里也有一套钥匙，前年夏天，严格与一电影演员在里头鬼混，被瞿莉抓了个正着；瞿莉大闹之后，便将这房子的门锁给换了。严格又感叹，瞿莉的背叛，自己也不是没有责任。正是因为这样，严格便把这 U 盘，这天大的秘密，放到了这里，放到了瞿莉和别人想不到的地方。那天去放 U 盘，是趁没人的时候，悄悄拨开后窗户，从窗户翻进去的。去自己家，倒像是做贼。但现在带着老蔺，就不好翻窗户；于是开车接上瞿莉，一块去了贝多芬别墅。再与瞿莉见面，两人生意已经做过，马上要成陌路人了，倒显得客气许多。到了贝多芬别墅，瞿莉上楼去了卧室，严格在楼下给老蔺收集 U 盘。U 盘一共有六个备份；别墅里是木地板；六个 U 盘，分别藏在客厅几块不同的木板下。大家在客厅里走来走去，并不知道脚下藏着这么大的秘密。看严格撅着屁股，趴在那里用改锥起地板，老蔺不禁笑了：

"你可真成。"

严格拿出 U 盘，又将木板一块块放回；走到窗户下，按一藏在窗户台下的按钮，窗下一块桌面大的墙开了，原来是块假墙；从里面又拿出一笔记本电脑，连同那六个 U 盘，全部放到了茶几上：

"所有的，都在这儿。"

老蔺又面无表情：

"是不是所有，那是你的事。"

又说：

"贾主任常说，钱是小事，做人是大事。"

严格刚才折腾半天，又出了一头汗。这时擦着头上的汗：

"这是大道理，我懂。"

又显得有些狼狈。但还没等严格懊恼，楼上传来瞿莉一声尖叫。严格和老蔺都吓了一跳：

"怎么了？"

慌忙往楼上跑。待跑到三楼卧室，才知家里来了贼。初像瞿莉一样，两人也有些惊慌；但检查屋子，发现贼只身跳下了楼，贼偷的东西，藏在电视柜里，并没有带走，又松了一口气。这时严格庆幸自己把 U 盘藏到了地板下，把电脑藏在了墙壁里，都是贼想不到的地方。只要这些东西不出意外，其他东西就是被贼偷走了，也无大碍。严格拎着贼的鱼皮口袋，大家下到一楼。这时老蔺倒有些担心：

"咱们刚才说的，贼不会听着吧？"

严格：

"他在三楼，没事。"

这时有人"梆梆"敲门，严格打开门，拥进来四五个别墅区的保安。进门不由分说，有要到各房间找贼的，有要打电话报警的。严格还没说什么，老蔺上前拦住他们：

"不用报警。"

又指鱼皮口袋：

"这是个笨贼，偷了半天，把东西落下了。"

严格突然明白什么，也说：

"虚惊一场，就别报警了。报警对我们没什么，保安公司，又该怪你们了。上回小区出了一回贼，不是解雇了你们几个人？深更半夜，都不容易。"

几个保安明白过来这个道理，马上点头说：

"谢谢严总，谢谢严总。"

又千恩万谢，才退着身走了。待屋里剩下严格老蔺瞿莉三个人，瞿莉穿着浴衣，抄起老蔺放到茶几上的烟，点着一支，一屁股坐到沙发上：

"怎么没丢东西？我的手包，可让贼抄走了。"

严格吃了一惊：

"这包倒值钱，英国牌子，全世界没几个。"

瞿莉：

"包我倒不心疼，可惜里边的东西。"

严格挥挥手：

"手包里，能有多少钱，算破财免灾吧。"

瞿莉：

"我告你们，手包里，也有一个 U 盘。"

严格加上老蔺，都大吃一惊。严格忙问：

"U 盘里是什么？"

瞿莉用烟头点点茶几上的 U 盘，大大方方地说：

"和它们一样。"

严格加上老蔺，又大吃一惊，愣在那里。严格突然明白什么，猛拍一下自己的脑袋：

"原来那副手拍这些，是你指使的。"

又愣着看瞿莉：

"你到底是什么人呀？跟你过了这么多年，我咋不认识你呀？"

瞿莉吐了一烟圈：

"你先背后骗的我。对像你这样阴毒的人，我不能不防。"

老蔺问瞿莉：

"被贼偷走的 U 盘，设密码了吗？"

瞿莉：

"以防万一，该设密码；以防万一，怕被人暗算，就没设密码。"

老蔺和严格都愣了。严格跳起身，要打瞿莉，这时被老蔺拉住。严格向老蔺抖着手：

"这下可完了。"

老蔺叹口气，接着笑了，看着严格：

"这样也好，我们之间，就不是面对面，而是要共同面对了。"

突然又有些怀疑：

"别墅区这么多房子，贼咋单偷这栋呢？"

马上显得有些紧张。严格明白老蔺的意思，怀疑这场偷盗是场阴谋，是否跟严格和老蔺与贾主任的事有关系。也紧张起来。其实这场偷盗不是阴谋，跟严格与老蔺和贾主任的事也没关系。但贼偷严格家别墅，也不是偶然的。这贼是青面兽杨志；偷严格家，是曹哥鸭棚的主意。但这主意不是临时产生的，是早有人惦上了严格家。惦上不是因为严格，而是因为瞿莉的司机老温。老温自与严格家保姆的事爆发之后，在严格家没爆发，在老温家爆发了；老温倒改邪归正，不再与那安徽小保姆来往。想来往也不能了，严格家三个保姆，今年换了两个，其中就有那个安徽小保姆。但不勾搭女

162

人，又不是老温。除了能与保姆好，老温又勾搭不上别的女人。说起来这事也不怪老温，老温虽然四十八岁，这方面还行，老婆却不行了，所以在外边找人出火；这是老温现在勾搭女人，和年轻时勾搭女人的不同。勾搭不上别的女人，遇到煎熬不住的时候，老温便上街找"鸡"。贝多芬别墅这栋房子，严格家久不住了，搬到了马场。这天瞿莉让老温去别墅取一件东西。这两天老温正煎熬不住，便想趁取东西时，在街上找个"鸡"，同时解决一下自己的问题。开着瞿莉的"宝马"车，路过一发廊，停下；相中一按摩女，讲好一百块钱，让那"鸡"上车，到了贝多芬别墅。取东西之前，老温先与那"鸡"在沙发上办事。办完事，提上裤子，为嫖资，两人起了纠纷。两人在发廊讲好一百，但这"鸡"看老温开着好车，带她到别墅，以为老温是这车这房的主人，全不知老温只是个司机；这时开口要五百。老温立马急了，怪"鸡"说话不算话；"鸡"说，在发廊是一百，出台是五百。老温不是出不起这钱，是生气上当受骗。两人先是争执，后是扭打。老温扇了那"鸡"一巴掌，指着电话：

"信不信，我马上打电话叫警察抓你！"

那"鸡"孤身一人，斗不过老温，拾起老温扔在沙发上的一百块钱，哭着跑了。但记恨上老温，和这幢别墅。恰巧这"鸡"有一个姐妹叫苏顺卿，苏顺卿除了给别人按摩，还与一饭馆送外卖的小伙子靠着。这小伙子，就是与光头崔哥一起拦截青面兽杨志的那位。这小伙子读过高中，喜欢拽文。傍一野鸡，自比柳永。"今宵酒醒何处，杨柳岸，晓风残月。"与野鸡傍着，却被"鸡"管着。苏顺卿叫他往东，他不敢往西；让他打狗，他不敢打鸡。苏顺卿可以名正言顺与别的男人睡觉，"柳永"却只能与她傍着。傍"鸡"也不是好傍的，比傍一个良家妇女还要花钱。"柳永"在一饭馆送外卖，傍不起一个"鸡"，便投奔曹哥，做些通风报信的事，图些额外的收入。恰巧被老温打了的那"鸡"与苏顺卿好，将自己在贝多芬别墅受的委屈，哭诉给苏顺卿。苏顺卿无意中告诉了"柳永"。贝多芬别墅，正好离"柳永"的饭馆不远，"柳永"常去贝多芬别墅送外卖；为了在苏顺卿跟前逞能，便想施展一下手段，惩罚一下欺负那"鸡"的房子的主人，自己也得些收入。也是把老温当成了房主。再送外卖时，便留意这房。观察了半个月，向曹哥汇报，说这别墅常年无人住，但里面东西齐全；一套富贵在那里摆着，不取白不取；接着便有了青面兽杨志偷严格家别墅的事。事出一只"鸡"，但在老蔺和严格这里，事情好像更复杂了。或者说，不管这事与严格和贾主任的事有无关系，现在已经有关系了；因为有一个U盘，已经被人偷走了。

第十七章

刘鹏举　麦当娜

刘跃进捡了个包，像是偷的。他将这包揣到怀里，拼命往外跑。慌不择路，到底钻了几条胡同，跑过几条街道，换了几趟夜班车，怎么跑回的工地，他根本不记得。身后似有千军万马在追赶他。待回到工地，回到食堂，打开自己的小屋，进来，插上门闩，一头栽到床上，才觉出身上的衣服，从上到下全湿透了。五天来天天找包，都没这么累；捡了个包，把人累虚脱了。这时才知道，贼也不是好当的。又突然想起，自己只顾往回跑，把自行车落在了贝多芬别墅对面的胡同里。但又不敢再回去取。好在自行车本来就破，前两天又被撞过，值不了几个钱；但又可惜前两天刚换了一个前圈，虽是二手货，也白花了三十块钱。直到定下神来，才打开屋里的灯。刚打开，又关上。从枕头下边，摸出一把五号小手电，揿亮，用嘴叼着，端详捡的这包。这包的形状，以前没有见过，瓜牙形。摸了摸，比塑料包、皮革包软和。但包就是个包，没特别在意。然后打开这包，开始翻里边的东西。不翻这包觉得自己捡了个便宜；虽然跟踪青痣半夜，又被他走脱了；丢了的包，还得再找；但丢了一包，又捡到一包；这包是富人的，里边不定藏着多少钱和钻戒；否则青痣也不会乔装打扮去偷这包；丢了只羊，说不定捡回头马；谁知翻过这包，刘跃进大为失望。包里倒有五百多块钱，但除了这钱，剩下的就是些银行卡、女人的化妆品和化妆用具：粉盒、眉刷、镊子等；还翻出两贴卫生巾。银行卡倒值钱，但没有密码，等于无用；就是知道密码，对方一挂失，也不敢去银行冒险。刘跃进气不打一处来，但他不气这包，气青痣那贼，不禁骂道：

"×你姐，偷穷人你偷钱，偷富人，你偷些女人的东西，变态呀？"

接着又翻出一U盘。但刘跃进不懂电脑，也不懂U盘，不知是何物。看着方方长长，倒很精巧，以为又是女人的用物，只是不知有何用途。正端详纳闷儿，外边有人"梆梆"敲门。刘跃进以为有人追来了，忙将手电摁灭，将那U盘揣

166

到怀里，将手包扔到地上一坛子里；厨子的房间，地上倒不缺坛坛罐罐；然后将坛子盖上，又赶紧躺到床上，盖上被子，假装用刚醒来的声音问：

"谁呀？"

门外的人很不耐烦：

"我，开门！"

刘跃进听出声来，是工地看料场的老邓。听出是老邓，刘跃进放下心来。但又不放心，担心追赶他的人，让老邓来诓门。又问：

"还有谁呀？"

老邓在门外有些没好气：

"我一个人还不够哇？没给你带小姐。"

刘跃进才放下心来，掀开被子，去给老邓开门。打开门，老邓跟他急了：

"你夜不归宿，干吗去了？"

刘跃进开始装糊涂：

"回来半天了。"

又做出奇怪的样子：

"我睡觉不死呀。"

老邓倒没跟他啰唆，说：

"有人一直在找你，知道不知道？"

167

刘跃进又吃了一惊:

"谁?"

老邓:

"你儿子。一个钟头,来了五个电话,让你到北京西站接他。"

虽然不是追他的人找他,刘跃进也愣在那里:

"他个王八蛋来北京了?我咋不知道?"

老邓埋怨道:

"知不知道我失眠?让他这么一折腾,我今晚上又交待了。"

又说:

"任保良这个王八蛋,非把电话安在料场。我回去就把它砸了!"

刘跃进来到北京西站,已是夜里两点。白天,火车站人挤人;半夜,广场上冷清许多,走动的人很少。但广场地上,横七竖八躺满了人。人的各种睡姿:瞪眼的,打呼噜的,磨牙的,毫不掩饰也毫不在乎地呈现在这个世界上。也有人不睡,蹲在台阶上啃面包,眼睛滴溜溜乱看;也有人坐在行李上,有一句没一句瞎聊,聊着聊着,张嘴打了个哈欠。也有几对不知从何地来的男女,女的倚着柱子,男的搂着她啃。刘跃进在广场上溜达了三趟,没有找见他的儿子刘鹏举。这时刘跃进有些着急。儿子头一回来北京，别再把他弄丢了；或者儿子缺心眼，让人贩子给拐走了。把儿子丢了，比把包丢了，事情还大。正是因为包丢了，该给儿子寄学费，刘跃进没寄，说不定儿子焦急，直接找北京来了。如果儿子丢了，也是这包引起的。刘跃进一边又骂偷他包那贼，一边又在广场寻找。这回寻到广场西沿，从一圆柱折身往回走，有人猛地向他咳嗽；他扭脸一看，圆柱后，站着他的儿子刘鹏举。半年不见，儿子变了许多；高了，也黑了，嘴唇上钻出密密麻麻的胡髭；也胖了，高高大大，黑胖；爹越来越瘦，儿子倒吃得越来越胖；怪不得从这里路过三趟，没有发现他。但刘跃进没有发现他，他应该发现刘跃进呀，怎么不提前打个招呼，让刘跃进多焦急半天。接着让刘跃进吃惊的是，儿子身边，还站着一个二十四五岁的女子，大半夜，描眉涂眼；上身穿一件吊带衫，包着大胸；下身穿一半截粉裤，包着屁股；脚踏一没有后跟的凉鞋；也许刚才刘跃进路过时，儿子正跟这女子亲嘴，没有发现刘跃进。事情变化得如此突然，刘跃进有些蒙；双方见面，不知从何处下嘴。正是因为不知如何开口，刘跃进一开口就急了：

"不在家好好上学，到北京干啥？"

说完这话，刘跃进又有些后悔，话不该从这里开头；儿子到北京来，正是因为刘跃进没及时给他寄学费；这话问的，

不是自己打自己耳光吗?没想到高大黑胖的儿子没理这茬儿,干脆说:

"还提上学,实话告诉你,仨月前,我就不上了。"

刘跃进愣在那里,接着勃然大怒:

"说不上就不上了?也不提前跟我打声招呼。"

接着又急:

"既然早就不上了,你还三天两头催学费,连你爸你都骗呀?"

更让刘跃进生气的是,正是因为去邮局给儿子寄学费,他的包才让抢了;如果儿子不骗他,这一连串的倒霉也就没了。刘跃进想上去踹儿子一脚,但看他身边还站着一露胳膊露腿的女子,又忍住了,厉声问:

"不上学,你整天干吗?"

儿子刘鹏举:

"我妈让我跟我后爸卖酒。"

这话更让刘跃进吃惊。六年前,和老婆黄晓庆离婚时,刘跃进把儿子争到手,又为争口气,没要黄晓庆的抚养费;正为这口气,六年来把腰累弯了;没想到六年熬过来了,儿子一声招呼不打,就投奔了他妈;等于刘跃进六年白熬了,这口气也白争了。刘跃进痛心疾首地跺地:

"你投奔你妈了?你知道你妈是个啥?七年前就是个破鞋!"

又骂：

"还后爸，你知道你后爸是个啥？是个卖假酒的，法院早该毙了他！"

刘鹏举满不在乎地：

"你说的是过去，现在生产真的了。"

又说：

"你嚷什么？昨天，我跟他们闹翻了，就找你来了。"

刘跃进对事物的变化猝不及防，又蒙了：

"咋又闹翻了？"

刘鹏举：

"上个月，我妈生了个小孩。自有了这野种，他们待我，就不如以前。我想把这野种掐死，没敢下手。"

刘跃进又愣在那里。前妻黄晓庆已四十出头，那个卖假酒的李更生，也四十五六，他们还能在一起生出孩子？他们可真成。刘跃进又痛心疾首：

"他们这么做，违反计划生育，还有人管没有？"

父子俩在这儿捺下葫芦起来瓢地争吵不清，旁边穿吊带那女子悄悄拉了拉刘鹏举。刘鹏举反应过来，对刘跃进说：

"忘了给你介绍，这是我女朋友，叫麦当娜。"

刘跃进也止住争论，正式打量这个叫麦当娜的女子。打量半天，刘跃进心里又犯嘀咕。这回嘀咕的不是她的扮相和穿戴，而是她对这扮相和别人看她的态度：满不在乎。一看就不像良家妇女。"曼丽发廊"的杨玉环，才对自己和世界露出这神情。如果是只"鸡"，这扮相和态度还说得过去；如是儿子的女朋友，刘跃进有些不放心。刘跃进把儿子扯到圆柱另一侧，倒也不敢直接说她是"鸡"，突然想起什么：

"麦当娜，这名字咋这么熟呀？"

刘鹏举：

"跟你没关系，她一开始叫麦秸，嫌那名儿土，改叫这个。"

刘跃进顾不得计较这名字，悄声问：

"啥时候谈的？"

刘鹏举不耐烦：

"俩月了。"

刘跃进还绕圈子：

"我看着比你大好多呀。"

刘鹏举反问：

"是你谈，还是我谈？"

开始不理刘跃进，又回到圆柱这侧。刘跃进只好又跟回来。对他们的窃窃私语，儿子的女朋友麦当娜倒不在乎；见他们父子俩又说杠了，一笑，主动上前跟刘跃进打招呼：

"叔，老听刘鹏举说，您在北京混得体面；鹏举跟他妈那边闹翻，我们就想来北京发展。"

听她说话，刘跃进又蒙：

"发展，发展什么？"

刘鹏举在旁边嚷：

"你不老在电话里说，你有六万块钱，快拿出来吧。"

指着麦当娜：

"麦当娜会捏脚，俺俩想在北京开一洗脚屋。"

刘跃进欲哭无泪。过去儿子跟他要钱，刘跃进手头紧时，两人便在电话里吵架；吵起架来，儿子怀疑他没钱，刘跃进常拿那六万块钱说事儿；但儿子既不知道这钱的来路，也不知道这钱还不是钱，只是张欠条；而这欠条，几天前，也随着那包丢了。

第十八章

赵小军

　　儿子刘鹏举和女朋友来到北京，刘跃进马上无家可归。刘跃进领着儿子和他的女朋友麦当娜从火车站去建筑工地，父子俩又吵了一路。儿子刘鹏举追问刘跃进到底有没有六万块钱，刘跃进一时解释不清，只好说：

　　"有是有，现在还不能花。"

　　刘鹏举：

　　"既然有，为啥不能花？"

　　刘跃进：

　　"银行，存的是定期；马上取，会吃大亏。"

　　这话刘跃进在电话里说过一百遍了，刘鹏举开始怀疑这话的真假。接着刘跃进又怪刘鹏举，这时不怪儿子不打招呼，就投奔了他妈和那个卖假酒的，而是怪他既然去了，就不能便宜那对狗男女，就该趁机多搂他们的钱；怎么仨月下来，还两手空空?这不是白叛变了?偷鸡不成，反蚀一把米。儿子也急了：

"你要这么说，你不给我寄钱，就是故意的，故意把我往人家那逼，让我去搂人家的钱。你这么做对吗?"

刘跃进有些气馁：

"我倒不是这个意思。"

突然想起什么：

"我倒发现，我跟你妈这事，你倒钻了不少空子。"

突然又跟那个卖假酒的急了：

"过去是个卖假酒的，现在竟成真的了?就这么瞒天过海蒙过去了?还有人管没有?"

这样吵了一路，待刘跃进把他们领到建筑工地，领到食堂自己小屋前，开门，拎着行李进屋，两人不吵了。因刘鹏举和麦当娜看到屋里的陈设，地上的坛坛罐罐，一脸失望。住着这样地方的人，哪里会有六万块钱呢?儿子嘟囔：

"几十年了，就会说瞎话。"

刘跃进有些气馁，没有还嘴。接着开始发愁仨人怎么住。刘跃进还没想清楚，儿子刘鹏举没好气地问：

"爸，我们俩住这儿，你住哪儿？"

刘跃进一愣，没想到刚刚见面，儿子就反客为主。这本是刘跃进的住处，儿子却问他去住哪里，分明是要把他赶出来；另一个让刘跃进生气的地方，把刘跃进赶走，说他俩住这儿，分明是住在一起；这哪里是搞对象，分明是胡搞。刘跃进刚想发火，儿子的女朋友麦当娜说：

"叔，您这里不方便，要不我们去住旅社吧。"

虽然让了刘跃进一步，意思也是，俩人要住一起。看来住在一起，也不是一天两天的事了。刘跃进就是想管，也来不及了。大半夜了，吵也吵累了，刘跃进黑着脸：

"你们住你们的，北京我可去的地方，能挑出十个。"

待刘跃进刚出门，儿子"啪"的一声，就把门关上了。刘跃进扭身，屋里的灯还没关，儿子就一把抱住了他的女朋友麦当娜；窗帘上，映出俩人厮缠在一起的身影，接着俩人倒在了床上；接着灯灭了；一阵窸窸窣窣，接着传出两人的大呼小叫。刘跃进愣在那里。愣在那里不是要听儿子的墙根，而是刘跃进想起自己十九年前，跟前妻黄晓庆刚结婚时，瘾头也是这么大。不是感慨自己老了，而是觉得一切都恍若隔世。

待刘跃进离开小屋，又觉得自己无处可去。睡觉的地方不是不好找，单说工地，工棚里睡着几百号人，哪里挤不出一个铺位？但刘跃进不愿去工棚。不愿去工棚不是嫌那里脏，而是跟这些人说不到一块儿。过去能说到一块儿，现在说不到一块儿。没事扯淡行，满腹心事，找他们不合适。这些人还爱打听闲事，遇事爱问个底儿掉；说着说着，话又下路了；把一件事说成另一件事，把另一件事说成第三件事，或把三件事又说成一件事；工棚去不得。但刘跃进今天遭遇这么多事，憋了一肚子话要说；不说，肚子就爆炸了；与工棚的人说不得，有一个人却想对她说，就是"曼丽发廊"的马曼丽。但现在夜里三点多了，估计马曼丽早睡了，这时去叫门，又怕马曼丽跟他急。但脚下不知不觉，穿过胡同，又走向"曼丽发廊"。远远望见"曼丽发廊"，一阵惊喜，原以为发廊早打烊了，没想到里面还亮着灯。刘跃进加快步子，来到发廊。待到发廊，又吃了一惊，发廊的门虽关着，但能听出里边正在吵架。趴到窗户上往里看，戏还是老戏，马曼丽的前夫赵小军，正在发廊跟马曼丽撕巴。发廊小工杨玉环早下班了，屋里就他们两个人。刘跃进以为赵小军又来要账，要马曼丽弟弟欠他的三万块钱，双方发生争执，又打了起来；谁知这回不是要账，赵小军喝大了，红头涨脸，脚下有些拌蒜，正抱着马曼丽往里间拖：

"一回，就一回。"

原来想与马曼丽成就好事。这事比要账更严重了。赵小军虽然喝醉了，但劲头仍比马曼丽大；或者说，正是因为喝醉了，劲头比平日还大；马曼丽被他抱住，脚已离地，腿像小鸡一样踢蹬；无抓挠处，便用手把着里间的门框，撅着屁股：

"× 你娘，咱早离了，你这叫强奸，知道不知道？"

赵小军嘴里语无伦次：

"强奸就强奸，不能便宜你！"

两人在较劲这里屋的门框。谁知里屋的门是临时圈出来的，门框是用木条临时钉巴上去的，赵小军又一用劲，连门带人，"呼啦"一声塌到地上。赵小军直接摔到地上，脑袋磕到凳子上，凳子也被磕得散了架，半天没爬起来；马曼丽摔到赵小军身上，倒无大碍，爬起来，从剪发台上抄起一剪子：

"再来浑的，我捅了你！"

赵小军脑袋被摔晕了，半天反应不过来；待反应过来，看着马曼丽手里的剪子：

"不那样也行，还钱！"

终于又回到了钱上。马曼丽仍不买账：

"不欠你钱。"

赵小军：

"都是你们家人，他跑了，就该你还。"

马曼丽：

"他跟你来往，就不是我们家人。"

赵小军努力往起爬：

"不还钱也行，复婚。"

马曼丽啐了一口唾沫：

"想什么呢！"

赵小军手拽着剪发台爬起来，也抄起剪发台上一剃刀，不过没挥向马曼丽，朝自己脖子那比画：

"你要不复婚，我就自杀！"

刘跃进在窗户外吓了一跳。吓了一跳不是说赵小军要自杀，而是没想到赵小军还惦着与马曼丽复婚；赵小军隔三岔五来要账，过去刘跃进以为他就是个要账，谁知他除了要账，还另有想法。既然要复婚，当初为何离婚呢？没想到马曼丽不吃这套，说：

"别光比画，往筋筒子上捅。"

又说：

"耍光棍儿呀，不像！"

伎俩被戳穿，赵小军有些恼羞成怒，挥着剃刀扑向马曼丽；马曼丽挥着剪子在抵挡。眼看要出人命了，刘跃进顾不得别的，一脚踹开发廊的门，抱住了赵小军。但人家是前夫前妻在打架，刘跃进不知该如何劝解；要账和复婚的事，刘跃进也不好插嘴；过去要账插过嘴，就插得一身臊；只好拿赵小军喝醉说事，抱住赵小军使劲摇晃：

"醒醒，你醒醒，喝了多少哇。"

赵小军也是真喝大了，被刘跃进一摇，脑子更乱了；就

179

是本来不乱，也被刘跃进摇乱了；他踉跄着步子，一头扎到刘跃进怀里：

"你谁呀？"

刘跃进一愣。这话平日好回答，现在倒不好回答，笼统着说：

"朋友。"

心里说：

"× 你妈，你还欠我一千块钱呢。"

赵小军听说是"朋友"，愣着眼看刘跃进，一时反应不来；刘跃进趁势拿下他手里的剃刀，趴他耳朵上喊：

"有事，咱换个地方说去。"

赵小军舌头打不过来弯：

"去哪儿？"

刘跃进：

"咱还喝酒。"

这时能看出赵小军是真喝大了，一听说喝酒，倒忘了刚才，高兴起来：

"别哄我，我没喝多。"

刘跃进：

"知你没喝多，咱才接着喝。"

顺势把赵小军架了出来。待出了"曼丽发廊"，刘跃进又不知道把赵小军弄到哪里去。说喝酒只是个托词，不过想把他骗走罢了。架赵小军出门时，刘跃进看到，马曼丽扔掉剪子，坐在倒在地上的门框上，哭了。待把赵小军处置一个地方，刘跃进还想回到发廊，安慰一下马曼丽，也趁势打听一下他们离婚复婚的事。平日马曼丽对刘跃进爱搭不理，这些事不好问；今天有这个茬口，她就不好再摆架子了。刘跃进把自己的一腔心事，倒暂时忘到了脑后。他想把赵小军架到大街上，架到公交站；那里有候车的长椅子，把他放到上边，既能醒酒，人又在大街上，不会出别的事。没想到赵小军虽然喝大了，别的记不得，但记得刘跃进说喝酒的话。看刘跃进把他往大街拖，又瞪眼睛：

"哪里去？骗我是吧？"

又往回挣：

"我还得回去，事儿还没说清楚呢。"

事到如今，刘跃进只好又把他往街角架。过了两个街角，有一二十四小时饭馆。这饭馆是内蒙古人开的，叫"鄂尔多斯大酒店"。说是大酒店，其实里边就五六张桌子，卖些烤串、牛羊肉的炒菜或面食罢了。刘跃进只好把赵小军架到这里。赵小军看到酒店，高兴了。已经是下半夜了，店里一个顾客也没有。厨子早睡了，烤串热菜也没了；柜台的玻璃橱柜里，摆了几碟小凉菜；凉菜在橱柜里摆的时间长了，已经累了，也就蔫了。一个蒙古族胖姑娘，两腮通红，两眼也通红；罗圈腿，大概是骑马骑的；给他们上过酒菜，回到柜台前，头一挨柜台，转眼就睡着了。刘跃进本不想让赵小军再喝了，但赵小军不干，拿起酒杯，"咣""咣""咣"，自个儿先喝了仨，接着又要与刘跃进碰杯。这时刘跃进想起自己的满腹心事，丢包捡包的事，儿子和他女朋友来北京的事，一起涌到心头，无心喝酒，赵小军在桌子那头急了：

"啥意思?看不起我是吧?"

抄起一凳子，要与刘跃进较量。刘跃进只好喝下这杯。喝了一杯，就有第二杯。接着就收不住了。赵小军喝着喝着还那样，刘跃进几杯酒下肚，也是五天来找包找累了，今晚上又马不停蹄，跑了大半个北京城，竟也喝大了。原以为喝大是件坏事，没想到喝大了就把别的事忘了，心里竟一下痛快起来。又"咣""咣"碰了两杯，刘跃进忘了这喝酒的起因，及对面喝酒的人，与自己是什么关系。两人本也不熟，就见过几面，赵小军还欠刘跃进的钱，现在突然亲热了。说话间，刘跃进脑子还在挣扎，似要打问赵小军什么。突然想起，是要打问赵小军和马曼丽之间的事，当初为何离婚，现在又为何想复婚，这些来龙去脉。谁知不提这事还好，一提这事，赵小军"哇"的一声哭了，探身抓住刘跃进的手：

"哥，说起这事，我上自个儿的当了。当时离婚，不为别的，为另外一骚货。也没别的，胸大；我那老婆，不仔细看，就是个男的。那时我有钱呀，离个结个不算啥。现如今，钱没了；上个月，那骚货跑了。哪儿都找了，没有。一前一后，俩都没了。我想我亏呀，凭什么让我一头儿得不着呀？"

又说：

"姓马的也不是东西，她跟那骚货，本也是好朋友，是不是编个圈套，让我钻呀？"

又恨着牙说：

"三年前，她也跟一人好，以为我不知道。有喜欢这种男扮女装的。"

说得有点儿乱，刘跃进也没听出个头绪。只听出，马曼丽并不是他认识的马曼丽，她比原来的马曼丽复杂。倒是听赵小军说他第二个老婆跑了，突然跟他的一桩心事，撞到了一起。刘跃进的前妻黄晓庆，也跟人跑了。接着一阵酒又涌上来，刘跃进也拍打着桌子：

"要说跑老婆，咱俩一样。"

突然停住，想了想，自己的老婆不是跑了，是被人抢了，又摇头：

"也不一样。"

突然又急了，但不是急向赵小军，而是急向所有人：

"不就老婆叫人抢了吗？老说，说得我心里都起了茧子。

可叫人一捅，还疼。"

赵小军晃着脑袋：

"哥，活着没意思，想死。"

刘跃进又大为感慨，这次感慨到了一起：

"知道呀。六年前，我离上吊，就差一步。"

两人越说越近。这时赵小军跟跄着步子，绕过桌子，与刘跃进并排坐在一起，向刘跃进伸手：

"是朋友，就借我钱。我做生意，做一桩赚一桩，亏不了你。"

刘跃进拍着胸脯：

"信你，我借。"

突然想起什么，又哭了：

"想借呀，不是丢了吗?"

也是好多天没说心里话了，憋的，趁着酒劲，刘跃进也将自己这几天的遭遇，从丢包到捡包，一直到不着调的儿子带女朋友来北京，一桩一件，从头至尾，给赵小军讲了。跟多少熟的人没讲，跟一个陌生人讲了。但刘跃进喝大了，舌头短了，讲着讲着，乱了，或忽然断了；再想接，又一时找不到头绪，在那里干着急。好不容易讲到现在，天也亮了，才发现赵小军根本没听，早歪到桌子上睡着了。刘跃进上去摇他，赵小军如一摊泥一样，"咕咚"一声，倒在桌子下。

第十九章

老　邢

老邢是"智者千虑调查所"的调查员。在中国叫调查员，在西方叫私家侦探；这种侦探所，也是近两年，在中国兴起来的。老邢是河北邯郸人，今年四十五岁。说是四十五，看上去有五十四。头发花白，脸上的皱纹横七竖八；头发跟眉毛连着，人显着土气，看上去也老。他穿上农村的衣服，就是一冀中平原的农民；穿身工装，像邯郸轧钢厂的工人；现在穿上西装，打着领带，也像民工来北京串亲戚，不像一个利索精明的侦探。严格初见他，大感失望。接着发现老邢爱笑。一个人爱笑不算毛病，问题是他爱偷笑。一篇话说下来，你说得正经，不知他觉得这些话里，哪一句有漏洞，偷偷捂着嘴笑了，也让人窝火。老邢吐字也慢，严格丢了U盘，说话有些急，老邢倒劝他：

"慢慢说，不着急。"

严格能不着急吗?这U盘里，牵涉着几条人命呢。U盘在严格手里，这U盘是用来威胁别人；现在U盘丢了，这威胁就转了向，也威胁到严格自己。U盘里有十几段视频，有几段是贾主任和老蔺嫖娼的场面，和严格干系不大；嫖娼之前，还有几段视频，是严格向贾主任和老蔺行贿的镜头。贾主任和老蔺受贿算犯罪，严格行贿也算犯罪呀。受贿的数目，一次次加起来，够上枪毙。贾主任和老蔺收人钱受到惩罚罪有应得，送钱的也受到威胁，这威胁还源于自己，严格就感到有些冤。本来威胁只对着贾主任和老蔺，现在对贾主任和老蔺威胁有多大，对严格威胁就有多大。更大的问题是，如果U盘落到固定的人手里，这U盘还好找，现在被贼偷了，贼飘忽不定，要找到U盘，先得找到偷包那贼，这寻找就难了。更可怕的是，如果这贼懂U盘，看了里面的内容，事情麻烦；但如果这贼不懂U盘，随手把它扔了，落到不该落的人手里，事情就更麻烦了。本来这U盘，牵涉到严格和贾主任的生意，严格把U盘交出来，贾主任帮他从银行贷八千万；这八千万虽不能解渴，但能救命；现在U盘丢了，做生意没了本钱，这生意就自动停止了。严格这命，本来操在贾主任手里，现在由贾主任手里，自动转到了这贼手里。昨天夜上，老蔺听说U盘被贼偷了，一开始感到这事啼笑皆非，像"智者千虑调查所"的老邢一样笑了：

"这样也好，从今往后，我们就不是面对面，而要共同面对了。"

接着突然怀疑，也许这是个阴谋，马上紧张起来，收拾起严格从地板里撬出的六个U盘，从窗户下墙壁里掏出的电脑，匆忙走了。凌晨五点，老蔺又给严格打了一个电话，说这事向贾主任汇报了；贾主任说，十天之内，必须找到丢失的那个U盘；如果十天能找到，事情照原来说的办；如果十天还没找到，就别找了，大家都等着完蛋吧。听贾主任这么一说，严格出了一身冷汗。出冷汗不是贾主任给他期限，给期限证明贾主任也很着急；而是为什么不多不少就是十天？十天之后，大家为什么完蛋？严格猜不透这日子，也猜不透这个老男人。但两人身处的位置不一样，贾主任这么说，肯定有他的道理。还有一个麻烦，因为U盘被贼偷了，瞿莉也发生了变化。本来他跟瞿莉也有生意；八年来瞿莉在背后切了严格五千万，两人说好，瞿莉借给严格两千五百万，两人心平气和地离婚，各走各的；现在因为丢了U盘，这事也搁下了。按说瞿莉和贾主任和老蔺不同，U盘里的事，牵涉着贾主任和老蔺的性命，跟瞿莉没关系。说是没关系，也有关系；

U盘里的谈话和视频，就是瞿莉指使公司那个副总干的；干这事是她，现在丢U盘也是她；房前屋后都是她，按说瞿莉本该理屈，但瞿莉和贾主任的态度，截然相反。贾主任还知道着急，瞿莉把U盘丢了，一点儿不着急。好像丢的不是一个天大的秘密，而是这秘密早该公布于众。昨天晚上老蔺走了，她也像"智者千虑调查所"的老邢一样笑了：

"看来要同归于尽了。"

又说：

"同归于尽也好，早完早了。"

说完，竟上楼睡觉去了，也让严格吃惊。做一个头发，能跟人大吵大闹，遇上这么大的事，她倒心平气和。自己跟她过了这么多年，果然不认识她。U盘丢了，这两千五百万也自然搁下了。再说，不把U盘找到，大船翻了，跟贾主任那头完了，抓住这根小稻草，也无济于事。严格顾不上跟瞿莉计较，从大局计，抓紧先寻找U盘。把U盘找到，跟贾主任和老蔺的事，包括跟瞿莉的事，才能重新救起来。到了寻找，这事拧巴还在于，丢了东西，严格又不敢报警。U盘到了警察手里，还不如在贼手里。这时想起了私家侦探。私家侦探也不敢乱找，这时想起两年前，在一朋友的酒席上，曾碰到过一"调查所"的所长。这人是天津人，满脸油光；人问他最近调查什么，他便说了一连串稀奇古怪的事，大部分

188

是男女私情；大家笑了，严格也笑了；笑后，又觉得他不该把别人的隐私，拿到这酒桌上当笑话。但酒宴结束时，这人又正色说：

"刚才的话，都是瞎编的，我虽然干的是脏事，但它也有个职业操守。"

又让严格对他刮目相看。但隔行如隔山，严格当时并不找侦探，交换过名片，过后也就把他忘记了；现在突然想起，开车去了郊区马场，把一抽屉名片，倒在地上，还真翻出了这个人，原来他的调查所叫"智者千虑调查所"。智者千虑，必有一失呀，严格不禁感慨。给这人打电话，谁知竟通了；到底是搞侦探的，两年没有见面，严格一说出姓名，他马上说出两年前喝酒的地点和同桌的人。严格说有件私事，想找一个侦探，帮自己搞明白；事不大，但急，想找一个精明的。这个天津人果然让严格放心，既没问严格是什么事，又说严格找的这个"精明的人"，一个钟头后到。但一个钟头后，这人没到；严格又打电话，天津人说调查所最精明的人，现在保定，正在调查另一件案子；已经让他停止手里的案子，来接严格的案子，正往北京赶；严格又等。中午时分，有人按门铃，严格打开门，老邢站在门前。严格以为他是一个花匠，走错了地方，那人递上一名片，却是"智者千虑调查所"的调查员。严格看这人模样，就不精明；也许刚从保定赶过来，满头大汗；穿着西服，像个民工；让这样的人去找贼，贼没找着，又让贼偷了；又怪那个满脸油光的天津人不靠谱。但坐下，聊了十分钟，像两年前在酒桌上，对那个天津人看法的转变一样，对这个叫老邢的人，看法也发生了转变。由于不放心老邢，严格一开始没切入正题，没说U盘的事，先扯了些别的。老邢吐字慢，爱偷笑；但你每说一段话，他都能马上抓住重点；重点时点头，你说乱了他才笑；待你一番话说完，他用三句话，就把这事的筋给剔出来了。看似憨厚，原来内秀。也许正因为外表憨厚，像个民工，才适合调查呢。真是人不可貌相。扯过些别的，严格开始调查老邢过去的业绩：

"你过去都调查什么？"

老邢望着窗外走动的马匹，倒不避讳：

"还能调查什么，第三者。"

严格：

"去年抓住多少对？"

老邢想了想，说：

"实数记不清了，怎么也有三十多对。"

严格大为感慨：

"社会太乱了。"

又指着老邢：

"你给社会添的乱，比第三者还大。"

老邢点头，同意严格的说法：

"真不该为了钱，去破坏别人的家庭。"

严格又端详老邢：

"你这工作有意思，整天就是找人。"

老邢这回不同意：

"找人有意思吗？也看找谁。吃饭找熟人有意思，素不相识，满世界找他有意思吗？"

严格想了想，觉得老邢说得有道理。又问他的过去，老邢也不避讳，说他在大学是学考古学的，毕业后去了中科院考古所；也是耐不得寂寞，不愿整天跟死人打交道；加上从小是农村孩子，耐不得清贫；就是自个儿耐得住，老家的亲人也耐不住；于是辞职下海，跟人经商。生意做了十年，赚过钱，也赔过钱，总起来说，赔的比赚的多，不是做生意的材料。想明白这一点，已经晚了，欠下一屁股债。生意做不下去，几经辗转，干上了这个。老邢感慨：

"毛主席早说过，人吃亏就在不老实。一辈子挖挖人骨头，摆到展览馆，把一千年说成一万年，骗骗大家，多好；事到如今，只好抛下死人，又找上了活人。"

又感慨：

"真是从古代回到了现实。"

191

这话似乎也触动了严格什么,严格也要跟着感慨;但老邢看看腕上的表,突然转了话题:

"你要调查什么?"

严格还没有从感慨中抽出身来,老邢已经回到了正事;严格还在水中扑腾,老邢已上了岸;慌乱之下,严格便知道老邢比他理性,接着说话也有些慌乱:

"我不是调查第三者,也就找个贼。"

老邢想了想,说:

"找贼不找警察,找我,证明这贼不简单。"

严格:

"贼倒也简单,偷的东西不简单,他偷了我老婆一个手包。"

老邢不再打问,耐心等着严格。严格只好往下说:

"手包里没多少钱,其他东西也不重要,但里边有一个 U 盘,里面全是公司的文件,牵涉到公司的核心机密,找警察怕打草惊蛇……"

老邢点点头,明白了:

"见到这贼了吗?"

严格:

"我没见到,我老婆见到了,这人左脸上有一大块青痣,呈杏花状;还有,他落下一送外卖的单车,箱子上有他餐馆的名字。"

也像老邢一样想了想：

"当然，他肯定也从这餐馆跑了。"

老邢点点头，这时打开皮包，掏出一沓文件：

"这单我接，下边说一下我公司的价格。"

严格用手捺住老邢的文件：

"这事有些急，最好五天能找到。如果这事拖久了，贼把U盘扔了，落到别人手里，找起来就难了，所以咱特事特办，你两天找到他，给你二十万；三天找到他，给你十五万；五天找到他，给你十万。"

严格以为老邢会感到意外，或又捂嘴偷偷笑；但老邢没笑，一本正经地说：

"严总，别以为你给多了，我也就这个价儿。"

严格愣在那里。

第二十章

刘跃进

刘跃进在马路牙子上睡到中午，让热给闷醒了。马路牙子旁边，有一幢高楼；清晨这里还是凉阴，到了中午，太阳移过来，成了蒸笼。刘跃进醒来，首先发现自己的衣服，像从水里捞出来一样；接着发现，上身 T 恤上，下身裤子上，横七竖八，结出一道道白碱。刘跃进一时不知自己身在何处。努力转动自己的脑子，才想起从昨天到今天的事，原来自己喝醉了。从马路牙子上坐起来，又感到天旋地转，马上又躺了回去。接着感到口渴。接着想起昨夜一块儿喝醉的是两个人；再探身寻找，身边不见了赵小军。旁边吐了一大溜，吐了个拐弯，是昨夜吃喝的东西，已被大太阳晒成一条蛇，似又被狗啃掉个尾巴；也不知是赵小军吐的，还是自个儿吐的。又想起两人喝醉后，本来睡在"鄂尔多斯大酒店"，一个趴在桌子上，一个倒在地上，怎么又到了马路牙子上?想着是"鄂尔多斯"的人干的，清早整理店铺，见他们喝醉了，便把他们扔到了街上。这些人也不是东西。又想着扔出来两个人，怎么就剩下他一个人?想着赵小军酒醒得早，酒醒后，没理刘跃进，一个人拍拍屁股走了。酒是一块儿醉的，却把同伴扔到街上，这个赵小军也不是东西。接着又想起为什么喝醉，竟不是为了自己，为了劝解赵小军。这醉就有些冤。突然又想起，儿子刘鹏举和他的女朋友，昨天来了北京；自己出来喝醉了，在这里睡到大中午，还把他们扔在家里；一个上午不管不问，待再见面，那混账儿子，肯定又会跟刘跃进急；不是故意的，也成了故意的。又突然想起自己这几天的遭遇，丢了个包，又捡了个包；捡包没捡着什么，丢的包里，却有六万块钱；这事还悬在半空，待刘跃进接着去找，却让别人的事耽搁半天工夫；心里开始懊悔。仨月前，刘跃进在卖猪脖子肉的老黄的女儿的婚礼上喝醉了，摸了卖鸡脖子的吴老三的老婆一把，被扣了一脸菜不说，还赔了吴老三三千六百块钱"猪手费"。祸皆从喝酒始。等思路完全跟过去接上，刘跃进慌了，也顾不得天旋地转，"骨碌"爬起来，先到路边小店买了瓶水，边喝，边踉踉跄跄向工地跑去。

待跑回工地，到了食堂，推开自己小屋的门，刘跃进却大吃一惊。屋里并没有儿子刘鹏举和他的女朋友麦当娜；他屋里的东西，却被人翻了个底朝天。被子在床上团着，桌子的抽屉开着，一个箱子里面装着刘跃进的衣服，现在箱子大开，衣服被翻得乱七八糟；地上的坛坛罐罐，盖子都被揭开了，盖子扔了一地。刘跃进一时反应不来，加上隔夜的酒劲，又上来了，支着手在屋里转。这时发现桌上扔着一张烧鸡的包装纸，纸上歪歪扭扭写着几行字：

爸：

　　我们回去了。你没钱没啥，不该骗我。临走时拿了点路费，就是你藏在画后的一千多块钱。还有那个手包，你留着没用，给麦当娜用吧。我回去一定卧薪尝胆，好好挣钱。等我有了钱，好给你养老。

儿　刘鹏举

刘跃进的酒一下醒了。第一反应，慌忙跳到床上，去揭床头墙上一印着女明星的画历；画后有一个洞，洞里本来藏着刘跃进最后一份钱，一千六百五十二块；为了防潮，用塑料袋包着；现在连钱带塑料袋都不见了。这钱是刘跃进一年四季卖泔水挣下的。一开始为了好记账，怕钱乱了，所以单放着；后来当作自己最后的备用金，天塌下来都不敢动。每个礼拜三礼拜日，无论冬夏，凌晨两点，刘跃进骑一自行车，自行车两边挂两个泔水桶，将三天来攒下的碎米碎馒头和汁水，送到八十里外的顺义猪场。工地食堂的泔水油水少，卖不出大价钱；块儿八角攒起来，不容易。现在说没就没了。上个月发了三天烧，烧到三十九度五，钱不凑手，刘跃进都没敢动它。接着又从床上跳下来，去看地上的坛子；昨夜捡青面兽杨志那包，本来放在一豆腐乳的空坛子里，现在这包也不见了。刘跃进先是跺脚骂：

"王八蛋，你爸倾家荡产了，你还雪上加霜啊？"

又抱着头坐在床上。这时闻到屋里的味道不对。耸耸鼻子，原来是儿子女朋友留下的脂粉味，还有两人昨夜在床上折腾，床单上，被子上，留下的两人混合的味道。刘跃进将一下自己的头发，头发上都是汗，也臭了，这时自言自语：

"我天天在找贼，谁是贼呀？原来是他个王八蛋。"

第二十一章

青面兽杨志

　　青面兽杨志找到了张端端。执意找了五天没找到，无意中碰上了。这时青面兽杨志明白，前几天自己犯了傻。这些抢劫团伙，和偷盗团伙不同；偷盗团伙有固定的地盘，不能越雷池一步；而抢劫团伙，抢一桩是一桩，属流动作业，恰恰不能固定。偷人的看不起抢人的，原因也在这里。青面兽杨志在北京东郊一胡同小屋遭的抢，便以为这是他们的老窝；不回老窝，也会在附近活动；小枣从树上掉下来，总离枣树不远；五天来的寻找，都集中在朝阳区，包括通惠河边的小吃街；但五天下来，没有寻到。其间，曹哥鸭棚的人又横插一杠子，让他到贝多芬别墅偷东西；欠人钱，又不敢不去。

偷时被人发觉了，青面兽杨志逃了；逃时，把偷到的一手包，也甩给另一个他偷的人。入室偷盗，又偷的是别墅，不是件小事，一是怕警察介入，二是怕曹哥的人继续找他，青面兽杨志便不敢回北京东边，躲在西郊石景山一带，欲避避风头。青面兽杨志是山西人；山西贼在石景山有个点；石景山属贫民区，几个山西小贼，便在这里小打小闹。在贝多芬别墅偷东西时，青面兽杨志躲在窗帘后边，偷看了别墅女主人的裸体，她冲澡时的裸影，听到了"哗哗"的流水声；本来下边被张端端一伙在东郊小屋吓住了，不知不觉间，又自个儿顶了起来；一开始没有觉察，待觉察，心中一阵惊喜；下边又行了，比偷这趟东西还值当；有意让它恢复它不争气，偷东西的空隙，它自个儿有了主意；这趟东西没有白偷；这偷的就不是东西，而是偷回了自己。正感慨间，谁知女主人的手机响了，青面兽杨志被发现了；女主人一声尖叫，青面兽杨志一阵惊慌，下边又不行了。当时只顾逃跑，没顾上下边；待到了石景山，回到根据地；几个山西小弟兄与他打招呼，他也没理；平日他与这些小毛贼也无话可说；正是因为无话可说，才自个儿出来单干；径直进了里间。镇定下来，先是沮丧今天的偷被发现了，到手的东西，又落在了别墅；好不容易到手一个手包，逃的时候又扔了；接着回想别墅的情形，突然想起自己下边；这事儿比刚才想的几件事都大，忙躺到床上，自我摆弄，这时又不行了。也不是完全不行，半行不行。青面兽杨志也顾不上刚受过惊吓和劳累，揣上自己的手包，又上街寻"鸡"。寻到，路上还行，跟人一到屋里，一到床上，又不行了。抱着这"鸡"，他拼命去想别墅的女主人；但到脑子来的，仍是张端端，仍是东郊小屋被吓的场面。青面兽杨志突然想起在贝多芬别墅偷的壮阳药，还揣在怀里，忙拿出来吃了几粒，半个小时过去，也不起作用。青面兽杨志觉得自己彻底完了。从昨天到今天，沮丧一天。到了今天晚上，仍不甘心，拎着自己的手包，又上街寻"鸡"。待到了大街上，望着灯火通明的世界，想起自己不行了，到街上和人中来，就是寻个"行"，不禁又有些伤感，突然觉得整个世界，都褪了颜色。他知道"鸡"就在发廊，或在旁边小树林等着，但对寻不寻"鸡"，突然又有些犹豫。昨天是犹豫行不行，今天是犹豫试不试。这犹豫就不是那犹豫了。不禁叹口气，先蹲在马路牙子上吸烟。正在这时，听到旁边小树林旁有人吵架。一开始没有在意；稍一留意，觉得这口音有些熟悉。往小树林看，不禁眼前一亮：小树林前边，站着张端端和那三个甘肃男人。不知因为什么，三个男人在用甘肃口音吵架；张端端夹在中间，正给他们劝解。真是踏破铁鞋无觅处，得来全不费工夫。青面兽杨志从马路牙子上"噌"地蹿起，欲扑过去；但突然想起，自己今天出来寻"鸡"，身上并无带刀；他们是抢劫团伙，那三个甘肃男人身上，肯定带着家伙。想回住地取刀，又怕跑了这三男一女。犹豫间，三男一女离开小树林，向大街东走去；青面兽杨志不敢懈怠，赤手空拳，悄悄跟了上去。边跟，边留神路边有无杂货店；如有杂货店，顺便买一把菜刀；没有菜刀，刮刀也行；没有刮刀，有一把水果刀在身上，也比没有强。但路边有冷饮店，有烟酒店，有卖醋卖酱油的杂货店，就是没有卖五金的杂货店。也有一家五金店，夜里，已经关门了。路过一家超市，倒灯火通明，人进人出；超市里有卖家用产品的地方，说不定那里有菜刀；但怕进了超市，找货架，拿菜刀，结账，出来，那三男一女早不知跑到哪里去了；又不敢进超市。路过一花池，只好从池沿拔下半截砖，塞进自己手包，以备不时之用。那三男一女走走停停，吵架一直没停，走也吵，停下也吵。由于他们精力集中在吵架上，倒没留神跟在身后的青面兽杨志。青面兽杨志这时改了主意，不打算跟他们硬拼，打算先跟踪他们，看他们今天晚上到哪里去，直到跟到他们新的老窝，再回头去准备家伙，或回去喊山西老乡。过去只想宰张端端一个人，今天下边又不行了，吃壮阳药也不行了，准备有一个宰一个；这几个甘肃人留不得。

那三男一女走到八角街街口，突然钻进了地铁站。青面兽杨志加紧几步，也跟进地铁。站台上，一列地铁开过来，三男一女从前门上了车，青面兽杨志从后门上了车。车厢里人挤人，青面兽杨志从车门到中间，挤过一个个人，朝三男一女靠近。但也不敢靠得太近，怕他们发觉；保持在三米的距离。列车"呼隆""呼隆"地开，三个甘肃男人倒不吵了。但不知他们在哪里下车；下车后，又会到哪里去；何时才能回到他们另一个老窝。胡思乱想间，又听三个男人吵了起来。因听他们吵了一路，青面兽杨志倒没在意。这时地铁停靠在木樨地站。地铁一靠站，青面兽杨志就格外留意，看他们是否下车。看他们的神情和举动，没有在木樨地下车的意思，青面兽杨志又放下心来。待站台上的人拥进车厢，一男的突然指着车外嚷；另外两男一女也往外看；车门要关了，那三男一女突然从人群中挤下了车。青面兽杨志猝不及防，也急着往车厢门口挤。待要下车，被另一人一把抓住。青面兽杨志吓了一跳，一边挣巴，一边大怒：

"干吗?找死呀?"

但那人的手像管钳，钳住他的胳膊，纹丝不动；那人方头正脸，五短身材；胳膊虽短，但短粗有力；那人手一动，青面兽杨志的胳膊"嘎巴""嘎巴"响。青面兽杨志知道自己遇到了对手，不火了，哀求：

"大哥，我有急事。"

那人先是一笑，接着趴在青面兽杨志耳朵上说：

"千万别动，一动吃亏更大。"

青面兽杨志看看那人，弄不清他的来路，以为是警察，来找后账，只好不动。

这五短身材的人，不是警察，是"智者千虑调查所"的调查员老邢。老邢能找到青面兽杨志，多亏青面兽杨志落在贝多芬别墅那辆外卖自行车。严格说这外卖车没用，送外卖的早跑了；但他说错了，青面兽杨志跑了，那个在饭馆真送外卖的并没跑；因为他并不知道，青面兽杨志当晚出了事。老邢顺藤摸瓜，很快就找到了那家餐馆，接着就找到了那个留着分头的学生模样的人，也就是"柳永"。看事情发了，"柳永"一开始装傻，说自个儿的外卖车被人偷了。直到老邢说要把他送进派出所，他才害怕了；又说把车借给了别人，别人干了些啥，他却不知道。老邢让他带着去找这个"别人"，并问是几个"别人"；"柳永"却只交代了青面兽杨志，说并无别人；并提出一个条件，带老邢找到青面兽杨志，老邢就放过他。"柳永"说这话，也打着小算盘，他只招青面兽杨志，不招曹哥鸭棚里的人，就无大事。何况青面兽杨志，并不是鸭棚的人；对于鸭棚，他是个外人。老邢答应了他，于是他带老邢去了石景山。本来，青面兽杨志欠鸭棚曹哥等人的钱，过去崔哥也带人来过这里，青面兽杨志皆出外作业，来去无踪，没有遇上；今天，青面兽杨志一是为了躲风头，

203

回到老窝感到保险；二是一直在折腾自己下边行不行，犹豫找"鸡"不找"鸡"，离开住处，也离住处不远；他正蹲在马路牙子上犹豫找不找时，被"柳永"发现了。一路上，青面兽杨志只知跟着甘肃那三男一女，不知后边还跟着老邢。正是因为老邢，又让甘肃那三男一女，在青面兽杨志眼皮底下逃脱了。

老邢抓住青面兽杨志，并无对他动粗，而是带他钻出地铁，找了一街角饭馆喝酒。老邢亮明身份，原来他不是警察，只是一个调查所的调查员，青面兽杨志倒不紧张了。只是可惜跑了甘肃那三男一女。两人就着菜，喝了几杯二锅头，青面兽杨志发现，老邢这人有膀子蛮力气，性情倒温和，说起话来，不时一笑；但他说话也绕，说了半天，不说找青面兽杨志的目的，先说自己是邯郸人，又问青面兽杨志是哪里人，又感叹大家在江湖上混，都不容易；全是些废话。青面兽杨志心里藏满了事，无心与他兜圈子，打量饭馆，开始焦躁，这时老邢突然问：

"一直跟着车上那几个人，你要干吗？"

原来他知道自己也在跟人。也是喝了几杯酒，也是几天来事事不顺，让青面兽杨志窝心；也是这些天无人说话；跟熟的人没说，跟一个陌生人，将那天在东郊小屋的遭遇，一五一十，从头至尾，跟老邢说了。但也掐头去尾，略去偷刘跃进那包没说，略去后来又去偷贝多芬别墅没说，单说自己在东郊小屋这段遭遇；这中间又掐去重点，略去自己下边被吓住了没说，单说自己的包被抢了。老邢听后，安慰他：

"丢一个包，不算大事。"

又说：

"这几个人还算好的，有的为了灭口，为了几百块钱，就把人杀了。"

这时青面兽杨志火了，也顾不得许多：

"好个屁！"

顺嘴秃噜，把自己下边被吓住的事，也给老邢说了。老邢听后，先是愣住，接着偷偷一笑；见青面兽杨志要跟他急，忙转换脸色，严肃指出：

"这还真是件大事。"

青面兽杨志怒气冲冲，指着老邢：

"都怪你，要不是你今天横插一杠子，我准宰了他们！"

老邢又安慰他：

"事到如今，宰他们没用，该去看心理医生。"

青面兽杨志的火被拱上来了，开始不耐烦：

"咱废话少说，说你为啥找我吧！"

老邢伸出一只手往下按空气：

"兄弟，消消气，咱俩好说好散，我只跟你做个小生意。"

青面兽杨志倒一愣：

"啥生意？"

老邢：

"昨天晚上，你是不是到贝多芬别墅偷过东西？"

听到这话，青面兽杨志浑身一颤；绕了半天，原来他是为了昨天晚上的事；原以为昨天逃了也就逃了，没想到今天事情就发了。这时又怀疑老邢的身份，浑身又紧张起来；也不发火了，嘴里有些磕巴。一开始还想装傻：

"哪个别墅？昨天晚上我没出去呀。"

老邢"噗嗤"笑了。这一笑，青面兽杨志又心虚了，看也背不住他，只好承认。但说：

"去是去了，偷的时候，被人发现了，啥也没偷着。"

老邢用手比画：

"这么大一手包，女人用的。"

青面兽杨志又一愣。看来他什么都知道了。老邢又用手比画：

"手包就不说了，里边有一东西，这么大一点，U盘。"

接着掏出自己的钱夹子：

"把它给我，我给你一万块钱。这生意划算吗？"

青面兽杨志愣在那里。接着叹口气：

"划算是划算，可东西不在我手里呀。"

206

该轮到老邢吃惊了。老邢忙问：

"在哪儿？"

青面兽杨志：

"偷的时候，我被发现了；逃的时候，把东西扔了，可能被另一个王八蛋捡走了。"

老邢一惊：

"什么人？"

青面兽杨志反问：

"U盘里是什么？重要吗？"

老邢：

"里边的东西，对我们不重要，对别人重要。"

青面兽杨志：

"什么人？"

老邢这时急了：

"是我问你，还是你问我？捡包的是什么人？"

青面兽杨志又开始装傻：

"当时胡同里黑灯瞎火，没看清他长得什么样。"

老邢一愣，知道青面兽杨志在耍花招；这时叹口气：

"看来我错了，我拿你当朋友，你没拿我当朋友。"

又说：

"好好想想，把他想出来。"

又说：

"想出来，帮我找到他，也给你一万；想不出来，咱就在这儿一直想。"

青面兽杨志头上开始冒汗。他说：

"我能去趟厕所吗？"

老邢看看他，又看看他搁在桌上的手包；手包虽然是化纤的，但也鼓鼓囊囊，很重的样子；老邢以为他要背着他打电话，打电话老邢不怕，无非是与人商量划算不划算，便点点头。青面兽杨志站起往厕所走，路过餐馆门口时，突然出门跑了；连手包都不要了；转眼之间，消失在人海里。

老邢吃了一惊，怪自己有些大意。煮熟的鸭子，又让他飞了。知道追也无用，干脆也不追了。抄起青面兽杨志留下的手包，希望里边会有些有用的线索。谁知打开包，里边露着半截砖，不知是何用意；将这砖掏出来，扔掉，又从里边掏出六百多块钱；再往下摸，都是些乱七八糟的小锥子小钳子，还有一段钢丝，偷盗用的工具；从侧面夹层里，又摸出两个花花绿绿的盒子，打开，竟是进口的壮阳药；想起刚才青面兽杨志说下边被吓住的话，知道这倒不是假话。为了治病，这贼倒花了不少代价。老邢摇摇头，为了青面兽杨志，也为了自己，叹了口气。

第二十二章

老　邢

断掉青面兽杨志这条线，老邢寻找刘跃进，颇费周折。煮熟的鸭子飞了，老邢只好回到丢鸭子的地方。第二天一早，老邢又去了一趟卖外卖的餐馆，但"柳永"已经从那个餐馆跑了。这条线也断了。老邢只好去了贝多芬别墅，在别墅和别墅周围，重新调查。事情转了一圈，又回到原地。但老邢既没怪别人，也没怪自己；遇事"不着急"，既是老邢劝别人的话，也是劝自己的话。在贝多芬别墅也没调查出什么，保安知道的，和小区探头上留下的录像一样多；保安知道的，还没有录像知道的多。从录像上，仅能看出青面兽杨志揣着一包在逃。看一遍在逃，看一遍又在逃，对再次找到青面兽杨志毫无帮助。何况现在找到青面兽杨志已经不重要了，青面兽杨志逃跑的时候把包扔了，被另一个人捡着了，关键是找到另一个人。但另一个人是谁，录像上没有，保安也没见过；青面兽杨志见过，青面兽杨志又逃了；想再次找到逃过的人，比第一次找他难多了；事情没个头绪，倒让老邢发愁。离开贝多芬别墅，老邢又到周边胡同调查，胡同里的住户，胡同口修自行车的、烤白薯的、崩爆米花的、钉皮鞋的、卖煎饼的、卖煮玉米的，全问到了，没有一个人知道那天晚上发生的事。不知道就对了，大半夜发生的事，住户该在家睡觉，修自行车的、烤白薯的、崩爆米花的、钉皮鞋的、卖煎饼的、卖煮玉米的，也该回家睡觉；半夜不出来正常，半夜出来反倒不正常了。老邢折腾到半下午，毫无收获。老邢叹口气，又怪自己昨天晚上在饭馆有些大意，抓到了青面兽杨志，又让他跑了。说是不后悔，还是后悔。说是不着急，还是着急。在贝多芬别墅和周边没有收获，老邢又想去石景山一带调查；欲再次逮住青面兽杨志，然后找到捡包那人；但他知道去也是白去，青面兽杨志知道老邢还会逮他，哪里还能再回老窝?左思右想，让人发愁；站起想走，拿不定主意该去何处。犹豫间，一个秃顶驼背的老头，弯着腰来到他面前。大概这老头耳朵有些背，说话声音也大:

"看你好半天了，找人对吧?"

老邢看这驼背老头，点点头。驼背老头：

"找的不是好人吧？"

这话有些笼统，老邢不知该如何回答，但也点点头。老头：

"我知道这人是谁。"

老邢绝处逢生，一阵惊喜：

"大爷，告诉我他是谁，我给您买一条烟。"

驼背老头瘪着嘴，像老邢平时偷笑一样笑了：

"年轻人，欺我糊涂是吧？我琢磨着，你发这么大的愁，不是件小事。一条烟能打发，你早抽烟去了。咱得做个小生意。"

老邢一愣。老头不说做生意，老邢还不太在意；老头说要做生意，老邢觉得这事有些苗头；问：

"大爷，您的意思呢？"

老头伸出三根手指头。老邢：

"三百？"

老头这次生气了：

"你是真想知道，还是假想知道？"

老邢明白老头说的是三千。同时明白这老头不是省油的灯。但灯不省油，才能高灯下亮。两人讨价还价，说到一千五，驼背老头领老邢往胡同里走。转过一个墙角，到了老头的家。原来他是这儿的住户。院子是个大杂院，里三层外三层，住着七八户人家。走到最里层，挨着一垛煤球，搁着一破自行车。老头指着自行车：

"这是贼落下的。"

又唠叨：

"我夜里睡不着，爱出门溜达。前天半夜出来，碰到一人在胡同里躲着，就觉得他不是好人。回到家里，没敢再睡。半个钟头后，外边有人在跑；我出来，俩人跑了过去，一看就是贼。人我是追不上了，捡了这辆自行车。"

老邢有些失望：

"大爷，光看一自行车，找不到贼。"

老头有些得意，从自行车座下，掏出一张破报纸；抻开这报纸，报尾巴空白处，歪歪扭扭写着几个字：顺义猪场老李，下边是一串手机号码。老头指着这字，断然说：

"这贼不是别人，就是猪场老李。"

老邢接过这报纸，看这人名和手机号码，知道这贼不是猪场老李；谁也不会把自个儿的名字和电话记到报纸上，又放到自行车座下；但想着这贼记这名字和号码，肯定和猪场老李有联系。本来线索断了，现在总算又接上了。更重要的是，昨天晚上，青面兽杨志骑的是外卖车，外卖车落在了严格别墅外草丛里；这辆自行车在胡同里，就不是青面兽杨志落下的，而是另一个捡青面兽杨志包那人落下的。老邢惊喜之下，没再啰唆，掏出一千五百块钱，递给老头，推上这自行车走了。出门给猪场老李打了个电话，电话竟通了。老邢说自己想买猪，朋友介绍他找老李。老李是个哑嗓子，倒没含糊，告诉他猪场的位置，原来就在顺义枯柳树；说远，也不远，说近，也不近。老邢开辆二手本田车，将这自行车放到后备厢里，张着盖子，去了顺义枯柳树猪场。到猪场找到老李；原以为杀猪的，哑嗓子，该是红脸汉子，谁知是个豆芽菜一样的瘦男人。老李问他，谁介绍他过来买猪，老邢从后备厢搬下那自行车，问老李认识不认识它。老李脱口而出：

"这不是河南刘跃进的车吗？"

老邢接着问刘跃进的地址，老李马上警惕起来，明白老邢与刘跃进并不认识，老邢也不是来买猪的；老李不再热情，愣眼问：

"找他干吗？他的自行车，咋到了你手里？"

老邢笑了：

"昨天夜里，去一朋友家。回来路上，霄云桥下，捡到这车。车倒没啥，后座上还夹一包，里面还有些东西，怕他着急；从车座下边，发现一张报纸，上边写着你的电话，便找你来了。"

又说：

213

"我想，他昨晚上是喝醉了。"

又从自行车后座下掏出报纸让老李看；又从本田车里，拿出昨天青面兽杨志的手包，当作刘跃进的包让老李看。老李还有些狐疑，老邢说：

"现在不兴好人，做回好人，还让人生疑。要不我把这自行车和这包放你这吧，你给这刘跃进送去。"

见老邢这么说，老李才相信了；这时摆着手说：

"你找的麻烦，你自个儿解决；这刘跃进，是一工地的厨子，工地在国贸后边，河南建筑队。"

老邢开车回到城里，转过国贸桥，远远看到一片建筑工地。其中一栋大楼，已盖到七十多层，大楼外挂着一安全标语，落款竟是严格的公司。老邢又笑了，原来严格老婆丢的包，就落在严格的工地；真是大水冲了龙王庙，一家人不识一家人。但老邢没有告诉严格，直接去了工地。来到工地，竟进不来，被看料场的老邓拦下了。老邓夜里看料场，白天也兼看大门。如是找别人，老邓问清楚也就放进去了；说是找刘跃进，老邓问清楚又拦住了老邢。因老邓与刘跃进平日不大对付。不对付不是两人有啥过节，或你欠我钱，我欠你钱，而是俩人不对脾气。加上老邓失眠，昨天夜里给刘跃进传电话；没传电话就睡不着，传完电话就更睡不着了；夜里睡不着，白天就没精神，正在丧气；便把这丧气发到了老邢身上。先是愣着眼睛问：

"找他干吗？"

又说：

"找工地的人，先得通过我们领导。"

没让老邢找刘跃进，把老邢带到了工地包工头任保良的小院。任保良正蹲在小院枣树下生闷气。他刚跟几个闹事的民工吵过架。民工闹事不为别的，和刘跃进那天上吊一样，为任保良欠他们工钱。任保良也不想欠他们钱，但任保良手里也没钱，严格欠着任保良工程款。任保良对刘跃进本来就不满；任保良对刘跃进不满，并不是从现在开始，是从食堂买菜开始；也不是从食堂买菜开始，而是从两年前，刘跃进背后说他坏话，气就憋在心里；这几天刘跃进请假不上班，整天鬼鬼祟祟，到街上乱窜，以为他学坏了；只是任保良一脑门子官司，没工夫搭理他；现在见一个陌生人来找刘跃进，便认定老邢也不是好人。眼睛都没抬，问得跟老邓一样：

"找他干吗？"

事到如今，老邢只好端出严格，说是严格的朋友，为了一件小事，找刘跃进问句话。任保良听到"严格"二字，态度马上变了。同时也糊涂了，一个工地的厨子，怎么跟严格的朋友挂上了？虽然变得热情了，但又埋怨严格：

"严总太不像话了，工程款和材料费，拖了大半年了。再

215

拖，该暴动了。"

又说：

"明天，我也像工人闹我一样，到他们家闹去。"

老邢一笑：

"回去，我一定帮你催催。"

听说老邢帮他催钱，任保良高兴了。撇下看大门的老邓，自个儿带老邢去找刘跃进。待到了食堂，到了刘跃进的小屋，门上挂着一把锁，刘跃进却不在家。

刘跃进又到街上找贼去了。从昨天到今天，又找了两天，再没找到青面兽杨志。也不能说是两天，昨天耽搁了一天，没找贼，就顾找儿子和他的女朋友了。如果儿子也算贼的话，也可以叫找贼。昨天中午，刘跃进回到小屋，发现儿子偷他之后，慌忙又去了北京西站。找儿子不为追那泔水钱，还有儿子和他女朋友拿走的那个手包，而是正在气头上，想踹他两脚，教训教训他；连爹都敢偷，到了别处，还不杀人放火？又怀疑儿子偷他，是他女朋友教唆的；昨天对她还客气，今天找到她，也当面质问一番。把东西拿回来事小，出口恶气事大。待到了北京西站，同一个火车站，白天和晚上，又不一样。广场上，候车室，熙熙攘攘，人挤人，竟没个下脚的地方。在广场和候车室转了八遭，看着人头有千百万，没有一个是他儿子和他的女朋友。也有几对看着像，一阵惊喜，待扑到近前，却又不是；或背后看着像，转到前面，又不是；就像前几天在街上找贼一样。也不知儿子跟他女朋友已经坐上了返回河南的火车，或是没来火车站，又去了别处。昨晚喝醉了，中午发现被儿子偷了，一下把酒吓醒了；一醉一醒，有些陡然；现在酒劲第二次涌上来，又不同于前一次；前一次脑袋是晕，现在开始疼，像斧劈一样疼。但刘跃进忍着疼，一直找到深夜十二点，火车站的列车全部发车了，火车站由白天的喧闹，又还原成夜里的冷清，广场上睡满了人，才叹口气，一屁股坐到进站的台阶上。今天早起，刘跃进不找儿子了，重新开始找青面兽杨志。在找人的问题上，刘跃进又掂出孰轻孰重。赶紧找到贼，又比找到儿子重要。或者，刘跃进丢的包，比刘跃进捡到的包，还有那一千多块钱泔水钱重要，也就顾不上再理儿子了。白天去了邮局，去了服装市场，去了公交站，去了地铁口，去了前天晚上跟踪过去的东郊胡同；没有。晚上，又去通惠河边的小吃街。前天晚上在这里找到了青面兽杨志，当时他知道贼在那里，贼并不知道他从这里跟踪；盼着青面兽杨志，今天晚上还去老地方。通惠河边灯火通明，河水向东流着，水中映着左岸的高楼大厦，尽显都市繁华。刘跃进在小吃街转了八遭，哪里还有那贼的影子？这时知道贼受了惊吓，不知躲到哪里去了，找也是白找，叹了口气，返回建筑工地。待回到建筑工地，回到食堂，

217

打开自己小屋的门，进去，开灯，关门，门"咣当"一声被踢开，进来两个人：一个是包工头任保良，一个是老邢。原来老邢一直没走，就在建筑工地等着刘跃进。听说他是严格的朋友，任保良还管了他一顿晚饭。吃饭时，任保良又问他为啥找刘跃进，这回老邢没瞒他，把自个儿替严格找包的事说了。但只说了一个大概，并不具体。但这大概，已经让任保良很吃惊。刘跃进不认识老邢，看一个陌生人来找他，有些吃惊。刘跃进还没吃惊完，任保良已经急了：

"刘跃进，咱俩认识这么多年，你说的哪句话是实话呀？"

刘跃进弄不清他们的来路，问：

"咋了？"

任保良：

"你说你被人打了，我准你几天假，让你去看伤；你是去看伤呀，还是去当贼？你都由食堂，偷到社会上了？"

刘跃进仍不明就里，看任保良，看老邢。老邢这时说：

"我是调查公司的，帮朋友找一东西。前天夜里，你是不是捡到一包？"

一提包的事，刘跃进马上警觉起来。这事终于发了。自己的包还没找到，别人找包，找到了自己头上。但那包，现在也不在他手里，又被他儿子和女朋友偷走了。刘跃进的第一反应是装糊涂：

"啥包?找错人了吧?"

又看任保良一眼,对老邢说:

"我丢包了,没捡包呀。"

接着对任保良说:

"这几天,我除了看伤,就是找包。我不偷东西。"

老邢摆手:

"没人说你偷东西。包不重要,里边有个 U 盘,拿出来就行了。"

老邢本想说,拿出 U 盘,就给刘跃进一万块钱;一是有任保良在场,不好这么开口;二是有了青面兽杨志的教训,昨晚在餐馆里,也许因为说到钱,才惊着青面兽杨志;所以暂时没说。刘跃进一是不懂 U 盘,二是不知老邢为何找它,继续装傻:

"啥叫 U 盘?"

又多了个心眼,问:

"值钱吗?"

老邢还没说话,任保良抢先插进来:

"太值钱了,把你卖了,都没它值钱。"

又指着老邢:

"这是严总的人,你说话可要负责任。"

任保良越这么说,刘跃进越不敢说自己捡了那包。同时明白，原来那贼偷的是严格家。严格是任保良的老板，这事就更不能承认了。刘跃进继续装糊涂：

"不知你们说的是啥。"

又装作很急的样子：

"你们要不信，就这么大地方，你们翻。"

说着，将地上坛坛罐罐的盖子，都揭开了。任保良又要急，被老邢拦住：

"要捡了，别害我另搭工夫，U 盘里没啥，有些严总的照片，童年的，显得珍贵；别人的照片，你留着没用。"

刘跃进一口咬定没拿。这时任保良又跟刘跃进急了。但这时急的不是老邢找的那包和 U 盘，也不是刘跃进平日偷东西，而是怀疑刘跃进这两天又在背后说他坏话；上回刘跃进为要工钱，跟他闹过上吊；今天几个闹事的民工，说不定也是受了刘跃进挑唆。刘跃进红头涨脸，说自己这几天只顾找包，并不在工地，如何挑唆？看两人在那里吵架，老邢又犯了疑惑，他疑惑这包和 U 盘，到底在谁手里。或是眼前的刘跃进说了谎，或是昨天晚上青面兽杨志说了瞎话，包还在青面兽杨志手里；不然在餐馆里，两人说着说着，青面兽杨志为什么逃呢？连自己的包都不要了。

第二十三章

青面兽杨志

　　老邢和任保良走后，刘跃进有些发慌。连刚才他跟任保良急，都是假的。有俩包的事在，他跟任保良的纠葛，就显得无足轻重。刘跃进发慌不是发慌这些天的遭遇，而是感觉整个事情在变，事情在由一件事，变成另外一件事。刘跃进插上门，身子顺着门蹲下，吸着烟，开始理这些头绪。六天前，刘跃进丢了个包，包里有四千一百块钱；钱不重要，重要的是，包里有一张离婚证；离婚证也不重要，重要的是，离婚证里，夹着一张欠条；欠条上，有六万块钱。这六万块钱，是六年前用老婆换来的。在这六万块钱身上，刘跃进还藏着许多想法。包丢了，他开始拼命找这包。找了几天，包没找到，又捡到个

221

包。但这包就在他手里路过一下，又被他儿子偷走了。头一个包丢了，他在找人；待到捡了个包，事情就变了，开始有人找他。谁丢了包都会找，但找和找大不一样。刘跃进丢了包，是一个人在找，没人帮他；也想找人帮，譬如找了警察，警察不管；找了曹哥鸭棚的人，却被光头崔哥等人打了一顿；捡到个包，没想到这包是严格家的，来找刘跃进的，却不是一个人；调查所的，任保良，都出动了。他们找包，像刘跃进找包一样，并不是为了这包，而是为了找包里的一个东西；刘跃进是为了找里边的欠条，他们是为了找里边的 U 盘。这个包被儿子偷走了，U 盘并没被偷走，就在刘跃进身上。当时翻包时，觉得它稀罕，顺手装了身上。像老邢说的，这东西对刘跃进没用，有人在找，把它交出去就完了，刘跃进却觉得事情没这么简单。老邢说，所以找这 U 盘，是因为里面有些严格童年的照片，刘跃进当时就觉得他在扯谎，谁也不会因为几张照片兴师动众，这么说只是一个幌子，试探一下刘跃进是否捡到这包；如果捡到，再说别的。刘跃进翻严格老婆包时，除了翻出些女人的东西，还翻出好几张银行卡，他们肯定是在找这些卡；而这些卡，却随着那包被儿子偷走了。卡没有密码就是个卡，取不出钱，如这包还在刘跃进手里，还给他们也不是不可以，问题是包不在刘跃进手里，如要找这些卡，先得找刘跃进的儿子；刘跃进儿子却回了河南。或者他们不是在找卡，在找别的东西。不管找什么，都得先找到刘跃进的儿子。刘跃进不是怕帮人找儿子，而是担心因为找儿子，会耽误他继续找贼。同样是找包，孰轻孰重，刘跃进心里有个计算。不管严格他们在找什么，最后，肯定跟钱有关系。同样是钱，几百万几千万对于严格他们不算什么；六万块钱，却连着刘跃进的命；丢包那天，刘跃进差点儿上吊。不能因为捡包的事，耽误找包的事。这才装糊涂没说。但刘跃进也知道，凭装一回糊涂，这事不会完。既然这事跟刘跃进挂上了，它只会越变越大，不会越变越小。当务之急，是赶紧找到自己的包。但偷他包那贼，如今躲到哪里去了呢?本来找到了他，又让他跑了。第二回找贼，就比第一回难多了。刘跃进越想越愁，躺在床上，半夜没有睡着。凌晨四点，才迷糊过去。好不容易睡着，又连着做了仨噩梦。头一个梦在河南老家，一条狗在村里追他，怎么跑也跑不脱；上到二大爷家的树上，那狗竟也会爬树，"吧嘚儿"一口，咬住了他的腿，猛地醒来。第二个梦，落到水里，本来会浮水，现在双手在水上乱抓，身子却往下沉；岸上站着许多人，在开大会，无一人发现他；他喊"救命"，岸上大喇叭里的声音，把他的声音盖住了。第三个梦，又在北京大街上找贼，大街小巷，都找不见，自己找出一头汗。路过天安门广场，突然发现，青面兽杨志，就骑在天安门楼顶的琉璃瓦上，笑嘻嘻地向刘跃进招手。刘跃进大喊"抓贼"，青面兽杨志"扑通"一声，跳进金水河，变成一只蛤蟆游走了。刘跃进大叫，有人从身后拍他，他扭脸一看，这人不是别人，正是青面兽杨志。刘跃进一把抓住他：

"可找到你了！"

但担心又是在梦里；既担心青面兽杨志挣脱，又担心梦走了，双手抓住青面兽杨志死死不放；青面兽杨志还说：

"醒醒，醒醒，疼死我了。"

刘跃进醒来，大吃一惊，那青面兽杨志，原来就坐在他的床头。刘跃进以为还在梦里，但左右一看，正是工地食堂，正是自己的小屋；这时有些愣怔。自己一直在找他，他怎么自动到了自己面前？

青面兽杨志却是主动找到了刘跃进。两人的交往，开始于六天前，开始于慈云寺邮局门口。当时青面兽杨志本不想偷他，看他在呵斥一个卖唱的老头，又说自己是工地老板，两下气不过，才加班下了手。待把包偷到手，在厕所打开，里边有四千一百块钱；四千一百块钱也不算少，但与他的期望，还差一大截，当时还有些失望。但转头就把这事给忘了。待他到贝多芬别墅偷东西，又偷了一个包，胡同里撞上刘跃进，情急之下，用这包砸刘跃进，被刘跃进把这包捡走了。但也就是个包，事后他也没在意。不在意不是不在意这事，而是正在意自己下边，接连几次不行了；后来又忙着跟踪张端端和那三个甘肃男人；把这包的事给忘了。追踪中，老邢横插一杠子，把他抓住。原以为他抓他为了别的事，谁知是为了他偷的第二个包。原来不觉得这包特殊，老邢却不是找包，是找里边的一个U盘。为了一个U盘，老邢宁愿出一万块钱。老邢事后后悔得对，不说这一万块钱还好，一说这一万块钱，青面兽杨志马上意识到这事大了。人找东西给一万，这东西肯定值十万，或五十万。青面兽杨志工作之余，也玩电脑，懂些U盘，不定里边藏些啥呢。十万五十万的东西，只给人一万，生意不能这么做。这不把人当傻子了吗?本想与老邢讨价还价，看老邢虽然爱笑，不是一个好打交道的人；爱笑的人，都不好打交道；地铁里被他攥过胳膊，知道这人不善；同时U盘不在他手里，也没资格与人讨价还价；于是借口去厕所，出门逃了。逃不是为了逃，而是和老邢一样，欲找到那个U盘；待找到U盘，再与老邢理论。但要找到U盘，先得找到捡那包的工地包工头。刘跃进本在找他，现在他反过来开始找刘跃进。好在知道他是建筑工地的包工头，河南口音；当时他呵斥河南老头时，手指的建筑工地，就在邮局附近。但邮局附近，有好几片建筑工地，不知他指的到底是哪一个。青面兽杨志只好假装是个材料商，挨个去问。见一个工地的老板，不是刘跃进；又见一个，还不是。一天下来，青面兽杨志去了八个建筑工地，见了八个包工头，都不是刘跃进。青面兽杨志这时有些发愁。突然想起，前天晚上，刘跃进为何会在贝多芬别墅的胡同里堵住他，一定是像他跟踪甘肃那三男一女一样，跟了自己一段时间。从哪里跟起呢?想起那晚的源头，想到了通惠河边的小吃街。猜想刘跃进如今也在找他，上次在小吃街找到了他，说不定今天还会去那里；便也去了通惠河小吃街。到了小吃街，一阵惊喜，果然，刘跃进正在人群之中，东张西望找人。刘跃进上次在这里找到了青面兽杨志，以为青面兽杨志没发觉，才又来这里碰运气；没想到青面兽杨志分析出源头，反在这里找到了他。刘跃进只知道他在找青面兽杨志，不知道青面兽杨志也在找他。青面兽杨志本想与捡包的人见面，大家把事情说开，共同做个小生意；那人丢的包里只有四千多块钱，而他捡的包里，却藏着十万五十万的东西，他却不知道；告诉他，知道了，两个包的事全都解决了；但现在他找到了刘跃进，刘跃进却还在找他，并且不知道他在找他，青面兽杨志又改了主意，不想与刘跃进见面，想将刘跃进捡的包再偷回来，十万五十万的生意，自己跟老邢做去；于是躲在铁桥后，等着刘跃进。刘跃进找了半夜一无所获，开始回建筑工地；找了一天又没找到贼，有些扫兴，不知道贼就跟在他的身后。青面兽杨志跟他到建筑工地，不禁一笑；原来这建筑工地，青面兽杨志白天也来过。刘跃进走大门，青面兽杨志悄悄翻过围墙，又跟他到食堂，看刘跃进开小屋的门，才知道刘跃进并不是工地老板，只是一个厨子；那天在邮局门口，也是吹大话。青面兽杨志躲在不远的材料场，单等刘跃进睡下，进屋偷包。这和在邮局门口偷包不同，那回是偷，这回的包本来就是青面兽杨志的，被刘跃进捡走，现在再偷回来，就多了几分理直气壮。没想到的是，刘跃进前脚刚进屋，老邢和任保良，后脚就闯了进去；把青面兽杨志吓了一跳。这时明白，老邢几经辗转，也找到了刘跃进；这个老邢，果然不善；担心老邢在他之前，把包从刘跃进手里拿走。先是着急，接着开始后悔，早知这样，不如在通惠河小吃街与刘跃进见面，大家把事情说开了。接着听到小屋里吵架，接着看到老邢和另一人空手出来，另一人还在与刘跃进吵，便知他们没有拿到包，嘘了口气，又放下心来。等刘跃进屋里熄了灯，青面兽杨志还没下手，一是要等刘跃进睡着，同时他躲在料场，看料场的老邓夜里失眠，一会儿出来一趟，一会儿出来一趟，嘴里骂骂咧咧；青面兽杨志躲在老邓屋后，屋后是个死角，怕出来被老邓发现。终于，到了凌晨四点，老邓屋里传出鼾声；老邓今晚终于睡着了；青面兽杨志才溜出屋后，溜出料场，来到食堂，来到刘跃进的小屋后身，用钢丝拨开后窗户，跳了进去。看刘跃进在床上睡着了，睡梦里，像料场的老邓一样，嘴里不断骂人，偷偷一笑，开始在这小屋摸着。抽屉、箱子、床下、地上的坛坛罐罐，都摸到了，没有那包。又大着胆子摸刘跃进的床头，还是没有。这个厨子，把那包藏到哪里去了呢?青面兽杨志倚在刘跃进床头，有些犯愁。像上个月去"忻州食府"偷东西的贼，蹲在老甘床边犯愁一样。看看窗外已经泛白，天快亮了，青面兽杨志等不得了，只好上去将刘跃进拍醒，与他一块儿商量这事。刘跃进醒来，一开始有些愣怔；等明白过来不是在梦里，而是在现实，一把抓住青面兽杨志的前襟，嘴里喊着：

"×你姐，可抓住你了。"

又喊：

"快还我包，里边有六万块钱。"

青面兽杨志知道刘跃进说的是他丢的那包。一是被刘跃进死死抓住，他不但抓住前襟，由于抓得猛，胸脯上，也被他抓出几个血道子，正往外渗血；又听刘跃进说包里有六万块钱，马上也急了：

"啥六万块钱？你那破包，能装六万块钱？讹人呀？知不知道有实事求是这个词？"

刘跃进急着：

"我说的不是钱，里边的离婚证呢？"

青面兽杨志倒愣了：

"啥离婚证？"

刘跃进也觉得自己说乱了，但也顾不得了：

"我说的不是离婚证，里边的欠条呢？"

青面兽杨志更愣了：

"啥欠条?除了钱，我没管别的。"

又说:

"钱我也没得着，那包，又被几个甘肃人给抢走了。"

刘跃进听说他的包并不在青面兽杨志手里，又被另外的人抢了；好不容易抓住青面兽杨志，还是找不到那包；或者，找到那包就更难了；一阵急火攻心，"咕咚"一声，又倒到床上，竟昏了过去。弄得青面兽杨志倒慌了手脚，上去拍刘跃进的脸:

"醒醒，你醒醒，还有事儿比这重要，我那包呢?"

第二十四章

瞿　莉

严格和瞿莉严肃地谈了一次。严格年轻时认为，判断夫妻吵架的大小，以其激烈的程度为标准。小声，还是大声；吵，还是骂；是就事论事，还是从这件事扯到了另一件事，从现在回到了过去，将过去的陈芝麻烂谷子，全抖搂出来；或从个别说到一般，从一件事推翻整体；又由骂到打、踹、撕、抓、咬，最后一句血淋淋的话是：

"×你娘，离婚！"

严格年轻时，也和瞿莉这么吵过。瞿莉年轻时文静，但文静是平日，吵起架来，并不违反吵架的规律。严格发现，不仅严格，周围的朋友，都这么吵。严格过了四十岁才知道，这么吵架，这么判断，由这么判断，引出这么吵架，太没有技术含量了。真正的激烈，往往不在表面；骂、打、踹、撕、抓、咬，吵完后，竟想不起为什么撕咬；待过了这个阶段，遇事不吵了，开始平心静气地坐下来，一五一十，从头至尾地讨论这事，分析这事；越分析越深入；越分析越让人心惊；谈而不是吵，出现的结果往往更激烈。大海的表面风平浪静，海水的底部，却汹涌着涡流和潜流。谁的私生活中，没有些涡流和潜流呢?表面的激烈是含混的，冷静地分析往往有具体目的。这时吵架就不为吵架，为了吵架后的结果和目的。激烈是感性的，冷静是有用心的；人在世界上一用心，事情就深入和复杂了；或者，事情就变了。这个人在用心生活，证明他已经从不用心的阶段走过来了。有所用心和无所用心，有所为和有所不为，二者有天壤之别。

严格和瞿莉现在的吵架，又与刚才两种状态不同。既过了表面激烈的阶段，又过了表面平静的阶段；二者过后，成了二者的混淆；大海的表面和底部，都蕴涵其中。这下就整体了。瞿莉激动起来，也骂，但已经不踹、撕、抓、咬了。但她过去踹、撕、抓、咬时，只为二人的感情，闻知严格在外边有了女人，或有了新女人，开始大吵大闹；现在不这么闹了，开始用心了，开始有目的了，开始在背后搞活动了。八年来，不知不觉，从严格公司切走了五千万。切走钱还是

231

小事，她还联手那个出车祸的副总，拍了那些录像。严格原以为那些录像是那个副手干的，为了将来控制严格；但他出车祸死了；这个车祸出得何等好哇。这时严格想起六年前，自己陪贾主任在北戴河海边散步；散着散着，贾主任突然自言自语："死几个人就好了。"当时还很吃惊，现在完全理解了。这个副手本来想害严格，谁知竟帮了严格。但严格万万没想到，这个副手的背后，还有瞿莉。瞿莉，是睡在自己身边的老婆。老婆如今仍跟他闹，仍闹他在外边搞女人；谁知背后还有不闹的，在切他的钱，在拍他们关键时候的录像。这是她现在闹和以前闹的区别。或者，这干脆超出了夫妻吵架，当然也就超越了过去两种吵架的范畴。或者，她将这两种状态运用得游刃有余，用激烈的一面，掩盖冷静的一面；用当面，掩盖背后；用夫妻关系，掩盖两人的利益关系。严格与女歌星的照片上了报纸，严格重演一遍生活是假的，原来她去那里调查也是假的。甚至，连她有病也是假的。这些都不重要，重要的是，关键时候，她坏了严格的事。严格和贾主任和老蔺的生意，本来就要做成了；谁知家里来了贼，将瞿莉的手包偷走了；一个手包并不重要，重要的是，手包里，也有一个同样的 U 盘。这 U 盘一丢，使整个事情又变了。贼可恶，搅乱了严格的阵脚；但贼后边谁是贼呢?就是他的老婆瞿莉。从丢 U 盘到现在，六天过去了，U 盘还没有找到。"智者千虑调查所"的老邢告诉他，贼本来找着了，但手包并不在他手里，又落到另一个人手里；另一个贼也找到了，但包也不在他手里，好像还在前一个贼手里。严格一方面怪老邢这邯郸人有些笨，能找到贼，却弄不准东西在谁手里；见老邢头一面时，对他的判断还是对的；同时明白，这个 U 盘，把事情搞得越来越复杂了；一件事，已经变成了另一件事；另一方面也开始焦虑，因为贾主任给他规定的期限是十天。为什么是十天呢?严格也搞不懂。但知道十天有十天的道理。从严格的角度，也是早比晚好；早一天拿到 U 盘，严格就能早一天起死回生；时间不等人。事情是由瞿莉引起的，但自丢了 U 盘，瞿莉却显得若无其事。严格一开始认为瞿莉不怕同归于尽，今天又发现，自己又上瞿莉的当了。瞿莉过去是用激烈掩盖冷静，这次杀了个回马枪，原来在用冷静掩盖激烈。像瞿莉背后搞他一样，严格背后也控制着瞿莉，通过他的司机小白，控制着瞿莉的司机老温，掌握着瞿莉的一举一动。今天早起，小白悄悄告诉他，老温告诉小白，瞿莉昨天晚上，让老温给她买一张去上海的机票；并嘱咐老温，不要告诉任何人；严格便知道瞿莉表面若无其事，背地里，也在等严格找这个 U 盘。看六天还没找到，以为找不到了，她要溜了；或改了别的主意。知她要走，严格却不打算放瞿莉走。因为他跟瞿莉之间，也有一笔生意要做呢；这笔生意，也等着这个 U 盘的下落。就是没有这笔生意，瞿莉现在也不宜离开北京。一是怕她节外生枝，二是等这 U 盘找到，除了与瞿莉做生意，他还准备跟她算总账呢。现在急着找 U 盘，顾不上别的；等这事完了，还要坐下来，一五一十，从头至尾，冷静地把事情重捋一遍；她能切钱和拍摄，还不定干过些啥别的呢。并不是怕瞿莉离开北京，到了上海，与她不好联系，而是担心她去了上海之后，又会去别的地方；或干脆逃了，那时就不好找了。找一个包都这么难，别说找老婆了。这些天光顾找包了。人跑了，就无法跟她算总账了。而瞿莉待在北京，他通过小白，小白通过老温，就能控制瞿莉。于是不顾出卖小白和老温，径直走到瞿莉卧室，明确告诉她，不准瞿莉去上海，不许离开北京。瞿莉先是一惊，明白自己被司机出卖了，但也没有大惊；本来正在梳头，放下梳子，点了一支烟说：

"咱俩要离了，就该井水不犯河水。"

严格：

"本来可以不犯，但 U 盘丢了，俩事就成一个事了。"

瞿莉站起身，拿起她新的手包：

"我要走，你也拦不住。"

严格想想，觉得瞿莉说得也有道理。单靠一个司机老温，并不能控制瞿莉；知道老温出卖了她，她可以撇下老温；只要站在大街上，大街上有的是出租车，她一招手，眨眼间就消失了。她要想消失，不去上海，在北京就可以消失。看瞿莉出门要走，严格上前拦住她，也是急了眼，进一步说：

"从现在起，你不能离开家一步。"

瞿莉也急了，推开严格：

"放手。"

严格却不放手。两人厮打在一起，好像回到了年轻时候。正在这时，瞿莉的手机响了。瞿莉推开严格，接这电话。听着电话，先是一惊，但又冷静下来，最后说：

"行，我去。"

然后合上手机，坐在床上，看着严格：

"我不去上海，就待在北京，行了吧？"

严格吃了一惊。吃惊不是瞿莉改了主意，本来要去上海，又不去了；本来要溜，又不溜了；而是吃惊这个电话。改主意不是因为严格，而是因为这个电话；联想她前些天到处见人，背着严格与人密谈，不知又在搞什么名堂；便问：

"谁的电话？"

瞿莉：

"一个朋友。"

转身去了卫生间，反插上门。严格一个人站在床前，有些发愣。

235

瞿莉刚才接的电话，却不是朋友打来的，是陌生人打来的。而且不是一般电话，是个敲诈电话。电话里告诉她，他捡到了瞿莉的手包，也见到了那个 U 盘，知道他们在找；如想拿回这个 U 盘，今天夜里两点，西郊，四环路四季青桥下，拿三十万块钱来换。并说：

"来不来由你。"

瞿莉先是一怔，并无多想，马上说"去"。那边便挂上了电话。瞿莉去了卫生间，再看来电，从号码开头，知是一公用电话。

打这电话的不是别人，是青面兽杨志；青面兽杨志打电话时，刘跃进就站在他的身边。今天凌晨，天快亮了，在刘跃进小屋里，青面兽杨志将刘跃进拍醒；刘跃进醒来，先是大怒；听说他丢的包又被甘肃人抢了，"咕咚"一声又昏了过去。再将刘跃进拍醒，青面兽杨志不说刘跃进丢的包，单说刘跃进捡的包；也没顾上说包，主要说里边的 U 盘。这个 U 盘，有人收购，能卖三十万五十万不等；让刘跃进把 U 盘拿出来；如刘跃进拿出 U 盘，两人一起去卖，卖的钱两人平分；就算刘跃进没说假话，丢的包里有张欠条，欠条上有六万块钱；就算这 U 盘不卖高，也不卖低，取个中间数，卖四十万；刘跃进分二十万，也比六万多出三倍多，还为丢包犯啥愁呢?青面兽杨志这么一说，将刘跃进说醒了，也明白青面兽杨志为何反过来找他；在青面兽杨志之前，老邢和任保良又为何找他。丢了个包，又捡了个包；原来觉得丢了的比捡了的值钱；翻捡那包时，还骂青面兽杨志不会偷东西；现在看，有这U盘在，还是丢了个芝麻，捡了个西瓜；丢了头羊，捡了匹马。真是福兮祸焉，祸兮福焉。心头竟一下轻松了。青面兽杨志见他回心转意，便知这事有了转机，特别强调说：

"这包，原来可是我的。"

刘跃进点头。但这时点头不是赞同青面兽杨志的说法，而是知道这U盘值钱后，他改变了主意。如果U盘不这么值钱，人来，他会拿出来；恰恰知道它值钱，拿不拿，他还要再想一想。或者：既然U盘这么值钱，U盘在刘跃进手里，刘跃进一个人就可以卖它，为啥跟青面兽杨志合伙呢?想的，跟青面兽杨志知道这U盘值钱，不要老邢那一万块钱，出餐馆逃跑一样；想的，跟青面兽杨志一开始不愿意与刘跃进见面，想将刘跃进捡的包再偷回来，四十万五十万的生意，自己一个人做去也一样。待想明白了，点过头，开始装傻嘬牙花子：

"你说的事好是好，可那包不在我手里呀。"

青面兽杨志吃了一惊：

"在哪儿?"

刘跃进：

"那天晚上，我只顾撵你了，没顾上那包。等我回去，包
早被人捡走了。"

这回轮到青面兽杨志差点儿昏过去。待醒醒，以为刘跃
进在说假话；刘跃进摊着手：

"刚才来俩人了，找过那包；刚才没有，现在我也变不
出来。"

是指老邢和任保良了。又说：

"刚才那俩人也说，拿出那盘，就给我钱；我要有这东
西，不早给他们了？"

老邢刚才没说给钱。但青面兽杨志想了想，觉得刘跃进
说得有道理。也不是信了刘跃进说的话，是信他刚才的摸。
就这么大一小屋，里里外外，坛坛罐罐都摸到了，没有；一
个厨子，还能把包放到哪里去呢？一个厨子，也不会看着钱
不挣；这才明白自己瞎耽误一场工夫。与其在这里瞎耽误
工夫，还不如另想办法，于是站起身要走。但刘跃进一把拽
住他，让他归还偷自个儿那包；还不了包，也得还他丢了的
六万四千一百块钱。青面兽杨志忧虑的是 U 盘，刘跃进追究
的是自个儿那欠条；青面兽杨志忧虑的是第二个包，刘跃进
纠缠的是第一个包。一个要走，一个拉住不放，两人厮打到
一起。青面兽杨志：

"放手，等我找到那盘，有了钱，自然会还你。"

刘跃进：

"你找那盘之前，先给我找回欠条。"

两人又厮打。突然，青面兽杨志想起什么，当头断喝：

"住手，有了。"

刘跃进吃了一惊，不由得住手：

"啥有了？"

青面兽杨志端详刘跃进：

"其实你也是个 U 盘呀。"

刘跃进不明就里：

"啥意思？"

青面兽杨志：

"你说你没捡那包，但大家都认为你捡了那包；刚才那俩人觉得你捡了，别墅那家人也会觉得你捡了；捡了就是捡了，没捡也是捡了。不管你捡没捡，咱都当捡了。当捡了，咱就能有钱。关键你要站出来，说自个儿捡了。"

刘跃进越听越糊涂：

"啥意思？"

青面兽杨志又拉刘跃进坐在床头，掰开揉碎给他讲；两人刚刚打过，转眼间又成了好朋友。既然 U 盘不在，青面兽杨志想买一个假 U 盘，一块儿去糊弄丢盘的人。刘跃进倒有

239

些发怵:

"这行吗?"

青面兽杨志叹口气:

"事到如今,只能死马当活马医了。"

想想也不妥:

"没见过真 U 盘,不知它长得什么样呀。"

又用拳砸刘跃进的床:

"也只好破釜沉舟,拣最贵的买了。"

刘跃进本不想这么做,因 U 盘就在他身上;但这时又转了一个心眼,想借青面兽杨志的假 U 盘,摸一下青面兽杨志卖它的路子;假的真不了,真的假不了;待摸清路子,再自己一个人去卖真 U 盘。便假意应承。说话间,天已大亮。青面兽杨志带着刘跃进,上街找公用电话。青面兽杨志偷贝多芬别墅那天,从储物间暖气罩里摸出瞿莉一盒名片,当时既奇怪一个名片,为何藏在暖气罩里;也稀罕那名片的模样,别的名片是四方形,它是三角形;拿出一张,装到自己身上。名片上,有瞿莉的电话。他按名片上的号码一拨,竟通了。青面兽杨志说捡了 U 盘,要跟瞿莉做个小生意,今夜两点,四季青桥下,三十万,一手交钱,一手交货。本想这盘可卖三十万,可卖五十万,也可卖四十万,全看怎么谈;但青面兽杨志说了个最低价。一是他手里并没有 U 盘,有些心虚;

同时知道老邢等人也在找这盘，如真盘被他们找到，三十万的生意也泡汤了。夜长梦多，早点了结，也能早点从这事脱身。得着这钱，他并不准备跟刘跃进平分，事情是他起头的，他该得大头；他吃肉，顶多让刘跃进喝点汤；得着这钱，也够还曹哥鸭棚的人了，从此再不会受他们的气，又成了自由身。他以为瞿莉会讨价还价，没想到瞿莉一口答应了；又觉得刚才把价儿说低了，也证明这个 U 盘真的值钱。但他放下电话，刘跃进发怵了：

"我以为你要干吗呢，这不是敲诈吗？"

青面兽杨志反过来给他做思想工作：

"啥叫敲诈？绑票才叫敲诈。有一东西，一人要买，一人要卖，叫生意。"

接着带着刘跃进去商场买 U 盘，拣了一个最贵的，九百多。刘跃进一看就知道买错了，不但模样与真盘不同，颜色也不一样；刘跃进身上的 U 盘是红色的，青面兽杨志买了个蓝色的。U 盘虽不真，但看事情越走越真，越滚越大，心里越来越害怕。他觉得东西不能这么卖；如是他一个人，他也不敢这么折腾；离了眼前这贼，还做不成这生意。接着又想，两人一块儿去做这个生意，如果生意做成，真 U 盘就在刘跃进身上，待那时，把真 U 盘拿出来，也不算骗人；青面兽杨志以假乱真，刘跃进却能变假为真；或者，没有闪失，就变

241

假为真；有了闪失，刘跃进也有退路，不白白丢了 U 盘；于是放下心来。晚上，青面兽杨志和刘跃进先坐地铁，又倒公交车，来到四季青桥下。四季青桥东，有一集贸市场，两人先躲在那里抽烟。夜里，集贸市场已经收摊了，周围倒显得清静。到了凌晨两点，一辆出租车开来，停下，下来一女的，拎着一提包，向四季青桥下走去。青面兽杨志一眼就认出，这是丢包的瞿莉。他偷看过她的裸体。瞿莉手里拎的包，似乎很重。青面兽杨志拍了一下巴掌：

"成了。"

又观察半个小时，看看左右无动静，让刘跃进跟他一块儿去桥下。事到临头，刘跃进又害怕了；腿有些哆嗦，迈不开步。刘跃进看着桥下的瞿莉：

"弄不好，得坐牢哇。"

又想不通：

"我丢了钱，咋改敲诈了呢？"

青面兽杨志上去踹了他一脚：

"看你这熊样，你看清楚，前边是钱，不是监狱。"

又说：

"谁家的钱，都不是大风刮来的。想挣大钱，总得冒些险。"

刘跃进突然改了主意：

"要去你去，我是不去。"

青面兽杨志看看刘跃进，看看桥下的瞿莉，又看看四周，仍毫无动静，便说：

"我一个人去也行，钱取回来，可就不是对半分了，得三七。"

又说：

"这样也好，假盘我就先不亮了，免得她怀疑；我就说，盘在你身上。"

一把攥住刘跃进：

"但你不能闪我。大家都知道，U盘就在你身上，待会儿我叫你的时候，你得站出来让她看一看。"

事到如今，刘跃进哆嗦着点点头。同时他也想接着观察一下，如生意不成，他挨着集贸市场，拔腿就能跑；如生意做成，他把身上的真U盘拿出来不迟。留着这东西也没用。青面兽杨志便一个人向桥下走去。这时他也改了主意，刚才对刘跃进说的话，也是假话。他看瞿莉没有开车，一个人坐出租车来；下车，出租车就开走了；证明她有诚意；既然有诚意，提包里的钱就是真的。瞿莉是个女的，青面兽杨志是个男的；事到如今，青面兽杨志不准备敲诈了，改为像甘肃那三男一女一样：抢劫。虽然没有技术含量，但也是情势所迫。既然身上的U盘是假的，他也不准备骗人了，双方也不用白费口舌了；见到瞿莉，二话不说，或一句话也不说，直接抢到那提包就跑。贼擅长跑路，一个女人哪里追得上他？窝囊胆小的刘跃进，青面兽杨志只好甩了他；虽然不仗义，也顾不得了。让他回去继续找他的包吧。算盘打定，抖擞一下精神，又像球星登上球场一样，全身的肌肉和关节，都到了临战状态。但令他没有想到的是，待他接近瞿莉，猛地把包抢到手，还没来得及跑，从大桥桥墩后，闪出几个大汉，为首是严格的司机小白，几个人猛虎扑食，将青面兽杨志捺到地上。但这些人明显不是瞿莉安排的，不但把青面兽杨志吓了一跳，也把瞿莉吓了一跳。瞿莉见自己的交易被小白等人搅了；被小白搅了，就是被严格搅了；原来严格又派人在跟踪自己，要先下手为强。青面兽杨志还在挣扎，瞿莉上去扇了小白一巴掌：

"这是我的事，你们给我滚！"

但小白不滚，小白带的几个人也不滚；小白挨了瞿莉一巴掌，开始报仇到青面兽杨志身上；照青面兽杨志身上、脸上，一顿暴揍。青面兽杨志马上鼻口出血；肋骨也被踹断一根，钻心地疼。小白：

"× 你妈，把 U 盘拿出来。"

青面兽杨志知道自己上了当；不是上了女主人的当，是上了另外人的当；不管上了谁的当，肋骨都断了。但他身上并没有他们要的 U 盘，便说：

"我没有 U 盘。"

又是一顿暴揍，又断了一根肋骨。青面兽杨志只好把身上那个假 U 盘掏了出来。小白和瞿莉一看，共同说：

"假的。"

这时瞿莉也跟青面兽杨志急了：

"你到底是谁？"

小白等人又踹青面兽杨志。这时青面兽杨志哭了，看着集贸市场：

"妈的，我上厨子的当了。"

几个人顺着青面兽的目光往集贸市场看，只见一个人从墙口跃起，撒丫子往胡同里跑。小白等人意识到什么，留一人捺着青面兽杨志，另三个人向集贸市场追去。

第二十五章

马曼丽　袁大头

　　三年前，马曼丽跟一个叫老袁的人好过。从"曼丽发廊"过两个街角，有一个集贸市场；老袁在集贸市场卖海产品。主要卖带鱼，也卖黄花鱼、鲅鱼、冻虾、海瓜子、海带、海苔等。老袁是浙江舟山人，当时三十七岁。马曼丽爱吃炸带鱼，常去老袁的摊位；老袁理发、洗头，也转过两个街角，到"曼丽发廊"来；一来二去，两人熟了。马曼丽去老袁的摊位，图的是个舟山带鱼；老袁到"曼丽发廊"来，图的却不是理发和洗头。两人好了以后，老袁告诉马曼丽，他喜欢她，除了喜欢她的身材，譬如腰；主要喜欢她的眼。马曼丽的眼睛并不大，细眯眼，没人说她的眼好看；但老袁说，细归细，那是平时；但发起怒来，开始上挑；这一挑，就不一般了，叫凤眼。弄得马曼丽倒有些怀疑：

"我这能叫凤眼吗？"

老袁断然说：

"还就是。"

老袁又说，他喜欢马曼丽，主要还不是因为眼，而是喜欢她看人的神情。老袁说，三十七年，他阅人无数，男的，女的，老的，少的，看人的神情各有不同，但有一点是相同的，八岁过后，眼睛开始浑浊；经历的每一件事，脑子忘记了，留在了眼睛里；三十过后，眼就成了一盆杂拌粥，没法看了。马曼丽的眼睛也浑浊，但看人的神情，还有一丝明亮，这就难得了。马曼丽又怀疑自己的明亮。老袁又说，他喜欢马曼丽，主要还不是因为她的神情，而是喜欢听她叹气。两人正说着话，说着说着，马曼丽突然叹一口气。谁有心事都会叹气，但别人叹气都是就事论事，一事一叹，目的明确，让人听起来一目了然，叹气就成了叹气；而马曼丽的叹气，并不这么功利，一口气叹出去，往往不是正说着的事，好像又想起许多别的，叹得深长和复杂，这就有意思了。透过一口气，能听出这人的深浅。老袁又说，他喜欢马曼丽，也不是喜欢她的叹气，而是喜欢她走路的样子，说话的声音，一颦一笑、俯仰之间的神态转换；一句话，喜欢的是整体，而不是个别；喜欢的是马曼丽与别的女人的不同，而不是相同。马曼丽倒被他说动了，当他是个懂女人的人，当他是个懂马曼丽的人；比马曼丽还懂马曼丽。马曼丽的丈夫赵小军，就不懂马曼丽；老袁看到的，赵小军全没看到；唯一看到的，是她的短处：胸小。一吵架就说：

"还说啥呀，你整个一男扮女装。"

马曼丽喜欢老袁，又与老袁喜欢马曼丽不同。老袁长个大脑袋，猪脖子，外号袁大头；身矮不说，上身长，下身短；都说江浙人清秀，老袁是个例外；这些都不讨人喜欢；老袁喜欢马曼丽是喜欢她的整体，马曼丽喜欢老袁却不喜欢他的整体，单喜欢他一条：说话。不是他说话入马曼丽的心，马曼丽才喜欢，马曼丽没这么功利；而是喜欢他说话的整体：幽默。老袁一说话，马曼丽就笑。同样的话，从老袁嘴里说出来，就跟别人不一样。也见过别的人幽默，一说话人就笑；但老袁又与这些人不同。老袁说话，你当时不笑，觉得是句平常话；事后想起，突然笑了；再想起，又笑了；第二次笑，又与第一次笑不同。马曼丽这时知道，别的人幽默叫说笑话，老袁幽默叫幽默。或者，这是幽默和幽默的区别。譬如，马曼丽头一回到老袁的摊位买带鱼，那时还不认识老袁；为了讨价还价，总得往下贬卖家的货色。马曼丽说：

"真敢要，鞋带一样的带鱼，五块五；那边一摊儿，也是

248

舟山带鱼，跟大刀片似的，才四块八。"

当然"那边一摊儿"，是顺口编出来的，为做一个旁证。如是别的卖主，会反唇相讥，或揭穿买主的谎话：

"那边摊上好，那边买去。"

老袁既不揭穿马曼丽的谎话，也不反驳马曼丽说自家的带鱼像鞋带，有些言过其实，而是说：

"大姐，真不怪我，怪当初给这鱼起名的人；带鱼、带鱼，就得跟鞋带似的；那边带鱼像大刀片，只能说它得了糖尿病，有些浮肿。"

当时也就是个讨价还价，打个嘴仗，马曼丽并无在意；待马曼丽拎着带鱼往发廊走，再想起老袁的话，"噗嗤"笑了；回到发廊煎带鱼时，"噗嗤"又笑了。

再譬如，老袁来"曼丽发廊"理发，这时马曼丽与老袁已经熟了。价目表上写着：理发五元。马曼丽说：

"别人五元，你得十元。"

老袁知马曼丽说他头大；老袁：

"嚯，以大小论呀?你该去开宠物店。"

马曼丽不明就里，问：

"啥意思?"

老袁：

"上回我去一宠物店，拳头大一狗，把全身的毛剃了，二百。"

马曼丽啐了他一口，才给他理发。老袁理完发走人，发廊前正好路过一拳头大的狗，被人牵着，马曼丽"噗嗤"笑了。夜里睡在床上，想起"全身的毛剃了"，"噗嗤"又笑了；这个老袁，说脏话，并不带脏字。

再譬如，两人开始好那天，头一回上床，因丈夫赵小军老埋怨马曼丽胸小，说她男扮女装；久而久之，马曼丽也觉得前边是个短处；脱了衣服，待解钢罩时，突然有些羞涩；老袁帮她解开，虽然有些吃惊，但没说它小，用手抚着说：

"东西不在大小，在它的用处。"

用嘴一下含满了。退出嘴说：

"大了，还真一口含不住，纯属多余。"

这回马曼丽当场"噗嗤"笑了。笑后，又哭了。

马曼丽的丈夫赵小军，与老袁比，就是另外一路人。不是因为赵小军，马曼丽还不会跟人好。马曼丽与赵小军结婚六年，好了前半年，坏了五年半；而且越来越坏。这跟日子过得穷富没关系；老袁只是个卖带鱼的，也不是百万富翁；主要还是合得来合不来。当然，也没跟赵小军过过富日子。赵小军一米七八，长胳膊长腿，大眼睛，白净，长得比老袁强多了。当初就是看上赵小军的长相，马曼丽才跟他结的婚。但婚后发现，长相只能撑半年，所以半年过去，两人开始说不着。赵小军是个二道贩子。二道贩子也有发了财的。或者，二道贩子做对了路子，更容易发财。但赵小军没有发财。没发财不是他不好好做生意，而是做事没有长性，总嫌发财慢，总是这山望着那山高。或者，本来要发财了，他走到半道烦了，狗熊掰棒子，丢手了；他赔了，钱让别人赚走了。这时又埋怨别人。他贩过烟，贩过酒，贩过大米，贩过皮毛，贩过猫狗……还差点儿贩过人。赚过，也赔过，本属正常；但赚了不是赵小军，赔了也不是赵小军；张狂和沮丧，都显得夸张。屁大一点儿的事，煞有介事。一年四季，皆穿个西服，晴天一身汗，雨天一身泥；好像世界上就属他忙。但这些并不重要。马曼丽最看不上他的，就是说话。赵小军说话，皆是就事论事；就事论事中，皆是直来直去；路在世上还知道拐弯，赵小军说话从不拐弯。直来直去，说话不会拐弯，不会说笑话，可以说他欠幽默；世上欠幽默的不只赵小军；问题是，两人吵起架来，赵小军又不就事论事，常把一件事说成另一件事；或把两件事说成一件事；不知是他脑子乱，还是故意的。这就不是直来直去了，这架也没法吵了。没法吵的架，虽是不同的架，主题会迅速向一起集中：皆是为了钱。本来不是钱的事，也变成钱的事。两人上了床，话题也开始集中：马曼丽的胸。每次干完事，赵小军都叹口气：

"我是跟女的干的吗?好像跟一男的。"

两人的日子，过得越来越没劲。一开始不知哪儿没劲，后来马曼丽想明白了，不是钱，不是胸，是没趣。如同机器短了润滑油，所有的轮子都在干转。两人互相不喜欢，但马曼丽和赵小军的区别是，赵小军不喜欢马曼丽只是个胸，马曼丽不喜欢赵小军是他的整体；不但整体不喜欢，个别也没喜欢处。三年前，赵小军喜欢上另外一个女人。这女人也是东北老乡，叫董媛媛，马曼丽跟她也认识。董媛媛在一家夜总会当会计。说是当会计，不知她每天晚上干些什么。她与马曼丽比，有一个明显的不同：胸大；箍住像对保龄球，散开像两只大白瓜。听说丈夫跟别的女人搭上了，马曼丽本该伤心和大闹，但马曼丽既没伤心，也没大闹，好像一下解脱了。看来这赵小军，还真是喜欢胸大。也是看赵小军往前走了一步，马曼丽才跟老袁好上了。一开始也许有些赌气，想着不能让自个儿吃亏；再想想，还是喜欢老袁说话。没听人这么说过话。为了一个说话，就跟人上床，马曼丽还是头一回。事后，还想不透这理儿。

　　马曼丽与老袁好了两年。中间还怀过一次孕，又做了流产。一开始两人偷偷摸摸；后来马曼丽离婚了，两人虽可以明铺暗盖，但也无法结婚；因老袁在舟山老家，也有老婆孩子；从大的方面讲，还是属于偷偷摸摸。马曼丽一开始不在乎，结婚不结婚，并不重要；与人结婚，也不见得合得来，譬如跟赵小军；跟赵小军离婚了，还有扯不清的麻烦，事情仍很集中：钱；与老袁没结婚，在一起说得痛快，也干得痛快；但后来又在乎了。所以在乎，不是怕时间长了，老袁靠不住，而是在乎自个儿的年龄，三十出头的人了，还是想有个归宿。但这也吓不住老袁。老袁反问马曼丽：

"你说是结婚难，还是离婚难？"

马曼丽：

"离婚呀。"

老袁：

"错。离婚是两人不行了，才离；结婚得找对人。你说，是找对人难，还是找错人难？"

马曼丽明白了老袁的意思，不为幽默，为这道理，笑了；马曼丽问：

"那你什么时候离？"

老袁：

"一天不行，两天总可以了吧？两天不行，一个月总可以了吧？一个月不行，半年总可以了吧？"

于是说好半年。但半年没到，老袁消失了。能说的老袁，原来是个骗子。老袁不是怕跟老婆离婚，跟马曼丽结婚才消失的，而是警察把老袁带走了。老袁不但骗了马曼丽，也骗了别人，原来他是个诈骗犯。三年前，老袁在老家非法集资；

但说动钱，比说动人难；富人没骗着，骗了十几户零星的穷人；没骗到多少钱，事情又败露了；老袁逃到北京，开始卖带鱼；老袁是个网上通缉犯。三年过去，老袁以为没事了；这天去火车站接货，被一来北京打工的老乡发现了；这老乡，也被老袁骗过。当天晚上，老袁正在集贸市场盘点带鱼，被警察抓走了。老袁说他是舟山人，他也不是舟山人，是温州人；连老家都是假的；从头至脚，没一处真的。马曼丽听到这消息，脑袋"嗡"的一声炸了。接着不是为上当受骗伤心，而是"噗嗤"一声笑了。说老袁幽默，原来最大的幽默，是集资的骗局。偷鸡不成，反蚀一把米。笑过，又哭了。老袁因骗的钱不多，被法院判了一年，关进监狱；倒是又沾了偷鸡不成的光。一年中，马曼丽也没去监狱看过老袁，就当老袁死了。偶尔想起老袁，不为老袁，为自己，叹息一声。这叹息，又不是就事论事。

　　但今天深夜，老袁又出现了，来到"曼丽发廊"。一年刑期满了，老袁出来了。但事过一年，老袁已不是过去的老袁。突然头发花白，显得老了。马曼丽一下没认出他来。本来头大，猪脖子；一下由青壮年，变成头老猪；上身长，下身短，走进发廊，步履迟疑，像进来一头企鹅。说话也变了，说刚从监狱里出来，还想到集贸市场卖鱼；或者不卖海货，干脆卖胖头、草鱼也行；到密云一带进货，倒是比舟山方便；但

254

现在身无分文，没有住处，想在马曼丽这里先住下来。话说得磕磕巴巴；一年监狱住的，全没了过去的幽默，也成了就事论事。马曼丽认出他来，一开始还有些悲喜交加，一席话听下来，就转成了恼怒。恼怒不是后悔一年前与他好，还为他流过孩子，而是事到如今，老袁竟能说出跟她借宿的话。跟人借宿并不丢人，而是这借宿人，已不是一年前的老袁。不是看他如今落魄，或又来骗人，而是听他说话，看他神态，已不是过去的老袁。不是老袁，还装过去的老袁。什么是骗子，这才是最大的骗子。马曼丽并不多言，喊了一声：

"滚！"

老袁东张西望，还想磨叽；马曼丽又喊了一声：

"滚！"

老袁这才明白马曼丽也不是过去的马曼丽，出门去了。老袁走后，马曼丽又坐那儿兀自生气。说生气也不是生气，而是思前想后，有些发闷。这时外边又"梆梆"敲门。马曼丽以为老袁又回来了，不再理他。外边由敲改拍，声音越来越急。马曼丽上去拔掉门插，猛地开门，又喊一声：

"听到没有，滚！"

倒把门外的人吓了一跳。原来门外站着的人，不是老袁，而是刘跃进。马曼丽跟刘跃进的关系，又与马曼丽跟老袁不同。刘跃进时常来坐，但两人并没上床。没上床并不是两人不是一路人，而是刘跃进想上床，并不知怎么上床。刘跃进与老袁不同，说话不幽默，但也不骗人；起码大事不骗人；有些鬼心眼，但凭这些鬼心眼，成不了事，也坏不了事；一句话，就是个老实；或者，他也想弄些大事，但不知怎么弄；想跟人好，却不知怎么跟人好；干脆，他就是一个厨子。或者，马曼丽这么想，刘跃进不这么想，他觉得两人早晚会上床，否则也不会常来磨叨。刘跃进有什么心里话，都告诉马曼丽；马曼丽有心里话，却不告诉刘跃进；但刘跃进觉得两人无话不谈。那天深夜，刘跃进到发廊来，她就看出刘跃进失魂落魄，与平时不一样；似有满肚子话要对她说；但当时她忙着与前夫赵小军打架，倒把刘跃进的失魂落魄给吓回去了；最后刘跃进将赵小军架走，马曼丽哭了，对刘跃进还有些感动。那天过去，又是几天没见刘跃进；现在见到，刘跃进比几天前还失魂落魄。一头的汗，"呼哧""呼哧"喘气。刘跃进只顾着急，忘了自己的失魂落魄，马曼丽倒吃了一惊，问他：

"抢人了，还是被抢了？"

马曼丽本是一句玩笑话，刘跃进感慨：

"真让你说中了，被抢了，也抢人了。"

将马曼丽推进发廊，关上门，插锁，关灯，又将马曼丽拉到里间；马曼丽以为他要干什么，挣巴他；刘跃进死死把她拽住，也不干什么，而从七天前自己丢包开始，怎么找这

包，找包的过程中，怎么又捡到一包；本来是在找人，怎么
又变成被人找；怎么没找到这贼，恰恰又被这贼找到；本来
丢了钱，怎么又变成敲诈；刚刚，在四季青桥下，那贼被人
捉住，往死里打；自己吃了害怕的亏，也沾了害怕的光，才
抽身逃脱，等等；说了个遍。急切中，也说了个乱。也是事
情头绪太多，刘跃进不说乱，马曼丽也会听得一头雾水；刘
跃进说乱了，马曼丽只听出刘跃进焦急。马曼丽：

"你从头再说，我没听懂。"

刘跃进焦急：

"来不及了。听懂你也没办法。"

这时从怀里掏出一个U盘，问：

"你懂这玩意儿吗？"

马曼丽点头：

"这不是U盘吗？过去，烦的时候，我也上网聊天；这半
年，没心思了。"

刘跃进拍巴掌：

"那就太好了，咱赶紧看看吧，看里边都说些啥。"

马曼丽：

"我把电脑，卖给洗车的大号了。"

"曼丽发廊"往西，过一个街角，有一个洗车铺，老板叫
大号。这个大号刘跃进也见过，江西人，胖，一身肉，也一

脸肉，挤得眼睛都看不见了。刘跃进知道大号爱打麻将，不知他买电脑作何用；以为他也为了聊天。马曼丽：

"他不聊天，为了上色情网站。"

刘跃进焦急：

"别管他干啥，咱赶紧看一看吧。"

马曼丽穿上外衣，两人匆匆出了发廊。往西过一个街角，到了大号的洗车铺。深夜，已无人来洗车；大号的洗车铺没有门，洗车棚大张着嘴，对着空荡荡的街道。大号今天没上色情网站，出去打麻将去了。那台破旧的电脑，就蹲在洗车铺一张桌子上。机身上，键盘上，全是油污。在洗车铺看门的，是大号的侄子，叫小号。马曼丽和刘跃进要用电脑，小号却不让，说别把电脑捅鼓坏了，大号回来打他。又嘟囔自己肚子饿了。刘跃进知他存着坏心眼，从口袋掏出十块钱，塞给小号。小号欢天喜地，跑到对面小饭馆喝酒去了，刘跃进才和马曼丽坐在桌子前。待将 U 盘插进电脑，打开文件，屏幕上先是空白，好像几个人在说话，时不时有人"咯咯"笑。但话语嘈杂，说的都是刘跃进和马曼丽不熟悉的事，一时难以听明白他们说的是啥。接着开始出现视频，好像是一宾馆房间，先出来的是严格，刘跃进一愣；接着是严格分别向人送珠宝，送字画。收东西者，总是两个人，一个是老头，一个是中年人；从穿戴，从神情，好像是当官的。但每次送东西都是分开，老头和中年人并不碰面。除了送珠宝和字画，还送帆布提包；每次或一个，或三个五个不等；严格弯腰拉开拉链，里边竟全是钱；送中年人往往是一个提包，送老头或三个，或五个。不是送一回两回，十多回。屏幕下方，有跳动的日期和几点几分几秒的字码。刘跃进和马曼丽惊了。几十提包钱，加在一起，到底有多少，一时真算不过来。更让两人吃惊的是，播过这些，还是这个房间，或这个中年人，或这个老头，正在床上与外国女人干那事。也不是一回两回，十多回。下边也有跳动的日期和几点几分几秒的字码。每一次，中年人都干得满头大汗，与不同的外国女人大呼小叫；老头不叫，干得不紧不慢；也不是不紧不慢，好像不行了；老头是个尖屁股，看着不行了，但还努力抖动和挣扎；或者他干脆躺那不动，让外国女人含他下边。不看这些还好，看过这些，两人脑袋"嗡"的一声全炸了。没看之前，刘跃进只知道这 U 盘值钱，有人想买；看了才明白，U盘里藏的竟是这个。两人出了大号的洗车铺，往"曼丽发廊"回。街转角处，有一肉铺。深夜，肉铺已关门。门头上悬着一招牌，上边画一猪头，写着"放心肉，放心吃"几个字，在风中飘。俩人走到这里，停住脚步，慢慢在肉铺台阶上蹲下，刘跃进突然大叫：

"那么大一提包，能装一百多万吧?几十提包，不快上亿了吗?"

259

突然又大叫：

"收人这么多钱，这叫啥?大贪污犯呀这叫，该挨枪子呀这是。"

突然又明白：

"我说这么多人，紧着找它呢。这是钱的事吗?能要他们的命呀。"

马曼丽愣愣地看刘跃进，脸开始变得煞白。刘跃进还在那里愤愤不平：

"我给顺义老李送泔水，来回一百六十里，才挣几块钱;他们轻而易举，就收人这么多钱;这是人吗?狼啊，吃人哪。"

马曼丽仍看刘跃进，这时哆嗦着说：

"你就别说别人了，说你自个儿吧。"

刘跃进不解：

"我怎么了?"

马曼丽：

"捡了不该捡的东西，又让人知道了，怕是要大祸临头了。"

刘跃进突然想明白这点，"呼"地吓出一身汗：

"我说刚才在桥下，那贼被人往死里打呢。"

又"呼"地站起：

"原来以为他们是找这盘，谁知是要命啊。"

又蹲下，一把抓住马曼丽的手：

"我明白了，他们除了要盘，还要杀人灭口，那贼被他们打死了，我也活不了几天了。"

又用手拍地：

"丢个包，就够倒霉的了，谁知又牵出这事。"

马曼丽突然想起什么：

"我也看了这盘，不也裹进去了吗？"

忙推刘跃进：

"咱可说好了，人家抓住你，千万别供出我。我在老家，还有个女儿呢。"

也是物极必反，大祸临头，刘跃进突然像老袁一样幽默了，对马曼丽说：

"这样也好，从今儿起，咱就有福同享，有难同当了。"

马曼丽急了，上去掐刘跃进的脖子：

"× 你大爷，我现在就把你掐死！"

第二十六章

韩胜利

韩胜利又被老赖的人打了一顿。老赖是 X 市人，但是汉族；不过脸盘、鼻子，长得比少数民族还少数民族。人头一回见他，总问：少数民族吧?老赖一开始还解释，说父母是上海人，五十年前到 X 市支边，生下了他；也是入乡随俗，牛羊肉吃得多，开始像少数民族人；后来干脆不解释了，承认自己是少数民族人，才省下许多口舌。北京西郊海淀区，有一个紫竹院公园；公园靠北一带，叫魏公村。魏公村一带，是一帮 X 市人的地盘。这帮 X 市人，在魏公村一带卖烤羊肉串，卖 X 市花帽子，卖 X 市胡琴，卖少数民族刀等；但卖的东西是假，卖东西也是假，偷东西是真。老赖是这帮 X 市人的头目。一开始不是头目，也是经过几次火并，血里火里闯出来，才管住了这帮人。老赖上台伊始，也推行许多新政。譬如讲，过去这些 X 市人名义上是偷，但嫌偷麻烦，实际是抢；老赖规定只准偷，不准抢；偷人算贼，抢人算强盗；偷人带手，抢人带刀，离杀人放火已经不远了；要想长期在魏公村待下去，不能过杀人的界限。再譬如，魏公村是 X 市人的地盘，过去这些 X 市人，偷人不仅在魏公村，走哪儿偷哪儿，或走哪儿抢哪儿，常引起 X 市人跟别的地界的贼火并；老赖又立下规矩，国有国界，省有省界，从此偷人不准出魏公村；当然也不准别的贼进魏公村；人不犯我，我不犯人。但这帮 X 市人表面应诺，背地里还是我行我素；规矩成了规矩，无人遵守；老赖常为此生气。十天前，韩胜利到魏公村看老乡；看过老乡，到商场闲逛，顺便偷了一回。被偷那人，是个中年妇女，看她衣着得体，戴着眼镜，走路趾高气扬，以为是个有钱人，韩胜利才下了手；待钱包到手，溜出商场，打开钱包，里边才三百多块钱；看着钱包鼓鼓囊囊，里面塞了一大沓名片；这才知道自己认错了人，富人不戴眼镜，戴眼镜的，都是穷酸知识分子。韩胜利偷间，没被中年妇女发现，但被几个 X 市人发现了；在商场偷东西没被抓住，出了商场，正后悔这偷，被几个 X 市人抓住了。跨区作业，不管从行规讲，或是从老赖的规定讲，都属大罪；X 市人本不遵

守规矩，但别人犯了规矩，却要按规矩办。几个 X 市人先把
韩胜利打了一顿，头都打破了；接着罚款两万。韩胜利自知
理屈，但偷三百，罚两万，多出六十多倍，世上又没这道理；
这就不是罚款，而是刁难韩胜利。韩胜利将这道理说破。韩
胜利不说破道理，这事还好商量；一经说破，几个 X 市人恼
了；不是两万，也成了两万。韩胜利还在力辩，X 市人不喜
啰唆，直接把韩胜利带到一地下室，将他绑在一下水管道上；
韩胜利认这账，就放了韩胜利；不认，就让他饿死在这里。
韩胜利见地下室跑满了老鼠，害怕了，只好写下欠 X 市人两
万块钱的欠条。X 市人规定：从明天起，每天还两千，分十
天还完；又怕韩胜利逃债，让韩胜利在魏公村一带找个保人。
韩胜利只好带他们去找今天来看的老乡。这老乡叫老高，也
是河南洛水人，在魏公村三棵树街边，开了个河南烩面馆子；
除了卖烩面，也卖胡辣汤。X 市人看老高有固定买卖，记准
老高，才放了韩胜利。韩胜利先去医院缝了八针，包上脑袋；
从第二天起，便带伤作业。这时偷东西就不是偷给自己，而
是偷给 X 市人。韩胜利做贼时间倒也不短，但业务一直长进
不大。所谓长进不大，不是胆子小；韩胜利贼胆不小，但对
偷的对象、环境、时机，判断常常失误。偷富人偷了穷酸知
识分子，仅属一例。对对象判断失误还没什么，对环境、时
机判断失误，事情就大了，就会被人抓住。偷，也是一门艺

术；偷，也讲究微妙的瞬间。韩胜利做事情爱讲大概，吃亏就吃在微妙的瞬间。瞬间当时没意识到，转瞬间，你就由主动变成了被动。偷十回，有七回被人发现，得赶紧逃走；倒练出一腿跑的好功夫；还有两回被抓住，或挨打，或被人送到派出所；剩下一回偷成了，还不知偷的是什么。自十天前被 X 市人抓住，韩胜利工作倒比以往勤奋。过去偷给自己，可紧可松；现在偷给别人，每天睁开眼睛，就欠人两千块钱，不敢有怠慢处。但对瞬间的把握，并不因为勤奋而有所改变。过去每天工作七八个小时，现在每天工作十三四个小时，但偷到手的钱，并不比过去多。韩胜利过去上街，一天下来，能到手五百块钱，就算好的；有时转悠一天，没个下手处，也属平常。搁在过去平常，搁在现在，就不平常了。X 市人规定的任务，没有一天是完成的。每天去给 X 市人交钱，都会让 X 市人踹两脚。因韩胜利有保人，X 市人倒不怕他跑了；次次指着他的鼻子说，到了十天，再跟他算总账。这时韩胜利不埋怨 X 市人，也不埋怨自个儿，单埋怨同乡刘跃进。刘跃进欠他三千三百块钱，欠了仨月，仅还了二百。原以为这个厨子没钱，逼也没用；待刘跃进丢了个包，包里竟有四千一百块钱；宁肯让人偷了，也不还韩胜利；韩胜利就急了。平日耍赖也就算了，看韩胜利头被打破了，被人逼债，还无动于衷，这就不是钱的事了，是人品有问题。连本带息，三千四百块钱虽然不够韩胜利还债，但哪天上街不顺手时，起码可以救急，少挨 X 市人两脚。接着又不怪刘跃进，开始怪自己。X 市人，刘跃进，原来都比他狠。他白担了一个贼的名声。但平日对刘跃进不狠，刘跃进把钱丢了，再狠也没用；为了让他还钱，韩胜利得先帮他找包；便带他去找了曹哥。帮他是为了让他还钱，谁知刘跃进认识曹哥之后，中途把韩胜利甩了；第二天取包时，单独去了鸭棚。幸亏曹哥鸭棚的人没找着青面兽杨志，刘跃进与鸭棚的人闹起来，被曹哥的人打了一顿。待韩胜利再找到刘跃进，问他为何中途叛变。刘跃进不说中途叛变的事，反倒怪韩胜利介绍曹哥介绍错了，白交了一百多块钱定金不说，还白耽误两天时间；这时耽误的就不是时间，而是找贼。脾气比韩胜利还大。刘跃进刚挨了曹哥鸭棚的人一顿打，似乎也有了资本，指着自己头上的纱布，对韩胜利说：

"少给我来这套，你挨了打，我没挨打呀？"

韩胜利有些哭笑不得：

"你把事说乱了，打是都挨了，但挨打的事不同呀。咱不说挨打的事，单说还钱的事。"

刘跃进：

"找不到包，我就不活了，还说还钱。"

就这么赖上了。韩胜利也拿刘跃进没辙。X 市人逼得紧，韩胜利顾不上与刘跃进周旋；刘跃进成了穷光蛋，跟他周旋也没用；先得每天上街作业，应付 X 市人那头。但天天两千块钱的任务，天天皆完不成；日期过半，X 市人不但逼韩胜利，也开始到老高的河南烩面馆，逼保人老高。老高也怕这些 X 市人，又替这些 X 市人，来逼韩胜利。韩胜利劝老高：

"那个饭馆，你也别要了；你一跑，我也跑；你解放了，我也解放了。"

老高大怒：

"早知这样，我就不保你了。那饭馆看着小，房租贵着呢；房租我一交三年，七万二；为了你两万块钱，丢了我七万二不成？"

又瞪了韩胜利一眼：

"这钱，我也是借亲戚的。"

待到第七天，韩胜利还了 X 市人三千多块；离十天还差三天。放到平日，七天偷三千多，已出韩胜利意料；放到 X 市人这里，不怪韩胜利手艺差，以为他故意耍赖；不还钱事儿小，跟他们耍赖，性质就变了。这天晚上，几个 X 市人，由保人老高带着，来到韩胜利住处，不由分说，又将韩胜利的头打破了。打完，说这只是一个警告，三天之内，如还上剩下的一万六千多块钱，双方走开；如还不上这钱，一个 X 市人从腿上拔下刀子，指着韩胜利：

"知你会跑了，跟你没关系。"

又用刀指老高：

"把你儿子的腿筋给挑了，当羊肉串烤。"

吓得老高也急了，不顾韩胜利头上正冒血，指着韩胜利：

"韩胜利，你都听到了，不能害我。"

X市人和老高走后，韩胜利又去医院缝针。第二天一早，又带伤上街作业。头上包着纱布，只好又戴上棒球帽。X市人昨晚打的，比八天前打的那次还重。重不是说头上出血多，而是伤口多。上回伤口是两处，这回是五处；上回缝了八针，这回缝了十五针。其中一个伤口，就在额头上。虽然戴上了棒球帽，故意把帽檐拉低，但帽檐下，仍露出一抹纱布。一个明显带伤的人，就不好当贼了。不是说带伤者都是坏人，而是这打扮，容易引人注意。谁路过韩胜利，都要扭头看他一眼；虽不把他当贼，也让他无法下手。本来可以下手，对象、环境、时机，几方面风云际会；正待下手，旁边的人看他一眼，这机会又稍纵即逝。过去抓不住瞬间，是因为判断失误；现在因为打扮，彻底没了瞬间。一天下来，仅偷了仨人。偷了仨人，还有两回被发现了；韩胜利撒腿就跑，啥也没偷着。一回偷着了，不在商场，在马路边；一个中年人，倚着一块广告牌睡着了，怀里抱着一个皮包；像个忙碌人；韩胜利看看左右无人注意，抓起那皮包就跑。严格地说，这就不叫偷，叫抢。待跑到一条巷子里，打开皮包，里边一分钱也没有，乱七八糟，塞了半皮包废发票；原来是个倒卖发票的。倒是韩胜利耽误了人家的生意。第二天比第一天好些，偷住一个人，钱夹子里，有五百多块钱。但离还 X 市人的债，一万六千多块钱，还差好多。第三天，还钱的日子到了；韩胜利清早起来，坐在床边发愁。一天时间，哪里能偷来一万六千块钱?除非去抢银行。但韩胜利又没这胆；或者有这胆，不知进了银行怎么抢。既然偷不来这么多钱，韩胜利索性不上街了。他想一跑了之，把剩下的麻烦，丢给保人老高。但他与老高在河南村挨村，相互知根知底；跑得了一时，跑不了一辈子；除非他一辈子隐名埋姓，永不回老家。但为了一万多块钱，又不值当。接着又恨刘跃进，欠着他钱不还；但现在恨也白恨，刘跃进还在找包；就是包不丢，也只欠他三千多块，还他，还不够还 X 市人的零头。坐在床边，越想越丧气。突然想起一个人，也许能救自己，便出门去找这人。

这人不是别人，就是在东郊集贸市场杀鸭子的曹哥。曹哥控制着朝阳区，X 市人老赖控制着魏公村；两人都是老大，韩胜利想求求曹哥，让他给老赖打个招呼。打个招呼不是欠债不还，而是十天到了，能再宽限一个月。韩胜利来到鸭棚，光头崔哥、小胖子等人在忙着杀鸭子，曹哥躺在一张藤椅上，在听收音机。曹哥眼睛本来不好，这两天又患了感冒，鼻涕横流，睁不开眼睛，看不得报纸，只好听广播。收音机里说，巴勒斯坦和以色列又发生了冲突；巴勒斯坦引爆了人体炸弹，以色列出动了飞机；曹哥听得很认真。韩胜利躲在鸭棚门口，不敢打扰。待巴勒斯坦和以色列这仗打完，共打死多少多少人；收音机转了话题，开始说影视圈的事，谁跟谁又男盗女娼，曹哥关了收音机，韩胜利才扒着门框喊：

"曹哥。"

曹哥扭头，仍没听出韩胜利的声音，问：

"谁呀？"

韩胜利：

"河南的胜利，有事求您。"

曹哥以为韩胜利又来说刘跃进丢包的事，皱皱眉说：

"还是那事呀？你那老乡，太不懂事。"

韩胜利忙说：

"不是那事，是另外一事。"

这才凑上前来，将十天来自己与 X 市人的纠葛，**删繁就**简，从头至尾说了。说间，为难得哭了。知道曹哥讨厌人哭，又憋住不哭。待韩胜利说完，曹哥听完，曹哥首先说：

"这事怪你，不怪 X 市人。"

韩胜利知道曹哥说的是跨区作业的事，忙点头：

"我也是一时糊涂。"

又说：

"今天还不上钱，我不是担心我，是担心我的老乡老高。他孩子才六岁。"

又将 X 市人要挑老高孩子脚筋的事说了。曹哥听明白了，但说：

"咱这儿跟魏公村跨着半个城，你说的那个 X 市人老赖，我不认识呀。"

韩胜利心里"咯噔"一下，但忙说：

"曹哥，就您这威望，您不认识他，他不能不认识您。您给他打一招呼，照样管用。"

又说：

"不是不还他钱，就宽限几天。"

曹哥没接这话茬儿，将身子又躺在藤椅上，闭上眼睛。这样静了十分钟，韩胜利以为曹哥睡着了。曹哥睡觉了，就是不管这事了。曹哥不管，你还不能强迫他。韩胜利看看鸭棚四周，光头崔哥、小胖子等人，都在埋头杀鸭子，白刀子进去，红刀子出来，没人理韩胜利；他们不理韩胜利，韩胜利也不敢招惹他们。看看无望，韩胜利转身要走，曹哥这时睁开眼睛，喊了一声：

"老崔。"

光头崔哥闻声，忙扔掉手里的鸭子，用围裙擦着血手，

271

来到曹哥身边。曹哥问韩胜利：

"欠人多少钱？"

韩胜利：

"我身上有五百多，还剩一万六。"

曹哥对光头崔哥：

"找人家一趟，给人家送去一万六。"

光头崔哥愣了，韩胜利也愣了。韩胜利万没想到，曹哥是以这种方式，来了结此事。他和曹哥，过去并不太熟呀。光头崔哥愣眼看韩胜利，韩胜利这下哭了：

"曹哥。"

曹哥挥挥手：

"胜利，没你事了，忙你的去吧。"

韩胜利忙给曹哥下跪，曹哥皱了皱眉，韩胜利忙又站起来，不敢多言，千恩万谢，离开了曹哥的鸭棚。一路感激，心也放回到肚子。心一放回肚子，才感到头上的伤口又发作了。前两天只顾上街，忘了头上还有伤。去医院消了毒，换了药，重新包上纱布，又往回走，突然一惊。曹哥替他还了X市人一万六千块钱，他与X市人的事了结了；但这钱就让曹哥白还了不成？别说曹哥愿不愿意，韩胜利心里就过不去。那么从今天起，等于他欠曹哥一万六千块钱。本来欠X市人，现在转成欠曹哥。接着从明天起，他再上街作业，不成了为曹哥作业?进一步，过去韩胜利还是自由身，从今天起，不成曹哥的人了?这才明白了曹哥的用心。原来这忙也不是白帮的。遇事，曹哥想得比他深多了。但话又说回来，曹哥不管韩胜利，韩胜利今天就会出事；曹哥管了，难关暂时就渡过去了；他跟曹哥的事，也只能走一步看一步，慢慢再说。

但韩胜利和曹哥的关系，没等慢慢说；第二天，曹哥就让小胖子把韩胜利叫到了鸭棚。进到鸭棚，里边贴墙根床上，躺着一人，鼻青脸肿，浑身缠满了绷带，正在喘气；把韩胜利吓了一跳。待到近前，看清这人，这人韩胜利也认识，山西人，人称青面兽杨志。前一段，这人正与曹哥闹别扭。韩胜利不知青面兽杨志是被曹哥的人打的，还是被外人打的。又想到，青面兽杨志躺在曹哥鸭棚，不会是曹哥的人打的，肯定是外人打的。看这伤，这帮外人，下手够狠。韩胜利脱口而出：

"谁干的?"

曹哥没理这茬儿，把韩胜利叫到身边：

"胜利，求你一事。"

韩胜利以为盗窃团伙间又发生了火并，曹哥让他去打架，心里有些发怵；贼间的火并，皆是白刀子进，红刀子出。但昨天曹哥刚帮过他的忙，一时不好拒绝，参着胆子说：

"只要我能办到的。"

曹哥点头：

"并不是昨天我给你办过事，今天又让你给我办事，我看事没那么短。也是凑巧了，没有办法。"

韩胜利见曹哥这么说，胸中倒升起一股豪情，忙说：

"曹哥，您说。"

曹哥：

"你上次带来的刘跃进，跟你是好朋友？"

事情突然拐到刘跃进身上，韩胜利不明就里，只能照直说：

"他欠我钱。"

曹哥摆摆手：

"先不说钱的事。"

指指贴墙根床上躺着的青面兽杨志，说：

"你那朋友，捡了他一包。"

又说：

"你找一下这朋友，把这包要回来。"

原来是这事，韩胜利一下轻松了，一口答应：

"我以为啥事呢，原来是个包的事，好说。"

曹哥用手止住韩胜利：

"没那么简单。这包不是一般的包。包不重要，里边有一个U盘，要的是这个U盘。把这盘拿回来，昨天那点事，也算了了。"

韩胜利听懂，只要将这什么盘拿回来，昨天曹哥替他还X市人那一万六千块钱，他跟曹哥之间，也算了了。韩胜利一阵惊喜，觉得这买卖合算。他拍着胸脯，信誓旦旦：

"刘跃进欠着我钱，他得听我的。就是不听我的，我一提曹哥，他也不敢不给。"

曹哥皱眉：

"说的就是这个，我要能要回来，就不找你了。千万不要提我，提我，倒打草惊蛇了。"

韩胜利明白了曹哥的意思：

"我懂了，不能硬要，给他丫骗过来。"

曹哥点头，证明韩胜利说得对；又皱了皱眉，意思是，意思是这意思，但话不能这么说。接着说：

"你去吧，事儿还得快，还得防着别人抄了后路。"

韩胜利起身就走：

"我现在就去找他。"

待韩胜利来到国贸后身的建筑工地，却发现事情没这么简单。不简单不是刘跃进不听他话，或骗不出来这盘，而是从昨天晚上，刘跃进突然失踪了。工地的包工头任保良，也在找他。

第二十七章

老蔺

"失控，这就叫失控。"

这是老蔺见到严格，说的第一句话。两人这次见面，在"老齐茶室"。老齐，五十多岁，北京人，圆头圆脸，大胖子；四十岁之后开始吃素；这一点倒与严格有些相像。但严格吃素并不严格，只是不喜欢吃荤；而老齐是彻底吃素。老齐吃素之前瘦；吃素之后，反倒胖了。老齐吃素不单吃素；四十岁之前，在北京后海一带，老齐是有名的顽主，吃喝嫖赌，无所不为；吃素之后，开始信佛，法号"绝尘"。人问，别人信佛之后，没得吃，都瘦；老齐吃素之后，为何倒胖了？老齐双掌合十：

"阿弥陀佛，心宽，体就胖了。"

倒与严格的大胖子理论，有些背道而驰；但严格觉得，老齐说得也不是没有道理。

"老齐茶室"位于北新桥街口。街上车马喧闹，进了"老齐茶室"，淡淡一股藏香，让人心头清凉许多；音箱里传出和尚的念经声，倒真有那么点儿意思。"老齐茶室"不卖俗茶，如龙井、乌龙、铁观音、普洱等；专卖西藏的高山茶，如珠峰圣茶，如圣茶红老鹰、圣茶白老鹰等。为何如此?老齐又说：

"不为茶，为个净土。"

但老齐一壶茶，也比别的茶室贵。别的茶室，一壶狮峰龙井才二百多；老齐一壶红老鹰，标价七百八；一壶白老鹰，标价八百八；一壶珠峰，一千二百八。且这老鹰和珠峰，在壶里泡开之后，并不像茶，叶大，梗多；喝起来，还有一股子土腥味。所以来这里喝茶的也没有俗人。也不是没有俗人，是没有穷人。正因为没有穷人，白天茶室还清静，一到晚上，楼上楼下的包间都是满的。去得晚了，还要排号。老蔺与老齐认识八年了。严格认识老齐，还是老蔺带来的。老蔺常与老齐开玩笑：

"老齐，你这是茶吗?这茶是从珠穆朗玛峰弄来的吗?从房山弄了些树叶子，在这里唬人吧?"

老齐笑了，又双掌合十：

"阿弥陀佛，让你说中了，不为卖茶，为个杀富济贫。"

大家都笑了。老齐除了卖茶，还会给人看相。据说这看相，却不是信佛带来的，老齐四十岁之前就会。坐在老齐对面，老齐也不端详你，大体看你一眼，就能说出你前三十年，后三十年。两个三十年加起来，就是六十年。一眼能看穿六十年，也算慧眼了。所以许多人来"老齐茶室"，并不为喝茶，为让老齐看相。但你只来喝一回茶，老齐不看；喝两回，也不看；非到十回八回，双方熟了，老齐才大体端详你一眼。老齐说，他这么做，并不为让你多掏几回茶钱，而是人不熟，不好开口；说深了说浅了，都不合适。八年前，老蔺也为看相，才让朋友带了过来。因有朋友在，老蔺头一回喝茶，老齐就给他看了。但事先说明，只看前三十年。两人素不相识，老齐把老蔺前三十年，如庖丁解牛，剥了个体无完肤；说得老蔺惊心动魄，浑身冒汗。半年之后，又补上老蔺后三十年，也说得老蔺心惊肉跳。一次老蔺陪贾主任去内蒙古出差，白天视察，晚上在酒店闲话，老蔺无意中说起老齐，贾主任一愣。从内蒙古回来，一天晚上，应酬完宾客，贾主任突然让老蔺把他带到"老齐茶室"。因是老蔺带来的人，老齐当时也给贾主任看了。但老齐端详贾主任一眼，却什么都不说。贾主任有些奇怪，老齐双掌合十：

"阿弥陀佛，贵不可言，就不言了。"

老蔺：

"老齐，你捣什么鬼，领导没工夫再喝你十回茶。"

老齐笑了：

"天机不可泄露。"

老蔺上去踢老齐，贾主任倒笑着拦住老蔺。这一晚就是喝茶，什么都没说。后来老蔺又带严格来喝茶，喝过十回茶，严格也让老齐看。老齐看过，写下两句话：

"春打六九头，雨过地皮湿。"

话虽通俗，是啥意思，严格解不透，老蔺也解不透。问老齐，老齐又不说。严格反倒不放心，又追，老齐说了一句：

"好话。"

严格才不再追究。老蔺和严格来"老齐茶室"喝茶，一开始是为了看相；久而久之，相也不能天天看，到这里来，白天是图个清静，晚上是图个热闹。再久而久之，腿往这走熟了，图个省心；问起相聚的地方，如不吃饭，或吃过了饭，第一反应是：

"老齐那儿吧。"

也就老齐这儿了，不用再想别的地方。最近老蔺和严格相聚，皆为那个 U 盘。这 U 盘本是一个交换，或一个威胁；没想到一件事变成了另一件事；由威胁别人，变成了所有人的威胁。老蔺严格二人，本已撕破了脸，为找这 U 盘，两人又联起手来，把该做的事都做了。老蔺还开玩笑：

"啥叫狼狈为奸，这就叫狼狈为奸。"

说得严格倒不好意思。但一个礼拜过去，没找到这 U 盘。贼找到了，却不在贼身上。又找到一贼，也不在这贼身上。最后又引来了敲诈。直到刘跃进从四季青桥旁逃跑，接着失踪，众人才恍然大悟，原来这盘，就在这厨子身上。关键时候谁跑？贼跑；失踪不说明失踪，说明刘跃进才是真正的贼。明白谁是贼的时候，贼却失踪了。这时不但严格老蔺等人后悔，"智者千虑调查所"的调查员老邢也后悔；不但他们后悔，连被打的青面兽杨志也后悔。找贼找了一圈，真正的贼，原来就在自己身边。严格埋怨老邢：

"贼都找着了，又让他跑了，这叫不叫智者千虑？"

老邢叹口气：

"叫。"

又说：

"真没想到，一个厨子，这么沉得住气。"

又劝严格：

"事到如今，着急也没用，我再慢慢找。"

严格气得差点儿哭了：

"事到如今，还不着急，等他把盘弄到不该弄的地方，着

280

急也晚了。"

这时怪自己，找侦探彻底找错了人。老蔺知道 U 盘在一个厨子身上，厨子失踪了，着急又与严格不同。两人约在午后三点，"老齐茶室"见面。严格先到，"老齐茶室"夜里热闹，午后三点，格外清静。老齐也不在。老齐夜里照顾生意，白天在家读经。但据老齐老婆说，没见他白天读过经，就是在家睡觉。老齐说：

"困了就睡，也是得道之理呀。"

接着老蔺来了，两人在一雅间坐下。老蔺先感叹"失控"，又说：

"厨子失踪，也是件好事。"

看严格有些吃惊，老蔺：

"起码知道 U 盘没在别人身上，在一厨子身上。在一厨子身上，总比在别人身上好。"

严格听明白了，点头。老蔺又感叹：

"唯一的问题，不知道这厨子看过这 U 盘没有?你太太说，这 U 盘没密码。如没看，还是 U 盘的事；如看了，就不光是盘的事，就成了人的事。"

这一层严格倒没有想到；经老蔺提醒，出了一身冷汗。先是愤怒自己的老婆：

"真没想到，她敢背后这么搞我。"

一掌劈在桌子上：

"真想一刀劈了她。"

待情绪平定下来，才说：

"一个厨子，想他不懂 U 盘。"

老蔺：

"别心存侥幸，还是做好另一手准备。"

严格擦着头上的汗，点了点头。突然说：

"既然来了老齐茶室，咱把老齐喊来，让他看一看?看这厨子跑到哪里去了，丢的东西何时能找回来?"

老蔺摇头：

"老齐那些鬼把戏，是骗没事人的。有事，找他没用。这事已经弄得全天下都知道了，就别让老齐再掺和了。"

严格又点点头，这时佩服老蔺：

"你比我强，遇事想得比我全面，也比我深。"

老蔺叹息：

"强什么呀，亡羊补牢，就不叫强。强的人，早把羊杀了，蹲着啃羊骨头呢。贾主任苦恼的，就是这个。"

这时告诉严格一个消息，五天前，贾主任出国了，去了欧洲，再有五天回国。在贾主任回来之前，两人一定要把这厨子找到，把 U 盘拿回来。上次给严格规定十天，再放宽五天。届时如再找不到，要么事情发了，大家一块儿完蛋；就是事情没发，届时他也做不了主了，就看贾主任怎么想了。闻知贾主任出国了，严格吃了一惊，以为贾主任出去避这风头；但他这想法，被老蔺看出来了，老蔺止住他的想：

"主任不是避这风头，是避另外的风头。"

又说，严格找调查公司也不靠谱。不是事不靠谱，事到如今，人靠不住；人靠不住，找到这盘，还不如没找到。事情闹到这种地步，就得亲力亲为；就像厨子丢包，自个儿亲自上街找一样；找着找着，不就捡了个包吗?这时问：

"人来了吗?"

严格：

"来了，在我车里候着呢。"

接着打了个电话。片刻，严格的司机小白，带进来两个人。一个是任保良，一个是韩胜利。韩胜利受曹哥之托，到建筑工地找刘跃进；刘跃进失踪了，韩胜利却被任保良扣下了。因任保良也在找刘跃进。任保良找刘跃进不是又要跟他计较挑唆民工闹事的事，而是严格知道 U 盘在刘跃进那里，刘跃进失踪了，便把任保良叫去，让他两天之内，找到失踪的厨子。找到厨子，马上给他打工程款；找不到厨子，就把任保良换了。任保良的厨子，拿了严格家的东西，任保良也有责任。但一个大活人，突然丢了，哪里找去?是仍藏在北京，还是跑回了河南老家，或是去了别的地方，任保良也猜

283

不透刘跃进的去向；连去向都猜不透，何论找?正焦躁处，韩胜利自个儿撞了过来，也在找刘跃进；任保良便把韩胜利扣下了。扣人并不是向韩胜利要人，刘跃进不是韩胜利放跑的；韩胜利也在找他；但任保良认为，刘跃进当厨子的时候，与这个韩胜利过从甚密，韩胜利是个贼，近朱者赤，近墨者黑，刘跃进人本老实，就是跟他学坏的；给食堂买菜的时候，学会了做手脚；后来发展成，公然偷严格家的东西；韩胜利对这事也负有责任，全忘了刘跃进并没偷东西，瞿莉那包，刘跃进是捡的。任保良又认为，既然韩、刘是一种人，鼠有鼠道，贼有贼心，韩胜利肯定比他更能猜透刘跃进的心事，更能摸得清刘跃进的去向。全不知韩胜利也不知刘跃进是咋想的。八天前，知道他丢了个包；刚才在曹哥鸭棚，知道他又捡了个包；到了建筑工地，才知道刘跃进失踪了；知道的还没有任保良多。但被任保良逼着，韩胜利蹲在地上想了半天，突然说：

"我知道他藏在哪儿。"

任保良一阵惊喜：

"带我去，抓住他，给你一千块钱。"

听说任保良给钱，韩胜利又吃了一惊。一千块钱不算什么，曹哥那里，找到刘跃进，消除的债务是一万六千块；但因为一个刘跃进，开始四处有人给他送钱，令韩胜利没有想到。当初刘跃进欠他三千三百块钱，加上利息，三千六百块钱，他天天找刘跃进，只要回二百；没想到刘跃进一失踪，三千四百块钱之外，开始有人给他送钱。失踪的刘跃进，倒给他带来了财运。也算祸兮福焉。这比偷东西合算多了。同时知道，失踪的刘跃进，已不是他认识的刘跃进；过去刘跃进是只虾米，现在变成了一条大鱼。虾米变鱼并不是因为刘跃进，而是因为他捡那个包。自己偷东西这么多年，咋就捡不着这种包呢?接着又动了心思，既然刘跃进是条大鱼，就不能轻易送人；一千块钱，打不动韩胜利；韩胜利又做出为难的样子说：

"我也就是这么一说，找到找不到，还难说呢。"

死活不去。任保良看出韩胜利在掉腰子，又往上涨了一千块钱。韩胜利还是不去。任保良又怀疑韩胜利真是那么一说，并不知道刘跃进的去向，在这里诈钱。韩胜利抬腿要走，任保良又担心他真的知道，便不放他去；把这情况，打电话告诉了严格。严格把这情况又告诉了老蔺。老蔺倒重视这个情况，要跟这人见上一面。严格便让司机小白，来接任保良和韩胜利，径直把他们拉到了"老齐茶室"。先在车里待了半个小时，小白接了一个电话，便把他们带进茶室。韩胜利和任保良，都是头一回来喝茶的地方。待拉开一雅间门，小白回去了，韩胜利看到里面坐着两个人。这俩人韩胜利都

285

不认识，一个胖，一个瘦，都戴眼镜；从穿戴，知是上等人。任保良似认识其中那位瘦子，指着韩胜利对那人说：

"严总，就是他，一开始说知道，后来说不知道，我看他欠揍！"

又说：

"几天前，他还天天来找刘跃进。"

又说：

"刘跃进过去不偷东西，自从接触他，就学坏了。"

韩胜利马上跟任保良急了：

"你认错人了吧？刘跃进偷不偷东西，我不知道，我从来不偷东西。"

任保良也火了：

"咦，你们河南人中，谁不知道你是个贼？你不偷东西，咋被人打了？"

两人叱在一起。严格止住任保良：

"你回去吧，没你事了。"

把人带到，自己反倒出局了，任保良有些尴尬。但严格说让他走，他又不敢不走；磨磨蹭蹭，出了雅间，还不死心，又扭头说：

"严总，那工程款……"

严格皱了皱眉：

"下个星期，准打给你。"

任保良才走了。这时戴眼镜的胖子招呼韩胜利，让他坐在他的身边，和蔼地问：

"你跟刘跃进是好朋友？"

韩胜利头一回到这种环境，手脚有些无处放。但他听出，这俩人也在找刘跃进；心里算出，这是第五拨找刘跃进的。而且他们是上等人。看来这事儿更大了。看来刘跃进不但是条大鱼，还是条鲨鱼。事儿小韩胜利不怕，事儿一大，韩胜利反倒害怕了。本来能找到刘跃进，现在往后缩了。韩胜利开始装傻：

"你们别听任保良胡说，我跟刘跃进熟是熟，但不是朋友，是仇人，他欠我钱。"

那胖子笑了：

"仇人好哇，找起仇人，比找朋友起劲。"

韩胜利一愣，没想到这人有话在这里等着他。韩胜利明白，自己说不过人家。只好说：

"刘跃进躲在哪里，真不跟我商量。"

那胖子没理这茬儿，径直说：

"找到他，把一包偷回来，只要包里的东西齐全，给你两万块钱。"

两万块钱，又比曹哥销债的一万六千块钱要多。但第三回有人给钱，韩胜利就不敢要了。不敢要不单是怕事儿越闹越大，引火烧身；而是收人钱，就要替人消灾；他怕应下这事，找不到刘跃进；虽然想着刘跃进会躲在哪里，但并不敢料定；应下不该应的话，拿了不该拿的钱，回头都要付出血的代价；就像在魏公村偷了不该偷的东西一样；在这上头，韩胜利是有教训的。比这些更重要的是，寻找刘跃进，一开始他是为了曹哥；曹哥既给他消了灾，找到刘跃进，还会给他销债；曹哥鸭棚里的人，对韩胜利来说，比这几拨人更不好惹；这就不单是钱的事了；他不敢一女许两家。但话赶到这儿了，当着这俩人的面，韩胜利又不敢说不找；面前这俩人，也不像好惹的；他便想出一个退路：

"找是可以找，按道上的规矩，得先交一万定金。"

韩胜利以为他们会拒绝，过去素不相识，今天头一回见面，担心韩胜利骗他们；他们一拒绝，就给韩胜利一个脱身的借口；没想到那个叫严总的瘦子，马上拿过提包，从里边掏出一沓整钱，扔给了韩胜利：

"两天偷回来，除了补另一万，再给你一万奖金。"

韩胜利傻了。过去傻是欠人钱，如欠 X 市人的钱；现在傻是人给钱。欠人钱让人骑虎难下，谁知人给钱也会让人骑虎难下。

第二十八章

老　齐

事情谈完，老蔺最后一个离开"老齐茶室"。韩胜利先离开，老蔺与严格紧接着也离开了。两人走到楼口，老蔺说：

"你先走，我去趟厕所。"

严格下楼，老蔺进了厕所。进厕所却没撒尿，而是掏出手机，拨了一个电话，只说了两个字：

"跟上。"

也不知是让对方跟上严格，还是跟上韩胜利。挂上电话，这才撒尿。哩哩啦啦，没撒出多少。出厕所，正好碰上老齐。老齐刚从家里来店里，趿拉一鞋，睡眼惺忪，手里拿着一卷书。老蔺以为是一卷经，近前看，却是一卷《红楼梦》，线装罢了。老齐法号叫"绝尘";法师本该看经，怎么看上了这种尘世的闲书?但他顾不上纠正老齐这个;刚才严格提出，既然来到老齐这里，贼和 U 盘去了哪里，该让老齐看看，被老蔺止住;现在剩下老蔺一个人，老蔺突然又想问问。老蔺拦住老齐，拉他进了雅间，说正在找一人;找这人，为找一东西，让老齐看看，这东西可能找到?老齐的睡眼看了老蔺一下，随口说:

"俗话说得好，色即是空，空即是色，一个东西，不找也罢。"

老蔺想笑，"色""空"这话，是俗话吗?但正色说:

"老齐，没跟你开玩笑，这东西一定得找。"

老齐又看了老蔺一眼，又似随口说:

"事情很快就会结束。"

虽知老齐又在胡说，但听说事情很快就会结束，老蔺心里还是轻松一大块。这才叫病急乱投医。当时以为老齐是胡说;老蔺问他，也是解个心病;待到事情真的结束时，老蔺再想起老齐的话，突然出了一脊梁凉汗。碰巧他手里拿着一卷《红楼梦》，老蔺又想起《红楼梦》里的一句话，知道世上一切事情，皆非凑巧。或者，皆凑巧。

第二十九章

刘跃进

　　刘跃进被曹哥鸭棚的人捉住了。曹哥能捉住刘跃进，并不是韩胜利的功劳。刘跃进失踪了，能不能找到刘跃进，韩胜利心里既有底，又没底。如刘跃进还没离开北京，韩胜利知道他会躲在两个地方；不在这里，就在那里，心里有底；如刘跃进离开北京，天下大得很，不知他会跑到哪里去，心里就没底。但韩胜利这头应承了曹哥，那头应承了严格和老蔺，一手托两家；没找刘跃进，先发愁找到刘跃进之后，把他送给谁；开始骑虎难下；但两头都逼得紧，又不敢不找；只好走一步看一步，权当刘跃进不会离开北京，先后去这两个地方寻找；待找到，届时送给谁，再见机行事。

头一个地方韩胜利能想到，别人也能想到，就是"曼丽发廊"。刘跃进丢包之前，韩胜利来跟刘跃进要账，如刘跃进不在工地食堂，韩胜利穿过一条胡同找过来，刘跃进准在"曼丽发廊"。当时韩胜利揣想刘跃进是否已与这发廊的老板娘上过床。要账之余，察言观色，断定两人并没有上床。其实也不用察言观色，男的总往女处跑，就证明俩人没事；如已经有了事，事情就会倒过来，该这女的寻男的。心里还笑刘跃进白搭工夫。正是因为这样，韩胜利又断定刘跃进不会躲在这里。一是这里离建筑工地太近，过去刘跃进天天往这发廊跑，大家看在眼里，躲在这里太明显，刘跃进不会这么傻；二是刘跃进和这女人的关系没到那个份儿上，遇到这种事，就是想躲，女人也不让他躲。但事情又不能以常理论，为保险起见，韩胜利还是决定去"曼丽发廊"一趟，以探虚实。韩胜利离开"老齐茶室"，先坐地铁，又倒了三趟公交车，到了北京东郊，来到"曼丽发廊"。因是傍晚，大家该吃晚饭，店里没有客人，马曼丽也不在，就剩下洗头按摩的胖姑娘杨玉环，把两条胖腿搭到理发台上，身子躺在理发椅上，摁着手机在发短信。店里很平静，并没有异常。但韩胜利多了个心眼，没等马曼丽，给杨玉环使了个眼色，直接进发廊里间按摩。身上有严格刚给的一万块钱，腰杆子也硬了。一时三刻，成就完好事，杨玉环欲起身，韩胜利又抱住她的光身子不放，似无意间问：

"玉环，这两天刘跃进来过没有？"

他知道杨玉环讨厌刘跃进；刘跃进天天来发廊，坐着不走，耽误她按摩的生意；现在突然提起，杨玉环不会袒护刘跃进。杨玉环并没有袒护刘跃进，但也推开韩胜利，起身穿衣服：

"没见。"

韩胜利：

"知道他去哪儿了？"

杨玉环瞪了韩胜利一眼：

"他又不是我男朋友，找他，怎么问上我了？该去工地食堂呀。"

韩胜利便知道，在杨玉环这里，并不知道刘跃进出了事。穿上衣服到外间，马曼丽提着一塑料袋鸡脖子进来。"曼丽发廊"还是老规矩，老板娘做饭，打工的杨玉环吃现成的。韩胜利又做出发愁的样子：

"也不知刘跃进哪儿去了？"

又说：

"我发现偷他包那贼了。"

偷眼看马曼丽，听到"刘跃进"三个字，马曼丽并无显出异常；也没搭理韩胜利，径直到水池子那洗鸡脖子；似乎事情与她毫不相干。韩胜利便断定，刘跃进没躲在这里。再说，发廊巴掌大一块地方，里间又是杨玉环的天地，刘跃进想躲，这里也没地方。

刘跃进另一个可能藏身的地方，韩胜利能想到，别人想不到，就是在魏公村三棵树街边开河南烩面馆的老高处。十多天前，韩胜利在魏公村偷东西，被 X 市老赖的人拿住，老高还给他当过保人。韩胜利、老高、刘跃进，三人同是洛水老乡，韩胜利知道刘跃进与老高好。韩胜利到老高饭馆来，在这里碰到刘跃进，不下十几回。从北京东郊刘跃进的建筑工地，到北京西郊魏公村，坐车得倒换五六回；平常不堵车，走一趟得俩小时；碰上周一周五堵车，仨小时五个小时就料不定了。周一周五，韩胜利也在这里碰到过刘跃进，便断定两人关系不一般。有时碰到他们在一起，也不见他们说话，就蹲在一起抽烟。抽半天烟，从两人的神色看，虽然啥也没说，但好像啥都说了。如是晚上，到了十点，刘跃进怕误了晚班车，站起身就走。老高把他送到门口，说上一句：

"过马路小心。"

刘跃进回一句：

"下礼拜有事，不来了。"

大步流星，走了。如碰到他们是白天，饭馆客人多，刘跃进还扔下烟头，钻到厨房帮老高做烩面。韩胜利以为他们都是厨子，又是老乡，所以对劲儿。韩胜利私下问老高，老高却说，两人在老家的时候，同在洛水县城一个叫"祥记"的饭店当厨子，那时天天在一起，并不对劲。厨房丢过半桶油，"祥记"的老板追查，老高怀疑是刘跃进偷的，刘跃进怀疑是老高偷的，两人还吵过一架，半个月没有说话。两人先后来到北京，开始各干各的，十天半个月见不着，反倒想在一起说话。这时再提起洛水"祥记"的旧事，两人都"嘿嘿"一笑。如今刘跃进失踪了，他没别的地方可躲，剩下可以躲藏的地方，就是老高的烩面馆。说不定这刘跃进，正在老高的厨房做烩面呢。韩胜利离开"曼丽发廊"，又去了魏公村三棵树。十多天来，因欠着X市人的债，韩胜利一直忧着魏公村；如今与X市人的事了结了，再来这里，也显得理直气壮。待到了老高的烩面馆，老高不在，买菜去了，韩胜利先查看烩面馆的里里外外，并没有刘跃进。韩胜利以为老高把刘跃进藏到别的地方去了，等老高买菜回来，刚要向老高打听刘跃进的下落，没想到老高扔下手里一捆芹菜，先跟他急了；没容韩胜利说刘跃进的事，仍说X市人的事。韩胜利有些吃惊：

"那事不是了了吗？"

老高瞪他一眼：

"你的事是了了，我的事刚刚开始。"

原来，自老高做了韩胜利的保人，因韩胜利每天交罚款不及时，韩胜利躲了，X市人便来找老高的麻烦；一帮X市小孩，十多年来，也随父母在魏公村扎下了根；大人找老高麻烦，小孩便找老高儿子的麻烦。几个十来岁的少数民族小孩，天天在街上卖少数民族刀或擦皮鞋，如今临时加了个活儿，路上截老高的儿子，向他要钱。给钱也让走，如身上没带钱，就会被他们打一顿。身上带钱，不准少于二十；少于二十，也打一顿。自老高做了韩胜利的保人，老高儿子被打过五回。身上不装二十块钱以上，不敢出门。自曹哥出面，还了X市人的罚款，大人的事了结了，但小孩的事还没刹住车。昨天，老高儿子上街买了个冰棍，又被截住打了一顿。今天早上，连学也不敢上了。韩胜利听后，也很生气：

"这还得了，他们太不遵守协议了，我回去就告诉曹哥。"

老高并不知道曹哥是谁，说：

"祸是你惹的，从明儿起，你每天接送孩子上学吧，反正你也没事。"

韩胜利嘴里嘟囔：

"我也正忙着呢。"

又说，所有这一切，不怪X市人，也不怪韩胜利，全怪刘跃进。刘跃进欠着他的钱不还，韩胜利还不上X市人的罚款，才出了X市大人小孩的事。全不顾这话并不符合事实，刘跃进欠他的钱，和他欠 X 市人的钱，还差一大截。也是急着找刘跃进，觉得找到刘跃进比老高儿子挨打重要；正是因为重要，韩胜利从口袋掏出二百块钱，拍到桌子上：

"把这钱，给你儿子。二百，够躲十回打了吧?让过十回，X 市人再这么干，我真跟他们动刀子。"

看着桌上的钱，老高愣在那里，不知韩胜利下的是哪出棋。韩胜利又说：

"你把刘跃进找来，叫他还我钱；他还我钱，我再给你一千，当作精神损失费，不让你白当保人。"

老高掉入韩胜利的陷阱。经过这事，觉得韩胜利仗义许多。他马上说：

"你等着，我马上去工地叫他。"

解下围裙，就要出门。韩胜利马上看出，刘跃进并没躲在老高这里。不但没躲在这里，老高连刘跃进失踪都不知道，以为他还在东郊工地做饭呢；知道的还没有韩胜利多；不知有汉，何论魏晋?韩胜利一把拉住老高：

"刘跃进多长时间没来了?"

老高想了想，惊叫一声：

"可不，都半个多月了。"

又奇怪：

"他欠你钱，不该躲我呀。"

看老高的神色，也不像装的。韩胜利彻底泄气了，不再跟老高啰唆，抓起桌上的二百块钱，转身出了河南烩面馆。

"曼丽发廊"没有，老高的河南烩面馆没有，韩胜利便断定刘跃进已不在北京，逃往外地。不在北京也好；寻找刘跃进，曹哥着急，"老齐茶室"那两个不认识的上等人着急，能看出任保良也着急，但韩胜利不着急。找不着有找不着的好处。韩胜利已使过两头人的钱，找不着，先白使着；真找到刘跃进，把刘跃进送给谁，是送给曹哥一头，或是送给严格一头，倒成了难题。韩胜利把这消息分别告诉了曹哥和严格；两方面更加着急；韩胜利假装着急。韩胜利明白，两方面着急，各着急各的；韩胜利在两方面之间，并不相互通气。

但刘跃进被曹哥鸭棚的人抓住了。能抓住刘跃进，跟韩胜利没关系，跟另一个人有关系，他就是躺在唐山帮住处养伤的青面兽杨志。那天晚上，在四季青桥下，青面兽杨志被严格的司机小白等人打断了两根肋骨；因为 U 盘，他才被打；因为 U 盘是假的，也才救了他一命。小白等人去集贸市场追赶刘跃进，青面兽杨志爬起来欲跑，又被小白留下的一人捺住，欲把他捉回去。还是瞿莉说：

"一个骗子，留他没用。"

青面兽杨志这才挣扎着跑出四季青桥，拦了一辆出租车，逃了。他既感谢那 U 盘是假的，也感谢那个女主人。这两根肋骨，断得有坏处，也有好处。一是让他彻底投奔了曹哥。筋骨断了，短时间无法出门作业，总得有一个养伤处；过去投奔不投奔曹哥，还有些犹豫，现在彻底死了心。本来他也可以不投奔曹哥，石景山一带，也有一个山西人的窝点，那里也可以养伤；但那里池浅王八少，从长远看，要安身立命，还是要投奔高处。比这更重要的是，投奔谁不重要，重要的是，谁能替他找到那个真的 U 盘。他被人打伤了，拿 U 盘的厨子跑了；但 U 盘就是钱；上次他敲诈瞿莉，张口三十万，瞿莉没打磕巴，证明这 U 盘能值五十万；这样的买卖，不能白放过手。要想找到厨子和 U 盘，几个山西毛贼，难以指上；遇到大事，还是要靠曹哥这样的人。加上他还欠着曹哥鸭棚的赌债；让曹哥去找这 U 盘和钱，他从中提成；U 盘找到，再与曹哥结账；也算以子之矛，攻子之盾。各方面考虑，投奔了曹哥。待他躺到唐山帮的住处，浑身疼痛；但这天夜里，突然发现，疼痛之余，他下边有所骚动。他下边本来不行了，这些天着急的就是这事；为这事要去杀人；见到瞿莉的裸体，下边起来了；接着被瞿莉发现了，瞿莉一声尖叫，下边又被吓回去了；现在上身疼痛之际，下边竟自个儿又起来了。过去心里老怕，大概挨了小白等人一顿打，只顾怕小白等人，把心里的另一种怕给忘了；或者，心里的怕，被小白等人给打出来了。这时的起来，就跟前一次起来不一样。

青面兽杨志一阵惊喜，这场打也算没有白挨，肋骨没有白断。下边能起来，比找到 U 盘，对青面兽杨志还重要。青面兽杨志，又成了过去的青面兽杨志。虽然身子不能动，脑子又活泛了。脑子活泛后，开始想刘跃进的去处。从半夜想到清晨，终于想到一个地方。

首先他判定这厨子没有离开北京。厨子没有离开北京并不是因为 U 盘。从与厨子搭伴敲诈瞿莉的过程中，青面兽杨志就能看出，这个厨子胆小；胆小不说，整个敲诈过程中，厨子关心的不是 U 盘，仍是他丢的包，包里那张欠条，欠条上那六万块钱，还是个顾小不顾大的人。如他顾大，看到青面兽杨志在四季青桥下挨打，这一切都是 U 盘惹的祸；加上胆小，剩下他一个人，他不敢拿着 U 盘继续敲诈；为了不被人抓住，他会逃离北京；但是，正是因为顾小不顾大，不为 U 盘，为了自己的包，为了包里的欠条，为了自己那六万块钱，他不会离开北京，还在继续寻找。为了大事胆小，为了小事胆大；为了别人胆小，为了自己胆大；这是青面兽杨志分析出的厨子刘跃进。把人分析透了，或者说，知道了这人的想法，接着他的去处，就不难猜到了。

刘跃进还真让青面兽杨志猜着了。刘跃进失踪了，但并没有离开北京；如青面兽杨志所分析的，没有离开北京，并不是为了 U 盘，而是为了找到他丢的那包。那天深夜，马曼丽与刘跃进一同看了 U 盘，就劝刘跃进马上离开工地，离开北京，逃往外地；他们知道的 U 盘，与青面兽杨志知道的又有不同；青面兽杨志只知道它值钱，不知道它为啥值钱；知道被人打，不知道会要命；刘跃进过去也不知道，和马曼丽看过 U 盘，便知道这不是钱的事，而是命的事；马曼丽劝刘跃进，连河南老家都不能回，防止有人顺藤摸瓜，在河南抓住他。马曼丽这么劝他，既是为了刘跃进，也是为了她自己；因为她也看了这 U 盘。但刘跃进没有听她的话。表面听了，背后没听；当面听了，两人分手后，又改了主意。也不是完全没听，听了一半，从工地失踪了，但没离开北京。他虽然害怕 U 盘，但更害怕欠条丢了，那个卖假酒的李更生不认账。包虽然丢过两回，但找包的线索并没有丢。如不知这包在谁手里，刘跃进也许不找；知道这包又被甘肃的三男一女抢走了，上次他跟踪青面兽杨志，也去过东郊那三男一女的小屋，知道贼的老窝，不找有些可惜。一边是命，一边是自己丢的东西，孰轻孰重?刘跃进掂量半天，取了个中间数；既不能不找，又不能找的时间过长；三天，再找三天，找到自己的包也好，找不到也好，他都离开北京。但离开工地，总要有个落脚处。刘跃进的想法，又与韩胜利不同。韩胜利以为他会去"曼丽发廊"，或者是魏公村老高处；这两个去处，刘跃进都想到过，但都没有去。没去不是觉得这两个人不可

301

靠；或者他答应马曼丽离开北京，又没离开，马曼丽会跟他急；而是事到如今，如今的刘跃进，不是过去的刘跃进，怀里揣着几条人命，觉得那两个地方都不保险。哪里最保险？不是朋友的住处，而是人想不到的地方；不是人少的地方，而是人多的地方。哪里人最多？火车站。人多，有躲藏处；有个闪失，也好喊人。所以，这两天，刘跃进除了找包，就躲在北京西站；和南来北往的陌生人，杂睡在一起。

但曹哥鸭棚的人，抓住刘跃进，却不是在北京西站。青面兽杨志想了许多地方，但和韩胜利一样，没有想到火车站。但他想到一个地方，韩胜利没想到，却和刘跃进想到了一起，就是甘肃那三男一女过去的老窝。就在这个老窝，青面兽杨志被甘肃那三男一女抢了。青面兽杨志又去这小屋报仇，刘跃进也跟踪到这里。但甘肃那三男一女，早已挪了窝；青面兽杨志又碰到那三男一女，恰恰不在东郊，而在石景山。但他们挪了窝，青面兽杨志知道，刘跃进并不知道。青面兽杨志猜想，如今刘跃进寻包，必寻找甘肃这三男一女；寻找这三男一女，必去东郊那过期的老窝。青面兽杨志把这想法告诉曹哥，曹哥马上让光头崔哥带上几个人，去了东郊那条胡同。那条胡同，光头崔哥倒也熟；几天前，他曾在这里堵住过青面兽杨志，让他换上饭馆的服装，去贝多芬别墅偷东西。刘跃进的心思，果然让青面兽杨志猜中了。这天夜里一点，刘跃进鬼鬼祟祟，来到东郊那条胡同。从这条胡同转到另一条胡同，到胡同底，到小屋前，见门上挂着一把锁，刘跃进还有些失望；但他不死心，还想再蹲守一会儿；但没来得及蹲下，早被已蹲在那里的光头崔哥等人给抓住了。刘跃进有些猝不及防，以为曹哥的人找他，是为别的事，刘跃进还想急；别因为别的事，耽误自己的大事；但看光头崔哥只管抓人，并不问话，又不敢惹他们；待到了鸭棚，曹哥说起来，也是为了那个 U 盘，刘跃进才恍然大悟，寻找这盘的人，又多出一拨。曹哥做事讲个师出有名，慢吞吞地对刘跃进讲，听说刘跃进捡到一包，而这包出自贝多芬别墅；贝多芬别墅，也在他的辖区；偷出这包的青面兽杨志，也是他派出去的；现在让刘跃进把包还回来，也算物归原主；包不重要，重要的是里面有一个 U 盘，拿出来就行了，大家好说好散。刘跃进听曹哥这么一说，就知道曹哥没看过这 U 盘；曹哥找它，也是为了钱；但曹哥只知道这盘值钱，不知道这盘要命；看似是个 U 盘，其实是颗炸弹。但刘跃进既不好向曹哥解释这盘，又不好解释自己的苦衷；不给曹哥这盘，是对曹哥好；给了曹哥，曹哥身上，也绑上了这颗炸弹。他倒不怕曹哥被炸弹炸死，如自己拿出这盘，证明这盘从自己手里过过，炸弹一响，也会炸着自己。一件事，就会变成第三件事。刘跃进只好装傻，说自己没捡这包，更没见过曹哥说的 U 盘，和上次跟青面兽杨志说的一样。上次青面兽杨志相信了，这次曹哥却不相信。曹哥让刘跃进再想想，别伤了和气。刘跃进急着说，如捡了这包，拿了这U盘，这么多人找，早交出去了；自己是个厨子，那盘对自己没用。曹哥见刘跃进不说，叹口气，背着手，转身出了鸭棚。曹哥背着手离开，光头崔哥等人便将刘跃进吊起来，开始拷打。拷打中谁下手最重？韩胜利。韩胜利下手重，并不是刘跃进欠他钱，一直没还；或刘跃进失踪，没躲在"曼丽发廊"或魏公村老高处，让他白费半天工夫；而是他断定刘跃进离开北京，刘跃进并没有离开北京；刘跃进没让他抓住，让青面兽杨志抓住了；韩胜利感到很没面子。曹哥交给他的第一桩事，就让他办砸了，等于让曹哥白替他还了X市人一万六千块钱。曹哥虽然没说什么，但韩胜利心里忐忑不安。现在多踹两脚，多扇几个嘴巴子，除了解气，也算将功补过。韩胜利劈头盖脸打人，不但刘跃进感到吃惊；大家知道他和刘跃进，过去是好朋友；光头崔哥也感到吃惊：

"这孙子，倒六亲不认。"

刘跃进被打得鼻口出血，仍咬定牙关，说他没捡那包，也没拿那盘。光头崔哥等人以为他嘴硬，又接着打。韩胜利打得起劲，抄起一木板子，欲拍刘跃进；还是曹哥从鸭棚外踱回来，止住了众人。曹哥感冒还没好，眼睛老流泪；用泪眼凑上来，打量刘跃进。刘跃进以为曹哥也要打他，本能地躲闪。曹哥倒没打他，拍拍他的脸：

"吊你一夜，明儿早上还不说，我就服了你。"

又用卫生纸擦眼，对众人说：

"天儿不早了，都回去歇着吧。"

又对小胖子说：

"你留下看他。"

众人应诺，陆续离开鸭棚。小胖子并不愿留下看人，但曹哥的吩咐，又不敢不听；他不敢反对曹哥，把火发在了刘跃进身上，从杀鸭子的案子上，抄起一块抹布，塞到了刘跃进嘴里。

第三十章

小胖子

刘跃进昏了过去。刘跃进自生下来，昏过四次。头一回，一九六○年，刘跃进两岁，全中国没得吃，村里饿死许多人；刘跃进有个舅舅是个贼，会到地里偷东西；仗着这个舅舅，刘跃进才没被饿死；但地里东西也不多，又有人看着，舅舅也不是天天得手；舅舅不得手时，刘跃进被饿昏过。第二回，老婆黄晓庆与造假酒的李更生通奸，刘跃进捉奸在床，又被李更生打了一顿。当时只顾愤恨，回到家里，突然昏倒；是被气昏了。还有一回是前几天，在刘跃进的小屋，听青面兽杨志说，他丢那包，又被甘肃那三男一女抢走了，急火攻心，昏了过去；是被急昏的。这一回在曹哥的鸭棚，又与前三回不同，是被打昏了。也不是被打昏的，是吊昏的。人被吊在顶棚的钢架上，身子悬着，脚不沾地，血走不上去，脸被憋得煞白，喘气越来越粗。也不是被吊昏的，是熏昏的。小胖子怕他喊叫，塞到他嘴里一块抹布；抹布塞到嗓子眼；这抹布不是一般的抹布，它日常的用处，是杀过鸭子，用来抹刀；血腥味和恶臭气，混在一起；抹布塞进嘴，立马就被熏晕了。昏过去，并没有昏死，还做了一个梦。梦中，似乎回到了十几年前，他还没有与老婆黄晓庆离婚。他和老婆，牵着五六岁的儿子刘鹏举，在一集市上走。集上人挤人，儿子突然被挤丢了。接着老婆也不见了。他在人群中着急，但脚下挪不得步。嘴里想喊，也出不来声。焦急中醒来，一时不知自己身在何处。等认出这里是曹哥的鸭棚，渐渐将昏前昏后的事，连在一起，这才明白了目前的处境。鸭棚里的灯亮着，小胖子躺在曹哥常躺的藤椅上，已经睡着了。嘴里吹着气。刘跃进身边，还吊着一只鸟笼。笼里有一只八哥。这八哥是曹哥养的，只会说三句话。因耳朵被蜡封着，听不到世界上的声音，所以睡觉也有些颠倒，它白天睡觉，夜里醒来。刘跃进醒来之前，它已经醒了，在笼子里蹦。蹦累了，将头探出来，端详刘跃进。待刘跃进醒来，八哥冲他打了个招呼：

"过年好。"

刘跃进倒被它吓了一跳。但他没工夫搭理八哥，拼命踢腾自己的腿，嘴里"呜里哇啦"地喊。小胖子被他折腾醒了，上来掏出刘跃进嘴里的抹布，看他要干什么。刘跃进喘着气：

"喝水。"

又说：

"没让打死，渴死了。"

小胖子看看刘跃进，倒端起曹哥留在桌子上的大茶缸，喂刘跃进水。刘跃进"咕咚""咕咚"喝了个饱，小胖子又要给他塞抹布，刘跃进：

"想解手。"

小胖子：

"解吧，这儿又没女的。"

刘跃进明白，小胖子是让他就这么吊着解，直接尿到裤里。刘跃进：

"不是小手，是大手。"

小胖子看刘跃进。刘跃进：

"要不嫌臭，我就这么解了。"

小胖子想了想，解开拴在三角铁上的吊绳，将刘跃进顺了下来。又拎过一只盛鸭血的塑料盆，替刘跃进脱裤子。刘跃进：

"手上的绳不解呀?待会儿你替我擦屁股呀?"

小胖子:

"解开绳子,你跑了咋办?"

刘跃进:

"老弟,人打成这样,还咋跑呀?"

又说:

"咱俩也算老熟人了,你在帮我,我能害你吗?"

小胖子想了想,先去案上拿了把杀鸭子的尖刀;然后将刘跃进手上的绳解开;用刀逼住刘跃进的脸:

"别动坏心思,不然宰了你。"

手上的绳子被解开,刘跃进就不怕小胖子了。一边系上裤子,一边将身子往前凑:

"兄弟,实话告诉你,早不想活了。快,给哥来个痛快的。"

小胖子往后退着,急得脸通红:

"你别逼我,我真动刀了啊。"

刘跃进猛地将刀从小胖子手里夺过来:

"算了吧你,鸭子都不敢杀,还敢杀人?"

又说:

"我到了这份上,别说你,谁我也敢杀。"

一脚将小胖子踹倒,用绳子将小胖子捆住;捡起抹布,塞到他嘴里；将他吊在鸟笼旁。接着脱掉自己的血衣服；靠墙绳子上，搭着曹哥一身衣服；刘跃进换上这衣服；又从小胖子口袋里，摸出二百多块钱；将刀揣到怀里，打开鸭棚门，左右看看，跑了。

　　但刘跃进没有想到，他出鸭棚刚跑，光头崔哥带着两个人，从鸭棚后身闪出，悄悄跟了上去。

第三十一章

方峻德

　　刘跃进离开曹哥的鸭棚，拼命往"曼丽发廊"跑。去"曼丽发廊"不为去那里躲藏，为跟马曼丽说一句话。被曹哥鸭棚的人吊打一顿，刘跃进知道自己那包，是不能再找了。再找就没命了。捉住刘跃进吊打的是一拨，还在捉刘跃进的，不知有多少拨呢。原以为自己那包，比捡到那包重要；起码对自己更重要；才没有离开北京，执意要找到它；现在终于明白，别人包里的东西，还是比自己包里的东西重要。东西就像人一样，重要不重要，不是自个儿说了算。这时后悔当初没听马曼丽的话；如早点离开北京，也就没有鸭棚里的惊险。但他去找马曼丽，并不是要说后悔的话，而是要说 U 盘的事。从曹哥鸭棚里逃出来，曹哥早晚会发现；如再被曹哥抓住，大概就不是吊打的事了，而是要命的事了。这个时候去找马曼丽，也算冒死一句话。"冒死一句话"，在河南村里听鼓书的时候，听说书的人说过；大都发生在战场上，朝廷的宫殿上，或牢狱里，或法场；没想到朗朗乾坤，清平世界，这情状让刘跃进赶上了。也算与众不同。也是急切之中，也是刚被吊了半夜，脑袋有些蒙，也有些乱，刘跃进钻过两条胡同，突然发现自己跑错了路。又折回头跑，突然发现，另一条胡同里，影影绰绰，似有几条身影，在忙着躲藏。刘跃进惊出一身汗。这时明白，自己逃离鸭棚，后边有人跟踪。逃出曹哥鸭棚时，刘跃进先是感到庆幸，接着还感到疑惑，曹哥好不容易把他抓住，咋又这么轻易让他逃走了呢?吊打一番，将众人都支走，就留下一个窝囊的小胖子看他；但他当时只顾逃跑，并没深想；现在明白，原来是个圈套，曹哥是故意让他逃走的，后边好有人跟踪。就像刘跃进当初跟踪青面兽杨志一样；跟踪并不是目的，目的是找到他的老窝；找到老窝并不重要，重要的是，从老窝里，就能找到自己那包；现在曹哥也在让人跟踪，也在找他的老窝，接着再找到那个 U 盘。这时刘跃进多了一条心，发现有人跟踪，但又假装没发现，继续往前跑。如被人发现他发现了，又会被捉回鸭棚；假装没有发现，你还可以继续跑；跑中，再想别的办法。跑出这条胡同，刘跃进突然转了方向。本来要去"曼丽发廊"，现在不去了，开始拼命往大街上跑。大街上，总比胡同里宽敞；虽是后半夜，街上也过车；有人的地方，就比没人的地方安全。待跑到大街上，又往公交站跑。公交站有人等夜班车，与人在一起，安全又多了几分。待跑到公交站，正好过来一夜班车，刘跃进跳上夜班车，去了北京西站。原来他往大街和公交站跑，也不是盲目的，也是有目的的，为了去火车站。

但是，刘跃进能顺利逃到北京西站，并不是因为刘跃进警觉，发现了光头崔哥几人的跟踪；或发现了假装没发现，仗这些小聪明；从跳上第一辆夜班车，到北京西站，他还要倒三回车；每一回倒车时，他都有可能再次被光头崔哥等人抓住。光头崔哥等人跟踪他，为了让他去取 U 盘；看他跳上夜班车，虽然不知道他到哪里去，但不像去取 U 盘，便想将他捉回。光头崔哥等人想捉回刘跃进，几次倒车的过程中，都是机会。刘跃进从胡同里跑到公交站，他到了，夜班车也到了；但后两回倒车，刘跃进跟夜班车却没有那么默契；他到了，夜班车还没影儿；第三回倒车，足足等了半个小时，车还没来；刘跃进害怕夜长梦多，赶紧打了个出租，这才到了北京西站。光头崔哥等人想抓回刘跃进，甚至不用等这些机会，夜班车上，也能把他捉住；刀逼在刘跃进脸上，刘跃进不敢声张，夜班车的司机和售票员也不敢声张。最后刘跃进没被光头崔哥等人捉回，与刘跃进聪明不聪明没关系，跟另一个人有关系。

这人叫方峻德。方峻德像老邢一样，也在一调查所工作。老邢的调查所叫"智者千虑调查所"，方峻德的调查所叫"万无一失调查所"。虽然都是调查所，但两人调查的事情不一样。老邢主要调查第三者，男女私情，拆散的是人的家庭；替严格调查贼，还是头一回；方峻德主要调查私人恩怨，有冤报冤，有仇报仇，拆的是人的胳膊腿。老邢的调查所是公开的，方峻德的调查所是地下的。两人和曹哥鸭棚的人一样，都是为了找到U盘；但两人受雇的人不同，老邢受雇于严格，方峻德受雇于老蔺。无非几天下来，大家都没找到U盘罢了。自知道U盘在一厨子身上，厨子又失踪了；老蔺一方面怪严格找老邢找错了，找来刘跃进的朋友韩胜利，让韩胜利去找刘跃进；同时让方峻德跟踪韩胜利；欲通过韩胜利，找到刘跃进；待找到刘跃进，横插一刀，不让刘跃进落到韩胜利手里，直接劫走刘跃进，绕过严格这一关，直接拿到U盘。这样做虽然麻烦，让更多的人掺和了此事；但麻烦有麻烦的好处；半道把粮劫走，不再受制于人。总体讲，利大于弊。也算螳螂捕蝉，黄雀在后。没想到韩胜利拿了严格的钱，并没有找到刘跃进。但通过跟踪韩胜利，方峻德找到了曹哥的鸭棚。便带着一个弟兄，日夜盯着这鸭棚。没想到这工夫没有白费，通过青面兽杨志，刘跃进被曹哥他们捉住了。刘跃进在曹哥鸭棚里时，方峻德不知鸭棚的深浅，不敢贸然横插一刀；待刘跃进逃出鸭棚，方峻德就有了机会。这时又发现，跟踪刘跃进的不只他们俩，还有鸭棚里三个人；便知道他们放出刘跃进，是个圈套。同时知道，欲截刘跃进，先得截住曹哥鸭棚的人。刘跃进在八王坟倒夜班车时，光头崔哥带两个人欲从桥下冲出来，捉回刘跃进；还没等他们冲出来，方峻德二人来到他们面前。光头崔哥见来者不善，以为碰到了抢劫的，还怪他们有眼不识泰山；光头崔哥还惦着捉刘跃进，没工夫跟他们啰唆，直接从身上掏出了刀。真打起来，方峻德两个人，光头崔哥三个人，两个人打不过三个人。见他们掏刀，方峻德二人直接从身上掏出两把钢珠手枪。拿刀的干不过拿枪的，光头崔哥愣在那里，这才知道遇到了对手。光头崔哥忙收起刀：

"大哥，要钱给钱，我们还另外有事。"

方峻德：

"不要钱，要人。"

指了指在远处公交站候车的刘跃进。光头崔哥这才明白，这是另一拨寻找刘跃进的人；但不知是哪一拨，主人又是谁。忙说：

"其实是一回事，大家都是为了钱。能不能合计合计，大家说开？"

方峻德摇摇头，用枪指着他们：

"不合计，滚。"

光头崔哥在道上，也见过一些人。方峻德说"滚"的时候，虽然声音不高，但面无表情；便知道碰上了硬主，是个说得出做得来的人，不是虚张声势；便带着两个弟兄，丧气地离开。

第三十二章

老　邢

　　刘跃进进了北京西站候车大厅，看到椅子上、地上，睡满了人；人间，有一个巡夜的警察，打着哈欠，走来走去；才知道自己逃出了虎口；像受惊的兔子，回到自己老窝一样，心里才稍稍安定下来。那个巡夜的警察，看到刘跃进惊慌失措，脸上还有血痕，倒对刘跃进产生了怀疑；隔着睡梦中许多人，先用手点住刘跃进，不准他动；又绕过几排椅子，慢慢踱过来，打量刘跃进的脸：

　　"你怎么回事？"

　　就刘跃进目前的处境来说，虽然投奔警察最安全，但刘跃进不敢对警察说出实情。他丢了个包，又捡了个包，包里有一个U盘；因为这个U盘，他被人追，被人打，说不定还会要命；但因为这个U盘，他也参与过敲诈；搅在一起，根根叶叶，说不清楚。同时，事情发展到这个地步，不光追他的几拨人着急，刘跃进自己还有事急着处理；跟警察，耽误不起那么多工夫。但被警察叫住，又不能不解释脸上挂伤的原因。也算急中生智，刘跃进用河南话说：

"老婆被人拐走了，出门找了半个月了；昨天晚上在王府井抓到他们，没承想，又被那奸夫打了一顿。这事不能就这么算了。"

刘跃进说的，也算是实情，符合自己的经历。只不过把时间、地点给改了。虽然改了，因是实情，说起来倒不显得假；说着说着，勾起了往事；也是这些天被事情逼的，思前想后，竟动了真情；一把抓住警察的手说：

"大哥，你得帮我找到他们，替我报仇哇。"

警察倒被他说得一愣。看看刘跃进，一脸苦相，既不像偷东西的贼，也不像杀人放火的抢劫犯；用力甩着刘跃进的手：

"放开。"

又说：

"你这是家务事，还没发展到要警察来管。"

又打了一个哈欠，摇摇晃晃走了。打发走警察，刘跃进买了一张电话卡，慌忙去打电话。电话是打给马曼丽的。这时找马曼丽，和刚才从曹哥鸭棚里逃出来，跑去找马曼丽又有不同。刚才找她，是为说一句话，现在这句话也顾不得了；刚才找她是为了U盘，现在连U盘也顾不得了。他找马曼丽，是为了找存在发廊的一个帆布提包。刘跃进离开工地那天，把自己的细软，塞到这个提包里；把这个提包，存在了"曼丽发廊"。找提包不为细软，为找里面的一件西服。找西服也不为西服，为找西服口袋里的一张名片。这张名片，还是几天前，"智者千虑调查所"的调查员老邢留下的。那天，任保良带老邢到刘跃进的小屋找包，刘跃进装傻充愣，说自己丢包了，并没捡包；任保良急了，老邢没急；临走时，给刘跃进留下一张名片，让刘跃进再想想，如知道包在哪里，给他打电话。刘跃进逃往火车站时，还没想到要找老邢；到了火车站，打算坐明天一早的火车回河南，突然想起了老邢。马曼丽当初劝刘跃进逃跑，不但劝他离开北京，也劝他不要回河南，防止有人顺藤摸瓜；上回没听马曼丽的话，留在了北京，才有今天的历险；这回也不准备听，虽然要离开北京，仍想回河南。他回河南，也有自己的打算。正是因为这个打算，他突然想起了老邢。找老邢并不是为了老邢，告诉他自己捡了那包，包里有一个U盘；还是为了自己丢的那包，包里那张欠条。刘跃进想着，老邢是个侦探，又见过偷刘跃进那包那贼；不但见过第一个贼青面兽杨志；也见过第二批贼，甘肃那三男一女；如今包丢了，欠条丢了，刘跃进怕老家卖假酒的李更生赖账，便想让老邢跟他一块去趟河南，找到那卖假酒的李更生，给他当一个证人。欠条上的六万块钱到手，回头再说那个 U 盘。那个 U 盘，刘跃进并没带在身上，还放在北京一个地方；让老邢去河南，等于在骗老邢；但刘跃进捡到那包，却被儿子刘鹏举和他的女朋友麦当娜带到了河南，单说这包，也不算骗人。或者说，骗也算骗，但只骗了一半。马曼丽的电话打通了。但深更半夜，马曼丽接到电话，立马慌了。没容刘跃进说西服和名片的事，马上问 U 盘的事是不是发了。如果发了，她把自己的提包也收拾好了，准备立马逃往外地；这个外地，不包括她的东北老家。关于逃亡的去处，马曼丽倒说到做到，不回老家。事情确实如马曼丽所说，U 盘的事发了，几拨人都在找刘跃进；但刘跃进认为，U 盘还没被人找到，事情就不算发。也是为了稳住马曼丽，刘跃进给马曼丽也撒了谎，说自己并没有离开北京；为什么没离开北京？因为这事的风声又小了，他在找甘肃那三男一女；昨夜找见了，又让他们跑了；知道老邢也见过这三男一女，便想请老邢帮忙。马曼丽这才找出名片，将上边的电话，告诉了刘跃进。

老邢接到刘跃进的电话，有些吃惊。老邢这两天也在找刘跃进。上次找到刘跃进，让他蒙了，以为 U 盘不在他身上，还在青面兽杨志身上，又回头寻找青面兽杨志，耽误了两天时间。直到听说刘跃进失踪了，也才明白，U盘就在这厨子身上，又回头寻找刘跃进。老邢寻找刘跃进，与其他几拨人寻找刘跃进，又有不同；不但与别人不同，与他以前的寻找也不同。首先，老邢对人说了假话。老邢并不是"智者千虑调查所"的调查员，而是一个警察。十多天来，也在扮演另一个人，也在演戏。另外，几拨人寻找刘跃进皆是为了U盘，老邢寻找刘跃进也是为了U盘，但不仅是为了U盘，U盘只是他寻找中的一部分。或者说，他在寻找更重要的东西。或者说，他不知道U盘里藏的到底是什么，找这U盘，是否比找别的重要。他扮作调查员欺骗严格，并不是为了调查严格，而是为了调查老蔺和贾主任。或者说，调查严格只是一个切口；除了这个切口，还有许多切口。或者说，调查老蔺和贾主任，也不是为了调查老蔺和贾主任，而是为了调查另一个人。总而言之，老邢是在调查一个西瓜，刘跃进和U盘，在老邢的棋盘上，就成了一粒芝麻。只是因为别的切口一时难以找到，这有一个现成的切口，也不能放过去，于是就扮作调查员，先来调查这个。于是，他对刘跃进和U盘的调查，并无其他几拨人急切。老邢做事不着急，还有另外一个原因。他当警察十几年了，工作起来，天天都在找人；这一点倒和调查员没有区别；无非调查员调查的是第三者，他调查的是人命。天天都在找坏人，坏人永远也找不完；找来找去，有些疲了，心就自然慢了。但这还不是慢的主要原因，老邢当了十几年警察，仕途上并不顺利；与他一起大学毕业进警察系统的，有当处长的，有当局长的，老邢还是一个警长。当警长并不是能力不行，十几年算下来，同进警局的人，谁也没有他抓人多。但光在外边抓人有啥用？要想升迁，得会在单位活动人。会活动者，会给上头送钱者；送钱，人家又收者，很快就当了处长、局长，成了老邢的上司。老邢这时才明白，干活和升迁，原来是两回事。认识到这一点，已经晚了；处长和局长的位置，已经被别人占据了。这时再想活动和送钱，已经来不及了。当了处长和局长，就能收更多的钱，老邢还在街上抓人，二者的差距越来越大。看着别人荣华富贵，自己十几年如一日，老邢心中有些不平。天天抓坏人，坏人就在自己身边呀。只抓与自己毫不相干的人，不抓自己认识的坏人，让老邢心里又有些郁闷。怎么老抓生人呀，该抓熟人呀；怎么老抓被抓的人呀，该抓抓人的人呀。可左右打量，这种情况，并不是一处两处；这种局面，也不是一天两天形成的，一个人两个人形成的；天下不是一个坏人，天下乌鸦一般黑；而为了一般黑去抓乌鸦，或者为了这帮乌鸦去抓另一帮乌鸦，老邢怀疑自己工作的意义。但天下如此之大，老邢又扭转不了；想不通，白想不通。这回老邢扮作"智者千虑调查所"的调查员，"智者千虑调查所"的所长，就是他过去的同事；正是因为过去是同事，才给老邢提供了这样的方便；这个同事，过去也像他一样想不通，才辞了职，用一己之长，开了这么个调查所；过去调查人命，现在调查第三者。再见这位同事，果然比以前吃胖了，花钱比以前大方了；接着住上了别墅，开上了"奔驰"。与这位所长比，老邢心里又有了另一种不平；人家天天找人是为了钱，自己天天找人是为了乌鸦；为钱就想得通，为乌鸦就想不通；十多天来，虽然扮调查员是假，但扮着扮着，真有心像过去的同事一样，也辞了职，来调查第三者。与严格头一回见面，他说自己做生意不得志，才当了调查员，此话是假，但心情是真。人在矛盾的状态中，一有私心杂念，心慢了不说，还会影响对事物的判断力。寻找一个 U 盘，出了这么多阴差阳错，跟老邢内心的阴差阳错大有关系。表面看八竿子打不着，根上却有千丝万缕的联系。只是到刘跃进失踪，看到严格惊慌失措的样子，他才意识到这 U 盘的重要；这个切口，也许比别的切口重要；自己过去有些大意了。但回头再找刘跃进，又有些晚了。晚了也就晚了，过去也不是没晚过，老邢心里，倒不像严格等人那么着急；反正早晚要去调查所，待那时再着急还来得及。夜里他倒睡得着。但凌晨五点，他接到了刘跃进的电话，又让他吃惊，也重新燃起了对这事的热情。重新燃起热情不是因为天下和乌鸦，而是刘跃进一番话。刘跃进在电话里说得很快，河南话，有一半他没听懂，只听出一个大概：这包刘跃进捡到了；但包不在他手里，被他儿子拿回了河南；为了这包，几拨人在找他；刚刚被一拨人吊打过，好不容易逃了出来；逃的时候，发现后边有人跟踪；过去不知道这包的厉害，现在知道了；不是万般无奈，他不会给老邢打电话；给老邢打电话不是为了别的，是为了把这包交给老邢；交给老邢不为老邢，为自己早一点摆脱干系；为了交给老邢，让老邢跟自己去河南一趟；去河南不是自己一个人不能走，而是害怕路途上有人劫他。如此这般，说了一番。虽然这话半真半假，所有的人找包，都是为了找那个 U 盘；包和盘本已分离，让老邢去河南找包，等于在骗老邢；也是急切之中，老邢听后，上了刘跃进的当不说，精神也抖擞起来。精神抖擞不是断线的风筝，如今自动飞到了自己手里；而是老邢的好奇心起了作用。过去对 U 盘不那么重视，现在倒想看看，U 盘里到底藏着什么，让从上到下一圈人这么紧张。电话里马上答应刘跃进，跟他去一趟河南。刘跃进：

"我到哪里找你呢，我怕有人劫我呀。"

老邢本想告诉刘跃进，最好的办法，是立马去找车站的警察；因老邢也是警察；但怕说出这话，又打草惊蛇，吓着刘跃进；刘跃进本来信任自己；只知道老邢是个调查员；一听这话，又不信任，转头跑了，找起来就难了；可听说有人跟踪刘跃进，又不敢让刘跃进在火车站死等；担心有人趁这个空隙，把刘跃进劫走。想到这里，老邢又感到好笑，真没想到，一个工地的厨子，陡然之间，竟变得这么重要，让上上下下的人围着他转。因为这个，老邢又觉得这个刘跃进有点儿意思。于是告诉他，不要在车站停留，赶紧买张火车票去石家庄；买过车票，再打电话告诉老邢车次，老邢会让石家庄的朋友，在石家庄站台接他；老邢也马上开车去石家庄；两人在石家庄聚齐后，再一块开车去河南。

第三十三章

刘跃进

刘跃进上了火车，看看左右，不像有人跟踪，心里才踏实下来。就是有人跟踪，火车是个行进的东西，也不好一下把人劫走；加上火车上都是人，过道里，时不时有乘警走来走去，有人下手，他也好喊人。离开北京，就等于离开了危险之地。但望着窗外渐渐退去的北京，刘跃进又有些伤感。六年前，他离开河南，来到北京；虽然北京跟他不沾亲不带故，来这里就是为了挣钱；也不光为了挣钱，是为了躲开老家那伤心之地；但六年下来，就是一块铁，在怀里也焐热了。夜里做梦，梦见自个儿在北京，比梦见自个儿在河南还多。也想着总有一天会离开北京，或好着离开，或歹着离开，无非是挣钱多少而已，从来没想到自己会逃离北京，北京会要他的命。这种结果，说起来跟六年也没关系，跟近十几天有关系。自己丢了个包，又捡了个包，一件事就变成了另一件事，接着又变成了第三件事。这种变化，过去也遇到过，无非小事变成了大事，或大事变成了小事；但变来变去，都是同一件事；一只蚂蚁，变成了另一只蚂蚁；顶多变成一只苍蝇；但一只蚂蚁，突然变成了一只老虎，老虎转头扑过来吃人；四十多年来，刘跃进还没遇见过。本来是刘跃进丢了东西，变成了刘跃进要丢命。这其间的道理，是怎么转换的，刘跃进一下还没想通。丢包没人管，捡了个包，就开始大祸临头，许多人在找刘跃进。但刘跃进又感叹，也多亏捡了个包，许多人开始找他；找他的人中，有个老邢；老邢知道他丢了包，也见过抢他包的那两拨贼；刘跃进用话骗了老邢，老邢答应跟他去河南；包里的欠条丢了，没有老邢这样的当事人作证，老家那个卖假酒的李更生，不会痛快地把钱拿出来；一个卖假酒的，连别人的老婆都敢拐走，到钱上，更不敢相信他的人品；如果这六万块钱要不回来，等于六年前，刘跃进的老婆，白被人拐走了。但又想，就是有老邢作证，那个卖假酒的李更生，不见欠条，会不会赖账呢？如果他要赖，老邢只是个侦探，人在河南，又不在北京，老邢也是没辙。出现这种情况，又该咋个料理呢？关于这一层，刘跃进一时还没想出更好的对策；也只好走一步看一步，死马当成活马医了。但又想，如果卖假酒的被老邢唬住，六万块钱到手，情况就大不一样了。刘跃进的一番宏图，就可以大展了。等两个包的风声过去，刘跃进准备再杀回北京，用这钱打底，开个饭馆；刘跃进是个厨子，做饭不用求人；过去不敢在北京开饭馆，一是没钱，二是地生；如今在北京待了六年，行市上也熟了；老高就在魏公村开了个饭馆；老高做饭的手艺，还不如刘跃进；老高却说，每个月能赚一万多；刘跃进手艺比老高强，一个月不说多赚，赚两万，一年下来，就是二十多万；马上就是有钱人了。赚钱事小，从此不再受人欺负，活个扬眉吐气，才叫风光呢。到了那个时候，让前妻黄晓庆看看，刘跃进到底是什么人；也让儿子刘鹏举看看，刘跃进从来不说瞎话，有钱就是有钱。心里又高兴起来。突然又想起留在北京的马曼丽；刘跃进回了河南，她还不知道，她还蒙在鼓里；刘跃进有一个装细软的提包，还落在"曼丽发廊"；待自己开了饭馆，发了财，把马曼丽叫来，让她当老板娘；但又不敢担保她能同意。她跟人好，似乎不完全在钱。但是，她也看不上穷光蛋。穷光蛋不光说明穷，也说明他本事不如别人。刘跃进是个工地厨子，马曼丽看不上；等刘跃进成了饭馆的老板，说不定她就会另眼相看。除了穷富，马曼丽还在乎这人会不会说话；刘跃进当厨子时嘴笨，那是说话处处要看人脸色，被人压住了；等自个儿能做自个儿主的时候，胆子一大，说起话来，说不定也舌底生风。这样想东想西，一阵悲一阵喜，火车过了丰台，到了涿州。在涿州停了五分钟，火车又往南开。火车过道里，有人推着饭车卖盒饭，刘跃进突然感到肚子饿了。从昨天夜里到今天上午，只顾逃命，忘了肚子饿；现在好不容易安定下来，看到饭车，便觉饿了。问了一下盒饭的价钱，一盒米饭，上边铺些豆芽，豆芽上卧着两块肥肉，五块，刘跃进又觉不值。刘跃进就是个厨子，知道这饭的成本，不会超过五毛钱；五毛钱的东西卖五块，感叹火车上卖饭的，心也太黑了；仗着火车在跑，人下不得车，就拿刀宰人。刘跃进身上，原有二百多块钱，还是在曹哥鸭棚抢小胖子的；昨夜打出租花了二十多，买火车票花了三十多，身上剩下一百四左右，不知前边还有什么用钱处；虽然问过价钱，但没买这盒饭；饿先忍着。待火车到了保定，看到车下站台上，也有人卖盒饭，有人在买，也是米饭豆芽，卧两块肥肉，两块五一份；虽然心也黑，但比车厢里便宜一半，便下车去买盒饭。交了钱，挑了一盒份儿足的，边吃，边回车厢。这时一人叼着一根烟，来到他跟前：

"大哥，有火吗?"

原来是个借火的。刘跃进从口袋里掏出火机，那人点着烟，这时低声问：

"你叫刘跃进?"

刘跃进大吃一惊,心里陡然紧张起来。突然意识到什么,急忙往车厢门口走:

"我不认识你。"

那人笑了,快步跟着刘跃进,这时又说:

"如果你是回河南找你儿子,我劝你就别去了,我们去过了,你儿子不在河南。"

刘跃进大吃一惊,原地站住:

"你是谁?"

那人:

"我是谁不重要,重要的是,我们不但知道你儿子不在河南,还知道你找你儿子,是为找一包;这包我们也找到了,里边没有要找的东西。"

刘跃进身上的汗毛,陡然竖了起来。刘跃进慌忙问:

"我儿子在哪儿?"

那人抽着烟,笑而不答。刘跃进突然明白,儿子被这人绑架了。儿子被人绑架,比起丢个包和欠条,事情又大;事情又变了,由老虎又变成了一头鳄鱼。这头鳄鱼不但要吃刘跃进,还要吃他儿子。同时知道这陌生人,是找 U 盘的另一拨人。这拨人属于谁,刘跃进又不知道。接着担心这人话中有诈,这人并没找到他儿子,无非是拿他儿子威胁他。那人看穿刘跃进的心思，搂着刘跃进的肩膀，开始往站台一圆柱后走；边走，边掏出自己的手机，拨了一个电话，递给刘跃进。刘跃进拿过电话，刚问了一句：

"你谁呀?"

对方在电话里就哭了：

"爸，是我。"

电话那头，真是儿子刘鹏举的声音。还没待刘跃进再问话，刘鹏举在电话那头就急了：

"爸，你从那包里，又偷了啥?让人抓我们，给关到这黑屋里。"

接着似乎啪一巴掌，刘鹏举开始哀求；不是哀求刘跃进，而是哀求电话那头的人：

"叔叔，别打了，我真没拿。"

话筒里，还传来儿子女朋友麦当娜啜泣的声音：

"大哥，把我放了吧，我跟这事没关系。"

刘跃进手里的盒饭，"啪"地掉在地上，脸也一下变得煞白。又看那人，那人吸溜一下鼻子，笑眯眯地收回电话。有了这十几天的遭遇，刘跃进也学会了看人。凡是遇到杀人越货还笑眯眯的人，就是心狠手辣的人；刘跃进对这人有些发怵，磕磕巴巴地问：

"你们想干吗呢?"

331

这话等于明知故问。那人又搂刘跃进的肩膀，似搂着自己的亲兄弟：

"快把那东西给我，我好叫他们放你儿子。"

事到如今，刘跃进见他们捉住了儿子，又拿到了那包，刘跃进不敢再说假话，说：

"可那 U 盘，不在我身上呀。"

那人指火车：

"在火车上？"

刘跃进摇摇头，如实说：

"还在北京。"

那人倒不着急，指指火车：

"上去，把行李拿下来，咱一块儿回北京。"

第三十四章

老　邢

　　老邢跟石家庄的警察，在石家庄火车站找了一下午，没有找到刘跃进。石家庄的两个警察，也穿着便服；说中午那列火车上，没有刘跃进。在车厢门口没接着，又上车找；为找刘跃进，让火车晚发了十分钟；整个列车找了个遍，没有这个人。老邢的手机一直开着，再不见刘跃进给他打电话。刘跃进没有手机，老邢也无法跟他联系。打发走石家庄两个警察，老邢又自个儿在火车站找了半天。虽然知道找是白找，火车上没有，火车站咋会有呢?但煮熟的鸭子，又一次让它飞了，老邢又有些不死心。也心存侥幸，万一刘跃进中途换了车，乘另一辆火车到了石家庄呢?但火车等了一列又一列，在火车站找到傍晚，还不见刘跃进，老邢这才死心，刘跃进不会来石家庄了。不来有两种情况，要么老邢再一次被这厨子骗了，要么这厨子中间又出了岔子。如果出了岔子，不知是在北京出的岔子，还是在半路出的岔子。如是半路出的岔子，就怪会面的地点，约得离北京太远；路途中，给了别人可乘之机。但在石家庄车站碰面，是老邢提出来的，又怪不得别人。老邢来石家庄时心情还很激动，现在又恢复到平静。但老邢也不沮丧。在火车站附近饭馆，吃了两个驴肉烧饼，又开车回了北京。

第三十五章

刘跃进

回北京的路上，刘跃进跟绑架他儿子那人，聊了一路。回北京没坐火车，开车。那人三十多岁，瘦，带一司机。刘跃进和他，坐在后座，边走边聊。原来这人跟了刘跃进一天一夜，知道刘跃进昨夜在曹哥鸭棚的事；又跟到北京西站；刘跃进上了火车，他也上了火车；他指指司机：

"他叫老鲁，开车跟到保定。"

老鲁开着车，面无表情，也不搭话。

事情说透了，大家无冤无仇，他追刘跃进也好，绑架刘跃进他儿子也好，都不为害命，就为图财；对已经发生的事情，双方都知根知底；现在事情有了结果，双方倒说开了；

两人聊着聊着，发觉竟投脾气。如不是搭上这事，平日里碰上，说不定还能成为好朋友。聊间，刘跃进问：

"你贵姓？"

那人也不掩着藏着，说：

"免贵姓方，叫我老方好了。"

刘跃进又问老方，咋想起找他儿子，咋想起去了河南；在河南没找到他儿子，又在哪里找到了他儿子。那人一笑，从头说起。说他受雇于人，寻找 U 盘；待刘跃进失踪，大家知道 U 盘在刘跃进身上；许多人在北京寻找刘跃进，他却兵分两路，一边让人在北京找，自己带人去了一趟河南洛水，防止刘跃进回了老家；到了洛水，发现刘跃进没回老家；顺便找他儿子，发现他儿子十天前去了北京，也没回来。一开始并没想绑架他儿子，只是想找到他儿子，就会找到刘跃进；于是扮作刘跃进在北京工地的朋友，找到他儿子的朋友，打听出他儿子的手机。又扮作洛水人，用洛水街头的电话，给他儿子手机打电话；上来就问他在哪里，他儿子说在北京；儿子再问他们是谁，他们说电话打错了。待回到北京，又用北京的电话给他儿子打电话，说刘跃进被车撞了，让他赶紧过来；他儿子匆匆过来，算是抓住了他儿子。这时才知道，原来他儿子，也十多天没见刘跃进；刘跃进失踪了，他还不知道；还没有老方知道得多。他儿子看上去高高大大，胆子却小，老方扮作警察，说刘跃进偷了一个包，正在通缉；抓不到刘跃进，先拿他儿子顶替；待找到刘跃进，找到这包，再放了他。两句话，就把他儿子给唬住了，主动交代，这包在他手里；也不在他手里，在他女朋友手里；五天前，女朋友与他闹了别扭，跑了；他儿子也在找他女朋友；这也是他至今没有离开北京的原因。老方又带着他儿子，开始在北京找他女朋友。他女朋友倒也有手机，但不接他的电话。老方又故技重演，用自己的手机，给他儿子女朋友发了个短信，说他儿子出了车祸，从他儿子的手机上，知道了她的电话；让她赶紧赶过来。女朋友赶到红领巾桥下，就被老方等人抓住了，也找到了那包。但找包并不是目的；找包，是为了包里的 U 盘。但把包翻遍了，里面并没有 U 盘，只好先留他儿子和女朋友几天，又回头找刘跃进。前因后果，老方讲了，刘跃进也听懂了。听懂不是首先着急他儿子被绑架；本来着急，现在急也没用；开始气愤他儿子骗他：

"这个王八蛋，没有一回不骗我，说回了老家，谁知还在北京。他被抓，他活该呀。"

想起那包，又骂：

"做梦也没想到，儿子也敢偷我。这回知道东西不好偷了吧?"

老方倒不这么认为：

"你的包，他是你儿子，这叫拿，不叫偷。"

刘跃进又愤恨：

"我一眼就看出，他那女朋友不是东西；偷我，准是她的主意。"

老方笑了：

"那女的没偷错，你知道那包值多少钱？"

刘跃进一愣：

"一个包，能值几个钱？"

老方：

"那包在世界上没几个，世界名牌，合成人民币，值十几万。"

又说：

"只是你儿子的女朋友，也不知道罢了。"

刘跃进大吃一惊。当初丢了一包，又捡了一包；捡到这包，还骂青面兽杨志，怪他不会偷东西，偷穷人偷钱，偷富人偷些女人的东西；当时只顾翻包里的东西，忘了看这包；就是看了，刘跃进也看不出这包值钱；看上去，也就是个普通的包；没想到富人和穷人，用钱的地方就是不一样。早知这样，刘跃进捡到这包，就不用再找自己丢的那包了。丢的包里虽然有张欠条，但欠条上才写着六万块钱；而捡这包，本身就值十几万。转了一圈，世界又跟刘跃进开了个玩笑。

丢了头羊，本来捡了匹马，自己牵着马，却不知道。这才叫骑驴找驴。看来不但刘跃进不知道，偷包的青面兽杨志也不知道。看刘跃进在那里懊悔，老方又笑了。这些闲篇扯过，老方才切入正题；有前边的闲篇铺垫，现在切入正题，倒不显得突兀，好像随意一问：

"你把包里的 U 盘，又藏到哪儿了？"

老方这时才问 U 盘，刘跃进才想起两人聊天不是白聊；从一个谈话，刘跃进就知道这个老方不简单。事到如今，刘跃进知道自己逃不过去，便说：

"在曹哥鸭棚里。"

这回轮到老方大吃一惊。他想着厨子会把 U 盘放到工地，放到朋友处，放到世界上任何一个地方，没想到会放到找这东西的人的老窝。老方一开始有些不信，以为刘跃进唬他；但又没直接发火，而是盘问细节：

"怎么放进去的？"

刘跃进：

"那盘一直在我身上，昨天晚上被他们抓住了，趁他们不注意，我扔到了鸭毛筐里。"

老方仍不相信：

"你昨晚逃走时，为啥不带走？"

刘跃进：

"怕再被人抓住，放贼窝里，贼才找不着。"

老方看刘跃进。刘跃进：

"反正我把实话说了，信不信由你。"

老方想了想，这事有些不合逻辑；正是因为不合逻辑，老方信了；老方点头：

"你这个厨子不简单。"

但老方并不这么简单，对刘跃进的话，仍持怀疑态度；但刘跃进和他儿子在他手里，想他不敢说假话；就是说了假话，刘跃进和他儿子在他手里，老方也不怕；待假话揭穿时，老方就不是现在的老方了。一路说着，车进了北京。这时是中午两点。老方又与刘跃进商量，怎么拿回这U盘。两人共同认为，U盘在曹哥鸭棚里，曹哥的鸭棚，不是一般的地方；只能智取，不敢硬夺。大白天，明显不合适；老方不是担心打不过曹哥鸭棚的人，鸭棚里有刀，老方身上有枪；而是打起来，容易被人发现；便决定等到夜里，去鸭棚里偷出来。老方：

"夜里那鸭棚有人吗？"

刘跃进：

"不知道哇。谁知他们今晚有事没事呀！"

老方想了想，事是不能再等了，遂决定，拿回U盘，就在今天夜里；没人拿，有人也拿；没人，就偷；有人，就来硬的。等到了夜里两点，三人开车来到东郊集贸市场。夜深了，集贸市场一个人都没有。车停在离鸭棚百米开外，往鸭棚打量，鸭棚关着灯，无声无息，看上去没人。于是决定偷。谁去偷，车上三人意见不一致。老方和开车的老鲁，对鸭棚的环境都不熟悉，刘跃进对鸭棚熟；老方觉得，刘跃进去偷最合适；可以神不知鬼不觉；但刘跃进不愿去偷：

"看着没人，万一有人呢？他们身上可有刀。"

又说：

"告诉你们 U 盘在哪儿，怎么拿出来，是你们的事了。"

老方：

"你放心去，真有人，等闹起来，还有我们俩呢。"

又说：

"早点儿找到 U 盘，早点儿放你儿子，咱们也好说好散。"

见老方提到儿子，刘跃进才磨磨蹭蹭欲下车；但开车的老鲁，一把抓住刘跃进，问老方：

"他要趁机跑了呢？"

老方一笑：

"老刘是厚道人，决不会不要儿子。"

见老方提到儿子，开车的老鲁才放心了。刘跃进下车，悄悄接近鸭棚，趴门上往里听了听；听了一支烟工夫，不闻动静，才转到鸭棚后身，拨开窗户，跳了进去。但自刘跃进进去，待了半个钟头，还没有出来。开车的老鲁，在车里开始着急；老方看看表，说：

"再等一等，也许鸭棚里的人，把鸭毛筐挪了地方呢。"

又说：

"也许，厨子在偷别的东西呢。"

又等了一刻钟，刘跃进还没有出来，老方也开始觉得不对劲。两人欲下车上前查看，突然发现，"呼啦""呼啦"，一阵风似的，跑到车前一堆人，为首的是鸭棚的光头崔哥；老方两人掏出钢珠枪，但光头崔哥等人，已端着两杆猎枪，对着车的前玻璃。昨天晚上，老方与光头崔哥，已在八王坟桥下碰过面；当时光头崔哥拿着刀，老方，也就是方峻德拿着枪；方峻德把光头崔哥逼了回去；现在枪对着枪，光头崔哥人多，方峻德没辙了。方峻德收回枪，摇下车窗，有些不解：

"你们咋知道的？"

光头崔哥笑了，用猎枪指指鸭棚：

"厨子在鸭棚，给我们打了个电话。"

韩胜利也在车外的人中，这时掏出手机，有些自得：

"打的我的手机。"

方峻德这才知道上了刘跃进的当。原来他一路说话，也没有白聊；刚才磨磨蹭蹭，不愿去鸭棚，也是做做样子。方峻德摇摇头，跟光头崔哥笑了：

"这个厨子不简单。"

刘跃进背叛老方，又投奔曹哥鸭棚的人，并不是觉得曹哥比老方好。昨天晚上，曹哥鸭棚的人吊打过他。从保定回北京，他与那个老方，还挺聊得来。老方和曹哥，都是道上的人；两者对刘跃进，差别不大。他们的目的，都是找那个U盘；老方手里，还握着刘跃进的儿子；老方对刘跃进的威胁，比曹哥还大。但刘跃进对这个老方不熟悉，不知道他找这个U盘，只是为了钱，还是找到U盘之后，还要人的命。如仅是为了钱，U盘给谁都一样；如还要命，U盘交出去，不但他没了，儿子刘鹏举和他的女朋友的命也没了。从保定回北京，虽然老方也说，找这U盘，就是为了钱；找到U盘，就放他儿子；但刘跃进看老方说起杀人越货的事，一直笑眯眯的，并不拿这事当事，刘跃进反倒不敢信他。而曹哥鸭棚里的人找这U盘，却纯粹是为了钱。昨天晚上，刘跃进被鸭棚里的人吊打，听曹哥和鸭棚里的人说话，就知道他们只知要钱，不知道U盘里藏的是什么；当时还替曹哥捏了一把汗。现在投奔曹哥，首先自个儿没有生命之忧。下一步怎么办，刘跃进也盘算好了。先通过曹哥，抓住老方和开车的老鲁；接着用老方和老鲁，换回他的儿子和他儿子的女朋友；接着再说U盘的事。待说U盘这事时，与曹哥开个价码，把自个儿丢包的钱，再找补回来。记得曹哥鸭棚里，有一部电话；自己去鸭棚偷 U 盘，就有了机会。从保定到北京，刘跃进一路盘算的，就是这个。

光头崔哥把方峻德二人，押进了鸭棚，打开了鸭棚的灯。方峻德这时发现，鸭棚的血案子上，果然蹲着一部电话。刘跃进正蹲在地上，闷头抽烟呢。见众人进来，刘跃进也没起身，把自己一整套想法，和交换的条件，都与光头崔哥说了。没想到光头崔哥一条也没答应，反倒说：

"你把事说乱了。"

指着方峻德和开车的老鲁：

"他们是他们的事，你儿子是你儿子的事，U 盘是 U 盘的事，仨事；不能因为前两桩事，耽误要紧的。"

刘跃进急了：

"那俩事不办，我就不交 U 盘。"

光头崔哥一愣，倒有些迟疑：

"先交 U 盘，再说换人。"

刘跃进：

"先换人，再说 U 盘。"

两人争执起来。这时方峻德对光头崔哥说：

"我知道 U 盘在哪儿。"

光头崔哥看方峻德。方峻德：

"找到 U 盘，就放了我们。"

光头崔哥点点头。方峻德：

"他在路上说了，U 盘在鸭毛筐里。"

光头崔哥让人把几筐鸭毛，都倒在地上。一地鸭毛中找遍了，没有那个 U 盘。方峻德和光头崔哥，都知道上了刘跃进的当。光头崔哥从杀鸭子的案子上拿了把刀，来到刘跃进跟前：

"那 U 盘呢？"

刘跃进又开始装傻：

"当时看它没用，扔了。"

光头崔哥用刀逼住刘跃进的脸，没想到刘跃进不怵：

"杀了我，也是没见。"

光头崔哥这时收起刀子，拍拍刘跃进的肩膀：

"不怕你嘴硬，让你见见另一个人。"

刘跃进吃了一惊：

"还有谁？"

第三十六章

马曼丽

马曼丽被吊在一地下室的黑屋子里。为找 U 盘，转到抓马曼丽，是韩胜利的主意。一开始谁也没想到抓她，这个脑筋急转弯，是韩胜利想出来的。韩胜利自投奔曹哥，啥也没干成。曹哥让他找刘跃进，他找了两天，没有找到，认为刘跃进离开了北京；最后青面兽杨志脑筋急转弯，想起甘肃那三男一女的小屋，又在北京把刘跃进抓到了；弄得韩胜利很没面子。抓住刘跃进，曹哥又故意把他放了，让光头崔哥跟踪；半道上，又让人给劫走了；曹哥急了，光头崔哥也没面子。大家走投无路，韩胜利突然想起马曼丽。刘跃进被抓到鸭棚时，身上并没有 U 盘，证明 U 盘放在另外一个地方。

曹哥故意把刘跃进放走，让光头崔哥跟踪，也是等他去取U盘。刘跃进半道被人劫走，等于那个地方也被人劫走了。曹哥焦躁，韩胜利突然想起了马曼丽，猜想刘跃进会把U盘放到她那里。北京虽大，刘跃进可放东西的地方并不多。他在工地食堂的小屋，青面兽杨志曾跳进去搜过，没有；剩下可靠的地方，只有两处，一处是魏公村卖羊肉烩面的老高处，另一处就是"曼丽发廊"。地方可靠，先得人可靠。上次找刘跃进，韩胜利曾经去过这两个地方。去"曼丽发廊"，马曼丽装作没事人；去老高那里，知道刘跃进半个月没去魏公村；这才判定刘跃进离开北京。直到在甘肃那三男一女的小屋，又抓住刘跃进，韩胜利才重新回想自己的寻找，怀疑马曼丽和老高，是不是对他说了假话。看老高的神情，不像作假；也不是看神情，是看他几十年的为人；过去不会说假话，临时让他说，他不会装得那么真。接着怀疑马曼丽欺骗了他。这个东北女人，风里雨里过来，不是个省油的灯。刘跃进要把U盘放到一个可靠处，如魏公村的老高说的是真，刘跃进半个月没去老高处，剩下一个地方，就是"曼丽发廊"了。曹哥听完韩胜利的分析，觉得也有道理。也是走投无路，死马当作活马医，便让垂头丧气的光头崔哥，去把马曼丽抓来。欲通过她，或直接找到U盘，或再次找到刘跃进的下落。看曹哥认可他的想法，韩胜利心里，才舒一口气。

抓到马曼丽，是在今天凌晨一点。抓马曼丽时，马曼丽刚与人吵完架。吵架不是为了 U 盘或刘跃进，是为另外一件事。过去她的前夫老来吵架，这回也不是跟她前夫。在"曼丽发廊"按摩的小工叫杨玉环；按摩赚钱多，剪发挣钱少；按摩挣的钱，马曼丽与杨玉环三七分成；杨玉环便认为是自己支撑着"曼丽发廊"，平日不把马曼丽放在眼里；在"曼丽发廊"，小工像老板，老板像小工。"曼丽发廊"往西，过一个街角，是大号的洗车铺。洗车铺有一个小工，湖北人，姓什么马曼丽不知道，只知道他小名叫麻生。因他长得像日本人，又留一撮小胡子，大家都叫他"麻生太郎"。麻生太郎洗车，一个月也就挣八九百元；除去吃，就来"曼丽发廊"按摩；把钱都花在了杨玉环身上。杨玉环按摩一次八十，麻生太郎隔一天来一回，马曼丽替他算账，一个月洗车的钱，就是不吃饭，也不够给杨玉环。就怀疑他还干别的勾当，或杨玉环不收他钱，还替他交三成的台费。但马曼丽收过三成的台费，客人在外边干什么，按摩到底谁付的账，马曼丽又管不着。虽然管不着，但觉得里面有蹊跷。这事果然被马曼丽猜中了。前天夜里，麻生太郎又来按摩。平日按摩也就半个小时，或一个小时；这回一气儿按摩了仨钟头。马曼丽敲了两回墙壁，催到钟了，杨玉环在里间还不耐烦。终于按摩完，麻生太郎走了，杨玉环也下班走了。昨天杨玉环没来上班。马曼丽以为她病了，或有别的事；过去也有这种情况，杨玉环说不来就不来，并不事先打招呼；就没有在意。但到了晚上，杨玉环的男朋友来了，说杨玉环跟人跑了。马曼丽大吃一惊，明白是前晚按摩的事。杨玉环的男朋友叫赵本伟，东北人，圆脑袋；因是老乡，赵本伟平日还给马曼丽叫"大姐"。杨玉环干按摩的事，他并不在意；每天夜里，还开摩托车来接杨玉环。也是凑巧，这两天赵本伟跟朋友去太原做生意。生意也不是什么大生意，从太原往北京拉猪肉。回来时，车坏在了高速路上。车是冷冻车，车的发动机坏了，不但车走不了，车也无法制冷。到晋阳城里找到修车的师傅，回到高速路上修车；原以为是发动机坏了，谁知连传动轴也坏了，修车的师傅，没带传动轴的配件，又回晋阳取配件；来来回回，耽搁一天多，车才修好；车修好能跑了，但车上的猪肉，大太阳底下，已经臭了。本来这事正在倒霉，回到北京，女朋友又跟人跑了。马曼丽过去发现，赵本伟在他的朋友圈中，说话并不算数；话怎么说，事怎么做，还要看别人的脸色；还心里暗笑，胖姑娘杨玉环，怎么找了这么窝囊一人。赵本伟平日窝囊，见女朋友丢了，却耍起横来。杨玉环已经跑了，无法跟杨玉环横；便跑到马曼丽的发廊，跟马曼丽急了。说杨玉环在"曼丽发廊"打工，人从这里跑了，就该马曼丽还人。听说杨玉环跑了，马曼丽慌忙进了里间；剥开橱柜的夹层，发现自己一包，也被杨玉环偷走了。那包里，有自己的细软。虽然这些耳坠儿、项链、戒指等都是便宜货，但也都是真金白银，合在一起，也值不少钱。也与赵本伟急了。他的女朋友偷了东西，女朋友跑了，这东西就该他还。两人各吵各的，直吵到夜里十一点，也没个结果。赵本伟气哼哼走了，又有客人来洗头，马曼丽无心再做生意，将人撵走，关了店门。躺在床上，还兀自生气，早知道杨玉环为人不地道，也没防着她。只顾生气这事，倒把刘跃进和 U 盘的事给忘了。到了凌晨一点，好不容易睡着了，稀里糊涂间，又被光头崔哥给抓走了。光头崔哥也正没好气，抓马曼丽没多废话。开了一个拉鸭子的帆篷车，来到"曼丽发廊"；直接拨开窗户，跳了进去；里间床上的马曼丽，还没明白怎么回事，嘴里就被塞了块布，手脚被绳子捆上；光头崔哥等人将她拖出发廊，扔到帆篷车上，关上后门，直接拉到这地下室的黑屋子里。没问来由，先将她吊在房顶的暖气管上，暴打一顿。接着才说来由，让她交出 U 盘。但无论如何吊打，马曼丽就是不承认自己藏了那盘。不但不承认藏，说压根儿就没见过；不但没见过那盘，只知道刘跃进丢了包，连刘跃进捡包，都不知道；推得倒也干净。马曼丽不承认这一切，并不是经得住吊打，而是像刘跃进一样，因看过这盘，害怕丢命。不说见过只是挨打；一说见过，怕连命也保不住了。U 盘拷打不出来，又问刘跃进的去处。马曼丽像推U盘一样，说自从刘跃进丢了个包，再没见过他。也是生怕与刘跃进沾边，扯起来没有个完。打了三轮，都没结果，光头崔哥怀疑抓人抓错了。而抓马曼丽，是韩胜利的主意，等于韩胜利在中间搅乱；搅乱不说，还耽误了寻找刘跃进的时间。光头崔哥上去踹了韩胜利一脚，接着还想扇他几耳光解气；正在这时，韩胜利的手机响了，是刘跃进从鸭棚打来的。倒是刘跃进，解救了韩胜利。

待光头崔哥把方峻德两人擒住，押到鸭棚；刘跃进想用方峻德两人，换回他的儿子；光头崔哥却不愿这么干；不愿这么干不是信不过刘跃进，而是用方峻德两人换人，怕惊动另一拨寻找U盘的人，引起另外的麻烦；便让刘跃进先交盘，后换人。刘跃进却信不过光头崔哥，这时装傻充愣，说自己见过那U盘，觉得没用，当时就把它扔了。光头崔哥倒没打刘跃进，也没废话，直接把刘跃进带到了地下室的黑屋子里。从鸭棚到地下室，开着方峻德的车。刘跃进一见马曼丽被吊在屋里；因把马曼丽堵到了被窝里，马曼丽只穿了一件吊带裙；现在吊带裙被抽打成丝丝缕缕的布条，胡乱挂在身上；上边没戴乳罩，露出两个小乳头；大家不知道的事，现在全知道了；下边的三角裤，也露了出来，竟穿了一条红色的；加上脸上是血，浑身是伤；刘跃进听到儿子被绑架没晕，看到这场面，一屁股蹲到地上。马曼丽嘴里塞着一块布，见到刘跃进，嘴里"呜里哇啦"乱叫；但听不清叫的是啥。光头崔哥没让刘跃进跟马曼丽说话，只让他看了一下场面，接着又把刘跃进带回鸭棚。光头崔哥告诉刘跃进，马曼丽已经招了，说见过那 U 盘，那盘仍在刘跃进手里，没扔；让刘跃进看看马曼丽，也是给刘跃进一个机会；拿出 U 盘，就用人换回他儿子；如果这时候还耍花招，就重新吊打刘跃进。上回吊打刘跃进让他跑了，但那是故意的；这回不会让他跑了。刘跃进果然上了光头崔哥的当。刚才在地下室黑屋子里，见马曼丽"呜里哇啦"想说话，以为是让刘跃进救她，赶快拿出 U 盘；岂不知马曼丽的意思，是想说千万别拿出 U 盘；她没说，也不让刘跃进说；不说，大家还活着；一说，说不定命就没了。但刘跃进说了，告诉光头崔哥 U 盘藏在哪里。刘跃进说出 U 盘，并不完全是为了救马曼丽；交出 U 盘后，还想用方峻德，把他儿子换回来。刚才不相信光头崔哥，事到如今，不信也得信了。就是不为马曼丽和他儿子，再次吊打刘跃进，刘跃进也受不了了。

第三十七章

曹　哥

　　瞿莉丢失的 U 盘，被刘跃进藏在建筑工地三号塔吊驾驶室的海绵坐垫里。这塔吊能升至五十层楼高；塔吊的司机每天坐在屁股底下，竟不知道。刘跃进一说，不但光头崔哥佩服他，方峻德也佩服他，觉得他藏的是个地方。韩胜利自告奋勇，要去偷回这 U 盘。这时是凌晨五点，工地还没上班。去工地，仍开着方峻德的车。一个小时，韩胜利回来了，手里果然拿着一个 U 盘。方峻德帮着看了看，说型号、颜色，和雇他的人交代他的，一模一样。听说 U 盘找到了，曹哥也来到鸭棚。光头崔哥有些兴奋，急着向曹哥说寻找的过程；曹哥止住他，先与方峻德和开车的老鲁握了握手，又与刘跃

353

进握了握手：

"辛苦了。"

刘跃进指着方峻德和开车的老鲁：

"曹哥，东西找到了，赶紧用他们，把我儿子换回来吧。"

又说：

"还有开发廊那女的，也一块儿放了吧。"

又胆怯地嗫嚅道：

"你们可不能说话不算话。"

曹哥皱了皱眉。皱眉不是皱刘跃进自认为有功，在指手画脚，而是"说话不算话"几个字，曹哥不爱听；平日，曹哥最讨厌说话不算话的人。光头崔哥见曹哥生气了，上去要踹刘跃进；曹哥止住光头崔哥，问刘跃进：

"你说我找这玩意儿，图个啥？"

刘跃进想了想：

"钱。"

曹哥叹息：

"说得对，也不对。如果为了钱，我就和别的贼一样了；除了钱，我还为了江东基业。"

啥是"江东基业"，曹哥的"江东基业"又是啥，刘跃进弄不清楚，也不想弄清楚，他关心的是换人和放人。曹哥眼睛不好，但从杀鸭子的案子上，拿起那 U 盘，凑到眼上看，就像看麻将牌一样；看完说：

"正是为了江东基业，我得把它卖个好价钱。"

然后拍了拍刘跃进的肩膀：

"等把它卖了，我就放人。"

刘跃进松了一口气，倒催曹哥：

"曹哥，要卖就赶紧卖吧。时间一长，再让人发现了。"

曹哥拊掌：

"说得有理，事不宜迟，咱现在就卖。"

让人把刘跃进押回唐山帮的住处。唐山帮在一居民楼里，租了一个三居室。青面兽杨志，也躺在里边养伤。刘跃进与他，倒又碰面了。

送走刘跃进，曹哥开始卖这盘。曹哥卖这 U 盘，有两条途径，可以卖给不同的人。一头通过韩胜利，可以卖给严格；为找这盘，严格给了韩胜利一万块钱；后来韩胜利没找着刘跃进，也瞒下那一万块钱没说。另一条途径，通过方峻德，卖给另一个人。另一个人是谁，曹哥不知道，也不打听。幸亏抓住了方峻德，让 U 盘有了两个出路；一个东西可以卖两家，这东西就比原来升值了，就可以竞拍了。曹哥先让给严格打电话，不过没让韩胜利打这电话，把人换成了光头崔哥。曹哥眼睛虽然不好，看人却不会有误；看来他对韩胜利并不信任。韩胜利又觉得没面子，可又不敢说什么。光头崔哥用韩胜利的手机，拨通严格电话，对严格说，他是韩胜利的朋友；韩胜利没找到 U 盘，他却找到了，想跟严格做个小生意，让严格出个价。严格先是在电话里一愣，愣不是愣 U 盘找到了，而是愣找 U 盘的人换了；接着明白，上次他给韩胜利说，找到 U 盘，加上奖金，再给他两万块钱；现在换人打电话，是要讨价还价。严格不知对方的深浅，便让光头崔哥先出价。光头崔哥张口五十万。严格便知道对方不是省油的灯；不是遇到了小毛贼，而是遇到了经过事的大盗；不像韩胜利那么好糊弄。既然是大盗，就不能用对付小毛贼的价钱来谈。严格便说到二十万。经过一番讨价还价，定到三十五万。光头崔哥提出五十万，严格不是出不起，当初他给"智者千虑调查所"的调查员老邢的价格，是以天计；两天找到，也出到二十万；如今拖了十来天，这盘也该升值；而是因为对电话里的人不熟，一是担心对方手里没盘，是在敲诈；同时担心出价太高，对方得寸进尺，再出新的幺蛾子；三十五万不高不低，既打消了对方的奢望，也能稳住对方。双方谈妥，约定，今夜十一点，京开高速西红门出口，往西七公里，铁匠铺环岛见面，一手交钱，一手交货。光头崔哥放下电话，曹哥让人把方峻德的手机还给方峻德，又让方峻德给老蔺打电话。打电话之前，方峻德问曹哥的底价；曹哥有严格三十五万垫底，又往上涨了涨，把手指捻成一撮，是七十万的意思。方峻德说，刚才三十五万，到他这儿涨到七十万，一下翻了一倍，就算是竞拍，也有些不公平。方峻德这么说，并不是要替老蔺省钱，而是担心把这个价格说给老蔺，老蔺一口回绝。老蔺让他找 U 盘，开价也就十八万。如老蔺回绝，生意做给了另一方，方峻德在曹哥手里，接下来的下场，就难说了。大家都在道上混，知道一个人的命，活着还是死去，也就是别人转念之间的事。但曹哥皱了皱眉：

"不愿谈就算了。"

方峻德马上害怕了，开始给老蔺打电话。电话打通，说 U 盘自己没找到，被别人找到了，开价七十万；没想到老蔺并不关心钱数，关心的是 U 盘。老蔺：

"见到 U 盘了吗?"

方峻德看看曹哥，看看放到杀鸭子案子上的 U 盘：

"见着了。"

老蔺：

"真吗?"

方峻德：

"在工地塔吊司机座位下找到的，五十层楼高，不会有假。"

老蔺：

"成。"

生意就这么做成了，倒出方峻德的意料。老蔺这么痛快答应，并不是老蔺大方；老蔺平日为人，比严格吝啬多了；而是知道还有很多人在找这盘，想在别人之前，也在严格之前，独自拿到 U 盘；或者，拿到 U 盘还不主要，主要是为了另外一件事。而这件事，是贾主任从欧洲打电话布置的。双方价钱谈定，又约定，今夜一点，在"老齐茶室"会面，一手交钱，一手交货。谈完生意，已是早上七点，老蔺便去单位上班。中午吃过饭，到银行取了钱，放到车的后备厢里。晚上有个应酬，又去跟朋友吃饭。到了夜里十二点，老蔺开车去了"老齐茶室"。在雅间坐下，他接到一个电话。老蔺听完，半天没有说话，在犹豫。犹豫半天，终于说：

"干。"

第三十八章

严　格

　　严格与找到 U 盘的人，约在夜里十一点，铁匠铺环岛见面。约到铁匠铺环岛，是严格提出来的。所以约到这里，一是这里离严格的马场不远，来这里方便；二是这里是郊区，周围都是菜地，夜里很少过车，僻静。夜里十点，严格就安排小白等人，藏到铁匠铺环岛周围的菜地里；待双方交易时，如果出了岔子，有个准备。严格十点半就到了铁匠铺环岛。但等到十一点，并不见有人来送 U 盘。也驶过几辆轿车，几辆卡车，皆呼啸而去，连停车的意思都没有。到了十一点半，还没人来。严格给白天与他交易的人打电话；那电话，倒是上次在"老齐茶室"见过的韩胜利的电话。但韩胜利的手机关机了。严格又不知道与他交易的人的电话。严格预感事情出了岔子。等到十二点，严格不等了，决定去找任保良；找到任保良，再找韩胜利；然后再找到打电话那人。由于心焦，自己开车走了，把藏到菜地里的小白等人给忘了。由铁匠铺环岛往东，上了京开高速；由京开高速，上了五环路。这时搁在副驾上的手机响了。严格一阵惊喜，以为是找到 U 盘那人打来的，忙接起，却是藏在菜地里的小白；这才想起菜地里还藏着人。小白：

"还等吗?严总?"

严格只好说：

"先撤了吧。"

挂上电话，又想起该给任保良打电话；别去了工地，他不在工地；电话通了，任保良在工地；便对任保良说，赶紧找到上次带到"老齐茶室"的韩胜利；找韩胜利不为找韩胜利，为找另外一个人。任保良听得糊涂，问另外一个人是谁。严格火了：

"我要知道，还找你干吗?"

严格打电话间，没有注意后边有辆"路虎"吉普，一直跟着他的"奔驰"轿车。一过夜里十二点，五环路上充满了拉货的大卡车。有东北过来的，有内蒙古过来的，有山东过来的，有河北过来的，有山西过来的；白天到了北京，或要路过北京，白天五环路之内卡车禁行，皆在城外等候；一过夜里十二点，这些卡车，全涌上了五环路。五环路上，比白天还繁忙，成了一个卡车大集市。严格的车，便在这卡车的车流中。临近一立交桥，严格还在跟任保良发火，后边的"路虎"，猛地在车流中超车；待与严格的"奔驰"并行，突然撞向严格的车头。严格猝不及防，失控地撞向立交桥的桥墩。从桥墩弹回来，旁边车道上的车猝不及防，一辆山西大同的运煤车，又将严格的车撞飞了。这回严格的车翻了几个滚，越过隔离带，到了另一侧的逆行路上。逆行路上也充满了大卡车；一辆内蒙古的运羊车，又撞上严格的车；严格的车又打了几个滚，飞出五环路，撞到路沟里一棵树上，反弹回来，落到沟里，颠了两颠，不动了。他车的周围，像下雨一样，落下几十头羊。羊从车里飞出，落到沟里摔死了；车里的严格，血肉模糊，头歪在方向盘上，也死了。正打着的手机倒没摔坏，落在副驾的座位下，里面传出一个人的声音：

"怎么了？怎么了？"

严格的车被撞时，两方向车道上的车皆猝不及防。"砰""砰""砰""砰"，几十辆大卡车或小轿车，又发生连续追尾。五环路上，发生了大面积的堵车。

361

第三十九章

老 蔺

一人出七十万，一人出三十五万，曹哥把生意做给了老蔺。曹哥自开鸭棚以来，或自鸭棚转为唐山贼的小天地之后，还没有一桩生意，能超过七十万的。让青面兽杨志去贝多芬别墅偷东西，虽然是曹哥的决定；但入室偷窃，谁家也不会把钱放到家里等着偷；也没想着有这么大收获。青面兽杨志在偷的时候，被人发现，跑了，也躲了曹哥，曹哥也没在意。直到几天之后，青面兽杨志投奔曹哥，曹哥看他遍体鳞伤，才知道这 U 盘值钱。东西是青面兽杨志丢的，偷的又是贝多芬别墅；贝多芬别墅，正好在曹哥的管辖范围；曹哥觉得收回 U 盘，天经地义。捡这东西的人，是工地一厨子；只要找到他，就能收回这盘。于是找来了韩胜利。但没想到，寻找的过程还很复杂；接着发现，寻找这盘的人，也不是曹哥一拨；曹哥这时才明白这盘的重要。就是明白其重要，也没想到它那么重要。让光头崔哥给严格电话，严格能出三十五万，已出曹哥的意料；转到方峻德给老蔺打电话，曹哥用手捻了一个七，也是夯着胆子那么一捻。没想到，一捻，竟捻成了。重要的还不是钱，不是七十万；而是这七十万，是一个奠基礼，事业开始越做越大了。不是图钱，是图个江东基业。还多亏这些个青面兽杨志、韩胜利、方峻德，还有那个厨子刘跃进；没有他们，就没有这新的开始；是大家共同努力，开创了这么一个崭新的局面。高兴之余，曹哥的感冒也好了。曹哥准备事成之后，听书三天，以示庆贺。曹哥生来爱读书。在唐山，还当过中学的教员。只是后来眼睛坏了，看不得书，也看不得黑板，才改行卖鱼。与人争斗，以为打死了人，才逃到北京，开了个鸭棚。颠沛流离间，忘了读书。待鸭棚变成唐山贼的老窝，曹哥闯下一番小天地，生活安定后，才想起荒废了学业。但曹哥眼睛坏了，看不得书；看报纸，也得拿放大镜；于是改为听书。但鸭棚里的人，从小都不是读书的料；如是读书的料，也不来鸭棚；让他们偷东西成，杀人放火也成，让他们给曹哥读书，还不如拿刀杀了他们。曹哥也想培养他们读书的习惯，让他们给曹哥读过两回；而曹哥听书，一听还是《史记》《汉书》《后汉书》《资治通鉴》等；说起来这些书并不难读，过去私塾时候，六岁的孩子，就开始读《前论语》和《后论语》；但这些贼，还不如私塾的孩子，捧着这些书，皆读得磕磕巴巴，错字连篇；不读还好，一读读成了另外一本书；曹哥不听还清楚，一听更糊涂了。这时摇头感叹：

"还真应了一句话，刘项原来不读书。"

这话读书的贼也没听懂，只是见曹哥摆手，不让读了，忙放下书，欢天喜地忙别的去了。曹哥想听书，只好另想办法；干脆离开鸭棚，雇一女大学生，一块儿到郊区去，坐在农家小院，听这女大学生读书。读完书，再吃一顿农家饭。虽是一女大学生，但读书就是读书，没有别的意思。女大学生还感到奇怪。过去听书就是一天，俟这U盘的生意做成，准备连听三天。待到夜里一点，光头崔哥等人，拿着U盘，押着方峻德去"老齐茶室"做生意；那个开车的老鲁，留下当人质；曹哥与方峻德分别之际，拉住方峻德的手，先说：

"来日方长，后会有期。"

接着又问：

"你喜不喜欢读书？"

这话问得有些突然，方峻德愣住。想了想，摇了摇头。曹哥：

"要读啊，不然适应不了形势；我准备成立一个读书会，欢迎你来参加。"

方峻德更加糊涂，不明白这个杀鸭子的老家伙，葫芦里卖的什么药；但表面又不敢违抗，假装愿意地点了点头。自被曹哥鸭棚里的人抓住，方峻德心里想的也是来日方长，但来日方长是：妈拉个×，别以为我是吃素的，回头再收拾你们。但一天多来，见曹哥说话漫无边际，一大半他听不懂，又觉得这老家伙不好对付。

待方峻德带着光头崔哥等人来到"老齐茶室"，老蔺已经在雅间里等候。老蔺身边，放着一个沉甸甸的提包。双方见面，老蔺并没多说话，也没正眼看光头崔哥等人，只是把提包，递给了方峻德；方峻德把提包，扔给了光头崔哥。光头崔哥打开提包，点了点钱数；一万一沓，十万一捆，共七捆；拉上提包，从身上掏出 U 盘，递给了老蔺。老蔺从另一提包里，掏出一手提电脑；开机，插盘。待将盘打开，愣了，原来这盘是空的。老蔺的脑袋，"嗡"的一声炸了。炸了不仅因为这盘是假的，而是老蔺听信方峻德的话，说这盘是从五十层楼高的塔吊司机座位下取出的，不会有假，便信以为真，一个小时前，已经让另一拨人，在五环路上制造车祸，把严格给撞死了。让严格死，并不是老蔺的主意，是贾主任的指示。自从严格和那女歌星的照片上了报，到严格说出 U 盘，

365

贾主任表面屈服了，说要帮严格，其实不是真心话。从那时起，他就想让严格像他的副总一样，也出个车祸；只是碍着还有 U 盘，在严格手里，才没敢动手。让严格去死并不是贾主任心毒，或严格威胁他，惹恼了贾主任；而是如果让他活着，继续帮他，这事就永远没个完。就像落在水中的人，如果落在岸边，手里又有竹竿，能救则救；如果出海打鱼，船破了，大家都落水在海中央，就不能向别人伸手；你一伸手，他一把抓牢了你；救他的结果，连自己也被拖死了。不如主动按他的脑袋，早点儿把他淹死，少了一个拖累不说，船怎么破的，别人永远不会知道。一个人早晚要死，不如让他早死；早死大家都解脱了，他也早死早托生。贾主任在北戴河海边说过：

"要是死几个人，就好了。"

说的就是这个意思。当然，不只是这个意思。让严格死，老蔺起初不同意。不同意不是可惜严格，而是怕出了比 U 盘更严重的后果。死一个人，不是件小事。但他后来又同意了。同意不是想通了贾主任的理论，而是担心 U 盘本身。从 U 盘里的视频看，他不但跟着贾主任受贿，在搞女人和外国女人时，从时间上看，他都在贾主任前边。而这些，过去只有严格和他知道，背着贾主任。上回严格给了他一台电脑和六个U 盘，他没敢让贾主任看，把担心都推到了丢的那个 U 盘身上；丢了一个 U 盘，也算暂时解救了老蔺。现在担心救了严格，严格缓过劲儿来，与贾主任和好了，哪天报复老蔺，跟贾主任说出这些事，老蔺就得吃不了兜着走。还不如等找到丢失的 U 盘，同时让严格死了，自己把所有的 U 盘都付之一炬，让这事永远成个谜。或者，他也不会付之一炬，也会留下一个备份；待到关键时候，让它成为要挟贾主任的一个把柄。但贾主任选择让严格出车祸的时间，又让老蔺吃惊。贾主任出国之前，U 盘已经找了五天；临出国时，交代老蔺，必须在十天之内，找到那个 U 盘；U 盘找到之日，就是严格出车祸之时。而严格出车祸时，贾主任并不在国内，一下摆脱了干系。就是将来出事，人命的事，也成了老蔺一个人的责任。老蔺又觉得这个老狐狸，心肠毒辣不说，事事还用心良苦，且六亲不认。这也是严格生前，一直想不通的原因：为什么贾主任规定，必须在十天之内，找到 U 盘；先是十天，后又放宽了五天。现在 U 盘找到了，但是一个假的。眼前是个假的，证明真的 U 盘，还流落在外。老蔺端起桌上的茶杯，将一杯热茶，泼到了方峻德脸上：

"笨蛋，假的！"

方峻德被烫了个满脸花。方峻德一开始想急，等明白 U 盘是假的，脑袋也炸了。找东西以假充真，他知道这事情的后果。顾不上脸被烫伤，回身踢了光头崔哥一脚，又对老蔺说：

"我再找去。"

转身就要出门。这时老蔺慢慢收回身，倚着炕榻，叹了口气：

"晚了。"

晚了不是说失落在外的 U 盘不能再找；明天贾主任就从巴黎回来了，不好向贾主任交代；而是 U 盘是假的，型号、颜色又对，证明是个阴谋；严格家别墅失盗时，他就怀疑是个阴谋；现在这两个阴谋对接上了。阴谋也不重要，重要的是，证明 U 盘已经落到不该落的人手里。比这还重要的是，在找到真 U 盘之前，严格已经死了。严格本该死在找到 U 盘之后，谁知死在了找到 U 盘之前；事情前后颠倒，这事便由一件事，变成了另一件事；或者说，事情所有的次序都乱了，事情已经变得无法收拾了。

第四十章

刘跃进

老蔺第二天没有上班。老邢带人抓捕老蔺时，在老蔺单位扑了个空。又去老蔺家，老蔺家保姆说，老蔺一大早上班去了。老邢以为老蔺逃了，怪抓捕晚了一步。这回晚了一步却不怪老邢，怪老邢的局长。老邢本想昨天晚上在"老齐茶室"抓捕老蔺等人，将情况向局长汇报，局长却说，等到明天。为什么再等一天，局长又没说。等了一天，就让老蔺跑了。但到了晚上，从"喜君酒店"传来消息，老蔺没逃，一直待在"喜君酒店"；不过已经自杀了。"喜君酒店"是个六星级酒店，在北京仅此一家。从前台登记发现，老蔺早起入住。傍晚，服务员整理晚床。摁房间的门铃，屋里无人应，以为客人出去了；

开门，房间一股酒气。沙发前的圆桌上，倒着两个空的"茅台"酒瓶。服务员也没在意，晚床整理好，又去收拾卫生间。推开门，"啊"的一声，吓昏过去。一人吊在浴缸上边的喷头架上，双脚离地。浴缸里，吐着一大摊，已经结痂。服务员醒来又大叫，引来了保安；保安将人卸下来，人早已死了。上吊的绳子，是睡衣的带子。保安叫来了派出所的警察。警察从这人手包里找出工作证，看到老蔺的单位和姓名，一方面打电话给老蔺的单位，一方面通知了局里。

人虽然死了，但案子总算破了。老邢能这么快破案，并不是老邢运筹帷幄的结果，也是得益于刘跃进。前天晚上，刘跃进被方峻德从保定带回北京，进鸭棚偷 U 盘时，多了一个心眼，既给韩胜利打了电话，又给老邢打了电话。给老邢打电话，并不是为了老邢；打电话时，他还不知道老邢是警察，仍以为他是个侦探；而是为了多让一个人知道自己被人绑架了，如果与曹哥这边的人谈不拢，他仍有一个退路。刘跃进在电话里说，昨天让老邢跟他去河南，是在骗他，U 盘并不在河南，为了让他给丢了的欠条作证；但这回命快没了，不再骗人，U 盘就在北京；如果他明天中午没再给老邢打电话，让老邢想办法，把他从曹哥的鸭棚里救出来；把他救出来，他就把 U 盘交给老邢。但这不是刘跃进开出的全部条件，他还留下一部分没说；待老邢救出刘跃进，他再往上加码，再让老邢把他儿子和他儿子的女朋友救出来，再把马曼丽救出来，才给他 U 盘。老邢接刘跃进电话时，刚从石家庄赶回北京。他没等到明天中午，车都没停，打电话通知几个便衣，在曹哥鸭棚的集贸市场集合。待到了集贸市场，老邢却没有立即救刘跃进。没救并不是老邢不想救，而是为了放长线钓大鱼。从鸭棚出去的人，都被老邢的人跟踪了。光头崔哥和方峻德等人去"老齐茶室"做生意，老邢的人就跟到了"老齐茶室"。曹哥不与严格做生意，就无人跟到铁匠铺环岛；接着就出了车祸。如曹哥和严格做生意，后边有老邢的人跟着，说不定这车祸就不会出了。这样说起来，严格是被曹哥害死的。但刘跃进却蒙在鼓里，与曹哥鸭棚的人没有谈拢，便开始焦急，不知明天中午，老邢是否说话算数。刘跃进给曹哥鸭棚的人说，那 U 盘藏在建筑工地塔吊里；韩胜利自告奋勇取了回来；那个 U 盘，却是假的。从老邢到方峻德，从曹哥到光头崔哥，再到韩胜利，都没看过这 U 盘；U 盘里是啥，只有刘跃进和马曼丽看过。刘跃进知道，交出 U 盘，说不定命就没了；后来发展到，不但他会没命，交出 U 盘，说不定他儿子和他儿子的女朋友，连同马曼丽，命都会没了；现在交出一个假 U 盘，也是缓兵之计，拖延一下时间。刘跃进能这么做，还是跟青面兽杨志学的。当初两人去四季青桥下敲诈瞿莉，青面兽杨志就买了一个 U 盘，以假乱真；无非不知道真盘的模样和颜色，当时就被人识破了；刘跃进有真U盘在手上，第二天去商场，买了个一模一样的，故意放到了塔吊里。没想到这盘用上了。

真U盘放在哪里?放在另外一个地方。刘跃进不说，世界上的人，没一个人会想到。那天和马曼丽一起，看过这U盘，两人都感到害怕，不知该把它藏到哪里。没看过这U盘，刘跃进藏到自己身上；看过这U盘，知道它是个炸弹，就不敢整天带着它。但把它放到哪里呢?工地食堂不敢放；知道U盘是炸弹，又知道许多人在找他，刘跃进也要离开工地；能放的地方，就是"曼丽发廊"。韩胜利猜他会放到魏公村老高处，后来又否定了；这否定是对的，刘跃进不会去找老高；不找老高不是信不过老高，而是不愿这事扩大范围，知道的人越少越好；只能局限在他和马曼丽之间。但马曼丽不同意放到她那里；一方面她像刘跃进一样，没看过，敢藏；看过，就不敢藏了；同时，大家都知道刘跃进爱去"曼丽发廊"，放到那里，也易被人猜到。想来想去，想不出地方。两人在一起没想出来，两人分手后，刘跃进想出一个地方："曼丽发廊"后身的一个厕所。众人既想不到，U盘又离马曼丽不远；遇到紧急情况，也有个照顾。刘跃进悄悄去了"曼丽发廊"后身；一个男厕所，一个女厕所；刘跃进想了想，进了女厕所。大半夜，厕所没人。刘跃进把这U盘，藏在女厕所左数第三个蹲坑上方，上数第五第六块砖之间、左数第八第九块砖之间的墙缝里。

第四十一章

曹哥　八哥

老邢虽没抓住老蔺，但顺利抓住了曹哥鸭棚的人。当天夜里，局长不让抓老蔺，但说到抓曹哥鸭棚的人，局长倒同意了。曹哥还在鸭棚里等着光头崔哥从"老齐茶室"回来；待回来，就会带回七十万；七十万不重要，重要的是奠基礼；第二天一早，曹哥还要去郊区听书；凌晨四点，光头崔哥回来了，但同时进鸭棚的，还有许多警察。曹哥有些吃惊，知道反抗没用，也就不反抗了；只是有些不解，抬眼问为首的老邢：

"你们是咋知道的？"

老邢倒没说刘跃进给他打了电话，看着曹哥模糊的眼睛：

"杀鸭子就好好杀鸭子，咋又发展成了黑社会？"

曹哥没理老邢；思索半天，兀自叹息：

"小天地，还是斗不过大天地呀。"

老邢不明白他说的是啥；这时棚里的八哥，插了一句话；歪着小脑袋，对老邢气冲冲地说：

"去死吧。"

老邢吃了一惊，曹哥也吃了一惊。曹哥买这八哥时，担心它像唐山的八哥一样，跟人学坏了；只教会它三句好话，就用蜡把它的耳朵封上了。大概这蜡没有封死；或一开始封死了，后来这蜡松动了，散落了，曹哥也没注意；原来它耳朵一直能听见，又学了许多坏话；只是怕再封耳朵，一直不说。这八哥也一直在装傻。曹哥听了这话，不怪自己大意，也不怪八哥装傻，对八哥点头：

"是这意思。"

老邢再打量鸭棚里其他人，都不惧老邢，皆像八哥一样，对老邢和一帮警察怒目而视。今日之前，老邢与他们素不相识；素不相识的人怒目而视，怒的就不是过去的事，怪有人破坏了他们现有的生活。从他们仇恨的目光中，能看到他们对目前生活的留恋，及这鸭棚日间的其乐融融。老邢抓他们并无私仇，抓的也是陌生人。老邢当警察早当烦了，找陌生人也找烦了；从私人论，老邢对鸭棚里的气氛，倒充满了向往。

第四十二章

老　邢

　　老邢在局里受到了表扬。局长表扬他，并不是老邢阴差阳错，把该抓的人抓住了；而是阴差阳错，该抓的人，一直没抓住，拖延了破案的时间。正是因为拖了时间，才没有打草惊蛇。这期间贾主任在国外，如及时破案，贾主任闻到风声，说不定就外逃了；恰恰拖了十五天，拖到贾主任回国的前一天，案子才告破。抓前边那些人，是为了抓贾主任；贾主任抓不到，只抓前边那些人，就不算破案；或者，是坏了这个案子。正是因为这样，老邢那天要抓老蔺，局长又让他拖了一天。虽然第二天老蔺自杀了，但等到了贾主任。但贾主任出国期间，案子又不能停止；恰恰是因为他出国，破案

375

才少了一些阻碍。但案子的进程，并不完全由人控制；老邢拖的时间，恰恰是贾主任在国外的期限，也是老蔺给严格规定的日子；老邢拖得恰如其分，贾主任就一直蒙在鼓里；案子及时破了，拿到了证据，又能及时抓住贾主任，不给他留活动的空间。第二天，贾主任随代表团回国，飞机在首都机场落地，贾主任刚下飞机，就被逮捕了。

抓住贾主任，这个案子还仅仅是个开头。抓贾主任不是目的，目的是抓住贾主任身后的另外一个人，或几个人。本来案子还要接着追下去。老邢已做好准备，准备顺藤摸瓜，接着摸下去，看到底能摸出谁。老邢对这一层的陌生人，倒感兴趣。警察就该这么当，找人就该这么找。但上边突然来了指示，这个案子到此为止，不再查了。

到底是谁让停止这案子的，老邢不清楚，局长也不清楚。虽然不清楚，但上边让停，又不能不停。这时老邢有些后悔，后悔不是后悔前边的破案，而是前边的案子，等于白破了。但老邢后悔顶什么用?这种事，过去也不是没遇见过。老邢只好从这个案子脱身，又去破别的案子，又开始找另外素不相识的人。

第四十三章

孙悟空

　　老邢觉得从这个案子脱身了，其实并没有脱身。建筑工地的厨子刘跃进，开始天天找他。案子虽然白破了，但白破的案子，跟刘跃进拿出 U 盘大有关系。去"曼丽发廊"后身厕所取 U 盘前，刘跃进跟老邢做了个小生意。刘跃进这时知道，老邢是个警察。过去的老邢，也是在演戏。正因为老邢是警察，刘跃进更要跟他做生意。刘跃进说，他可以交出 U 盘，但交出 U 盘，老邢得帮他找回二十天前丢的那包。刘跃进：

　　"不能光说你们的事，也该说说我的事了。"

　　第二回抢刘跃进包的人，甘肃那三男一女，老邢倒见过；第一回偷刘跃进包的人，青面兽杨志，也抓捕归案；抓捕鸭棚的人时，青面兽杨志并不在鸭棚，和刘跃进一起，在唐山帮的住处；警察用脚踹开住处的门，放到过去，青面兽杨志会跳窗户逃跑，如今断了两根肋骨，只能躺在床上束手就擒；而他，因为下边被吓住过，为了报仇，曾跟踪过甘肃那三男一女；老邢觉得找到这三男一女并不困难；再难，也没找到U盘难；便答应了刘跃进。待案子告破，老邢回头再找甘肃那三男一女，青面兽杨志交代的地方都去了；东郊小屋去了，西郊石景山也去了；通惠河边去了，山西人"忻州食府"也去了；经心找了五天，没有。加上还有别的案子在身，案子里也有人命；局长觉得老邢适合破人命案子，便又交给他一个人命案子；心渐渐慢了。老邢的心本来就慢。刘跃进再找老邢，老邢说话就不似以前：

"整个北京都找了，没有。"

又说：

"可能他们离开北京，去了别的地方。"

生意上吃了亏，刘跃进感到自己受了骗；欠条上的日期，再差十来天就到了，刘跃进也有些着急：

"贼找不着，你跟我去趟河南也行，给贼当个证人，把那钱要回来。"

老邢哭笑不得：

"破案讲证据，没有欠条，单凭我一句话，顶啥用呢？"

又说：

"再说，河南也不归我管呀。"

以后再找老邢，老邢开始躲刘跃进。刘跃进给老邢打电话，老邢也不接。刘跃进觉得老邢这人也不地道。但老邢是个警察，刘跃进也不能拿他怎么样。刘跃进找不到老邢，便撇下老邢，又开始上街找贼。但一个礼拜过去，没见贼的踪影。时间越拖越长，贼是越来越难找了。但刘跃进还不死心，一边仍在工地食堂当厨子，一边又断断续续，找了一个礼拜。让刘跃进不解的还有，严格死了，工地马上换了新主人，施工并没有停，好像什么事都没有发生。新主人来工地接手时，也来食堂看了一下，刘跃进见过他一面，大胖子，方头，欢天喜地的。听任保良说，新主人叫隋意。但刘跃进顾不上隋意，仍在找包。在北京待了六年，对北京并不熟；包丢的时候，刘跃进找过二十来天；现在又找了半个多月；总共加起来，三十多天；三十多天下来，北京的大街小巷，旮旮旯旯，凡是贼易去的地方，刘跃进全熟了。找贼找了三十多天，这贼也没找着；突然有一天知道，这贼也白找了。找贼是为了找包，找包是为了找里边的欠条，找到欠条，是为了让老家那个卖假酒的李更生，还他六万块钱；谁知欠条没有找到，欠条期限一到，那个卖假酒的李更生，没见着欠条，就把钱按欠条上的数目付了。不过不是付给刘跃进，而是付给了刘跃进的儿子刘鹏举。刘跃进丢包时，刘鹏举还待在河南老家，对这事并不知道；等刘跃进捡包时，刘鹏举和他的女朋友来到了北京；这包被刘鹏举和他的女朋友拿走了；为了这包，刘鹏举和他的女朋友被绑架了；绑架中，挨了不少打。两人胸脯上，大腿上，被烟头烫伤好多处。这事结束后，刘鹏举大为恼怒，怪刘跃进没告诉他真相，把他害苦了。这时由第二个包，又知道了第一个包的事。由U盘，知道了欠条的事。不知道这中间的埋伏还好，知道了这事情的前因后果，刘鹏举觉得这打不能白挨。但他没跟刘跃进纠缠，刘跃进还在找包找欠条；刘鹏举径直回了河南，径直找到后爹李更生，要李更生付他六万块钱。他说，不知道六年前的事，他还蒙在鼓里；知道了六年前的事，他就不能善罢甘休；如李更生付钱，这事还罢；不付，爹窝囊，儿子不窝囊，他就要为爹报仇。有点儿像哈姆雷特，有点儿像《王子复仇记》。李更生也听说了刘跃进丢包找包的事，知道那张欠条丢了；欠条丢了，他开始耍赖，说六年前压根儿就没这事；还故作愤怒的样子：

"这个刘跃进，就会说瞎话。"

又说：

"下回见到他，再打他一顿，他才知道瞎话不能白说。"

要账碰了壁，刘鹏举的女朋友麦当娜，便劝刘鹏举去找母亲黄晓庆。李更生耍赖，黄晓庆不会不知道六年前的事；爹是后爹，娘却是亲娘。但刘鹏举没找黄晓庆。第二天中午，趁黄晓庆出门去街上做头发，悄悄将李更生和黄晓庆生下的儿子给偷走了。这儿子刚生下两个多月。偷走的时候，儿子倒睡熟了。刘鹏举把孩子带到洛阳，在一旅店住下，给李更生打电话，三天之内付钱，就还他们儿子；三天一过，他就掐死这个野种。李更生傻了，当时就要报警。黄晓庆却跟李更生不干了，大哭大闹，说起六年前的事，怪李更生害了他们全家。李更生一边怪自己大意，大风大浪都经了，在阴沟里翻了船；一边只好自认倒霉，乖乖付给刘鹏举六万块钱。欠条上的钱，已经被儿子刘鹏举拿走，刘跃进还不知道，还在北京找贼；知道这事，还是听在魏公村开河南烩面馆的老高说的。刘跃进这天又找了一天贼，仍没找到，路过魏公村，到老高的烩面馆歇脚，也顺便诉说一下心中的烦恼；丢了一包，又捡了一包，人命关天的事都经历了，到头来却是竹篮子打水一场空。老高刚回了一趟河南老家，没容刘跃进诉说，告诉了他这个震动县城的消息。听老高一说，刘跃进的脑袋，"嗡"的一声炸了。事情出现这种结果，大出刘跃进的意料。刘跃进二话没说，从老高烩面馆出来，没回建筑工地，直接去了北京西站，买张车票，回了河南。在洛阳下了火车，又倒长途汽车，回到洛水。李更生虽然付了欠条上的钱，但这钱应该付给刘跃进，不该付给刘鹏举。刘跃进在这六万块钱上头，还有好多想法呢。这六万块钱，牵涉着他的下半辈子呢；也牵涉着他跟马曼丽的事呢。经过这场事，马曼丽不再理刘跃进，怪刘跃进把她拖进了U盘的事，差点儿丢了命。但两人经过这场生死大事，关系已经不一般了；理与不理，已经不重要了。待自己有了这六万块钱垫底，在北京开起饭馆，成了有钱人，才能让她另眼相看；有钱并不重要，重要的是，不再看人脸色，刘跃进也会舌底生风，不愁不能与马曼丽成就好事。正是打着这样的算盘，刘跃进才又找了半个多月的包。通过这场生死历险，刘跃进还有一个变化，过去刘跃进遇到想不开的事，总想自杀；包丢的时候，他也想自杀；待到捡一个包，开始有人找他，他倒一次没想到自杀。事后回想，过去想自杀的时候，都是一个人在那里想不开；现在有人杀他，容不得他想；或者，U盘的事太大，过去自个儿的事太小，小事，让这大事给吓回去了。更重要的是，过去总在阴沟里撑船，遇事易想不开；如今大海里九死一生，反倒把事情看开了。大海里不易淹死人，阴沟里容易翻船。刘跃进又明白了这个道理。刘跃进过去爱自言自语，现在还爱自言自语；过去自言自语皆因想起后悔的事，说的是懊悔的话；现在动不动爱说：

"去！"

但六万块钱这事，不能去。六万块钱上头，还有他下半辈子的梦想呢。这梦想没被贼打破，被儿子打破了。谁是贼？

儿子才是贼。待刘跃进回到洛水，才知道儿子并不在洛水；早在六天前，拿上这六万块钱，和他的女朋友去了上海。临走时撂下话，要用这六万块钱，在上海打拼出一片天地；本想去北京发展，但北京让他伤心了，只好去上海。刘跃进闻知，脑袋又"嗡"的一声炸了。炸了不是儿子离开洛水，还得去上海寻他，而是知道儿子的深浅，哪里是去上海发展，就是去上海胡混。又赶紧离开洛水，去上海找儿子。怕找得晚了，找到，六万块钱也被他和他的女朋友糟践光了。六万块钱对刘跃进是钱，对上海或北京，连虱子的皮都不算。事情紧急，刘跃进既没见李更生，也没见黄晓庆；如今见他们也没用。本来想见舅舅牛得草；像北京鸭棚里的曹哥一样，牛得草四十岁之后眼睛不好；如今老了，两只眼全瞎了，住在牛家庄；人生自舅舅始；但也顾不上了。也像在保定车站抓他的老方一样，刘跃进找到刘鹏举的同学，打听出刘鹏举新的手机号码；为防打草惊蛇，刘跃进没给刘鹏举打电话，欲到了上海，再与他联系，一下堵住他的老窝；像在北京堵贼一样。从洛水又到洛阳，买了去上海的火车票。车是过路车，离火车到站，还有两个钟头。刘跃进这时感到肚子饿了。这才想起，从北京到洛水，又折回洛阳，一夜一天，只顾赶路，忘了吃饭。一个多月来，有多少回忘了吃饭。便走出车站，过了马路，到一羊肉烩面馆，买了一碗烩面，边吃，边想到了上海，如何向儿子要钱。儿子也不是省油的灯，直来直去，不编个圈套，这钱要不回来。圈套怎么编，一时还没想好。吃间，一个女人坐在桌子对面，也要了一碗烩面在吃。刘跃进只顾想自个儿的心事，没顾上打量对面。一碗面吃下肚，没吃出个滋味。吃过结账，欲起身，无意中看了对面女人一眼，突然惊了：原来对面坐着的女人不是别人，竟是严格的老婆瞿莉。一个多月前，因为严格和女歌星照片的事，严格重演过一遍街头戏，刘跃进扮过卖煮玉米的安徽人，见过瞿莉。在北京四季青桥下敲诈时，也远远看到她的身影。不过现在的瞿莉，已不是过去的瞿莉。过去瞿莉胖，细皮嫩肉；现在瘦，瘦得脱了相，倒又显出她苗条的身形；皮肤也晒黑了。刘跃进吃惊之余，弄不清两人是偶然碰到，还是瞿莉有意找他，说话有些结巴：

"你咋在这儿哩？"

瞿莉看刘跃进：

"在这儿见你合适。"

刘跃进出了一身冷汗，知道瞿莉是有意找他；又感到奇怪：

"你咋知道我在这儿哩？"

瞿莉一笑：

"上回出事时，不是跑了一个韩胜利？"

刘跃进明白了，瞿莉找他，是先找到韩胜利，接着在这儿找到了他。上回老邢抓捕鸭棚的人时，韩胜利正好去厕所拉屎；待回来，见鸭棚四周停满了警车，知道事情发了，一个人逃了。韩胜利与在北京魏公村开羊肉烩面馆的老高熟，大概从老高处，知道了刘跃进的行踪。这时往窗外看，韩胜利就站在饭馆外，冲刘跃进比画手势；先比了一个三，又比了一个五；还在说刘跃进欠他钱的事；本来欠他三千三，曾还了他二百；剩下三千一，连本带利，如今涨到三千五。刘跃进有些愣怔。瞿莉：

"在北京不敢找你，怕你把我卖了。"

刘跃进又明白，瞿莉跟踪自己好长时间了。越是这样，刘跃进心里越是发毛。瞿莉找他，不会为刘跃进欠韩胜利那几千块钱。瞿莉的丈夫严格，一个月前，被人用车撞死了；虽然撞严格的不是刘跃进，但枝枝叶叶，追根溯源，也跟刘跃进有关系。刘跃进以为瞿莉要说这事，忙说：

"那事，真不是有意的。"

又说：

"严总这人，其实不错。"

瞿莉摆摆手：

"那事，跟你没关系。"

刘跃进赶忙说：

"要不全怪那大贪污犯，连累了严总。"

385

瞿莉：

"也不怪他。官当那么大，弄点儿钱算啥?譬如一个厨子，守着厨房，偷吃两嘴东西，算大事吗?"

刘跃进对这比喻想了想，摇摇头：

"那怪啥哩?"

瞿莉叹口气：

"怪他想要别的东西。"

这话刘跃进就听不懂了，也不敢再问。瞿莉掏出一支烟，点上：

"本来这事该完了，但人一进监狱，就成了人，该说的，不该说的，都说了。由这事，又牵出了别的事。"

刘跃进听出，这是指被抓的那个大贪污犯。那个胖老头，刘跃进从 U 盘里见过。但那贪污犯牵不牵别的，跟刘跃进有啥关系呢?刘跃进并不贪污，他眼下想做的，是赶紧去上海，从儿子手里，要回那六万块钱；儿子去上海六天了，估计那六万块钱，已糟蹋得剩下四万。但瞿莉说：

"上回你捡我那包，包里还有些卡，对吧?"

当时刘跃进捡了那包，在食堂小屋翻看时，除了 U 盘，确实还有几张银行卡。但卡没密码，等于无用；就是知道密码，对方一挂失，也不敢去银行冒险；刘跃进没拿这些卡。刘跃进将这道理说了；瞿莉：

"我说的不是这些卡。还有一卡，比它们短半截，上面画了个孙悟空，弄哪儿去了？"

原来是在找这个。这卡刘跃进也见过，那卡确实比银行卡短许多，一边金黄色，画了朵紫荆花；一边彩色，画了个孙悟空，舞着金箍棒。当时刘跃进看它小巧玲珑，有些稀罕，便也揣到了怀里。待大家找 U 盘时，无人找这卡，刘跃进也没在意；待刘跃进看过 U 盘，担心这卡也像 U 盘一样，早晚会出事，慌乱之中，把它扔了。孙悟空这卡，刘跃进跟马曼丽都没说。U 盘这事被人追得紧，刘跃进已经把这卡和孙悟空给忘了；没想到过去一个多月，这事又被瞿莉翻出来了。刘跃进本想装傻，瞿莉率先止住他：

"千万别说你没拿。包里的东西，我也调查一个多月了，别的东西都有去处，单单少了这张卡。"

事到如今，刘跃进不敢再扯谎，但忙说：

"这卡我见过，可我怕它是个祸根，扔了。"

瞿莉：

"那卡里不是钱，有些另外的东西，也牵涉到几条人命呢。"

又说：

"找你，就是请你帮个忙，把这卡找回来。"

刘跃进"噌"地从凳子上蹿起来；扔卡，已是一个多月

387

前的事；记得把卡扔到了北京东郊八王坟一垃圾桶里；事到如今，哪里找去?再说，自己还要到上海找儿子呢。也是情急之中，刘跃进突然急了：

"我就是一厨子，孙悟空的事，别再找我行不行?"

瞿莉叹口气：

"我也不想找你，可少了孙悟空，有人不干呢。"

刘跃进抱着头，又坐回凳子上。这时火车站一声汽笛长鸣，开往上海的列车，已经进站了。

二〇〇七年七月
北京

附　录

刘震云作品中文版目录

《故乡天下黄花》（长篇小说）	中国青年出版社	1991 年 8 月
《故乡天下黄花》（长篇小说）	作家出版社	2009 年 6 月
《故乡天下黄花》（长篇小说）	台湾九歌出版社	2010 年 6 月
《故乡相处流传》（长篇小说）	华艺出版社	1993 年 3 月
《故乡面和花朵》（长篇小说 四卷）	华艺出版社	1998 年 9 月
《一腔废话》（长篇小说）	中国工人出版社	2002 年 1 月
《手机》（长篇小说）	长江文艺出版社	2003 年 12 月
《手机》（长篇小说）	台湾九歌出版社	2004 年 4 月
《手机》（长篇小说）	作家出版社	2009 年 7 月
《我叫刘跃进》（长篇小说）	长江文艺出版社	2007 年 11 月
《我叫刘跃进》（长篇小说）	台湾九歌出版社	2008 年 3 月
《我叫刘跃进》（长篇小说）	作家出版社	2009 年 6 月
《一句顶一万句》（长篇小说）	长江文艺出版社	2009 年 3 月
《一句顶一万句》（长篇小说）	台湾九歌出版社	2009 年 8 月
《一句顶一万句》（长篇小说）	香港明报出版社	2010 年 1 月
《我不是潘金莲》（长篇小说）	长江文艺出版社	2012 年 8 月
《我不是潘金莲》（长篇小说）	台湾九歌出版社	2012 年 8 月

《我不是潘金莲》（长篇小说）	香港天地图书出版社	2013 年 2 月
《吃瓜时代的儿女们》（长篇小说）	长江文艺出版社	2017 年 11 月
《吃瓜时代的儿女们》（长篇小说）	台湾九歌出版社	2018 年 4 月
《吃瓜时代的儿女们》（长篇小说）	香港天地图书出版社	2018 年 4 月
《一日三秋》（长篇小说）	花城出版社	2021 年 7 月
《一日三秋》（长篇小说）	台湾九歌出版社	2023 年 5 月
《一日三秋》（长篇小说）	香港三联书店	2023 年 6 月
《温故一九四二》（中篇小说）	长江文艺出版社	2012 年 11 月
《塔铺》（小说集）	作家出版社	1989 年 1 月
《官场》（小说集）	华艺出版社	1992 年 5 月
《一地鸡毛》（小说集）	中国青年出版社	1992 年 6 月
《官人》（小说集）	长江文艺出版社	1992 年 12 月
《刘震云》（小说集）	香港明报出版社	1999 年 11 月
《刘震云》（小说集）	人民文学出版社	2000 年 9 月
《刘震云》（小说集）	文化艺术出版社	2001 年 9 月
《一地鸡毛》（小说集）	长江文艺出版社	2004 年 3 月
《那些微小又巨大的人》（小说集）	台湾九歌出版社	2005 年 4 月
《刘震云》（小说集）	现代出版社	2005 年 8 月
《一地鸡毛》（小说集）	人民文学出版社	2006 年 1 月
《刘震云精选集》（小说集）	北京燕山出版社	2009 年 6 月
《一地鸡毛》（小说集）	台湾九歌出版社	2008 年 3 月
《温故一九四二》（小说集）	台湾九歌出版社	2013 年 4 月
《刘震云文集》（四卷）	江苏文艺出版社	1996 年 5 月
《刘震云文集》（十卷）	人民文学出版社	2009 年 3 月
《刘震云作品典藏版》（十二卷）	长江文艺出版社	2016 年 8 月